二十一世纪出版社集团
21st Century Publishing Group
全国百佳出版社

图书在版编目（CIP）数据

灭秦：全 10 册 / 龙人著 . -- 南昌：二十一世纪出版社集团，2017.10

ISBN 978-7-5568-3105-0

Ⅰ . ①灭… Ⅱ . ①龙… Ⅲ . ①长篇历史小说－中国－当代 Ⅳ . ① I247.5

中国版本图书馆 CIP 数据核字 (2017) 第 243764 号

灭秦 龙 人 著

责任编辑 敖登格日乐
出版发行 二十一世纪出版社集团
（江西省南昌市子安路75号 330025）
www.21cccc.com cc21@163.net
出 版 人 张秋林
经　　销 新华书店
印　　刷 北京龙跃印务有限公司
版　　次 2018年1月第1版 2018年1月第1次印刷
开　　本 710mm × 1000mm 1/16
印　　张 150
字　　数 1572千
书　　号 ISBN 978-7-5568-3105-0
定　　价 498.00元（全10册）

赣版权登字—04—2017—747

如发现印装质量问题，请寄本社图书发行公司调换 0791-86524997

目　录

第九十二章　帝陵战圣

拳圣一步踏出，与纪空手正面相对。

两人都没有立即出手，只是静静地审视着对方，就仿若两人登上了峰巅的极点，中间相隔着一条难以愈越的鸿沟。

大地为之静止，在明月的一端，已有一片乌云缓缓飘移而来，那云层如苍狗般狰狞，正一点一点地吞噬着月华的光芒。

拳圣没有看见这异样的天象，在他的眼中，看到的是一双清澈明亮的眼眸。

那是纪空手的眼眸，在眸子的深处，似乎蕴藏着扑朔迷离的迷茫。

拳圣绝不是一个解谜的高手，却绝对是一个用拳的高手，所以他的目光只在纪空手的眼眸上停留了一瞬的时间，然后，就锁定在了自己的那双拳头之上。

这是一双大如芭蕉叶的手掌，五指收拢并握，犹如铁钵一般，比起常人犹胜一倍。当年的千叶山拳会之上，拳圣就凭着这一双铁拳，力战十九名用拳高手，从而挣得了这“拳圣”的名头。

所以，他不相信纪空手可以在拳上胜过自己，甚至想象着当自己的拳头击在对方的拳头之上时，那种拳骨迸裂的声音会有多么的刺激。

这只是拳圣一时的想象，事实上纪空手的神情并没有因为这样的一双铁拳而惊乱，而是显得悠然而安详，整个人犹如一棵挺立山岩的盘根老树般静静地傲立着，任由这轻柔的夜风吹来吹去，让人在无形之中感到一种悠远的意境。

腿圣与棍圣相视一眼，眼神中流露出一丝惊诧。不知为什么，他们同时从纪空手的身上看到了一种强大，一种不可战胜的强大。

拳圣再次抬起头时，目光直视前方。在他的眼里除了纪空手之外，已经看不到任何东西。他只知道，在这个世界上已经没有任何东西可以阻止他击拳，一旦出拳，势必摧毁一切！

他必须要具有这样的自信，也只有拥有了这样的自信，他才可以将自己拳招中的每一式发挥到极致，这是高手的经验之谈。

杀气随风而动，已经弥漫了整个山谷。月色为之暗淡，却遮掩不住纪空手眸子深处乍现的精光。

纪空手的脸色依然平静，仿若这深邃而静谧的天空，谁也猜不透此刻他在想着什么，也无法预知他会有什么动作，但正是这种未知，寓示着自信与强大。

拳圣踏前半步，戛然停下。

他无法不停下，因为就在他踏步的同时，竟然感受不到对方的存在。

这在拳圣的数十年江湖生涯中还是头一遭遇到，他并不认为自己的铁拳已可称霸江湖，也不否认这世上还有胜过自己的高手，然而，不管是多么高的高手，他都必会以一种实体存在，而此时此刻，拳圣却感受不到人，只感受到了一把刀，一把充满着生命灵动的刀！

这不是幻觉，拳圣明白。

刀术练到极致，可以人刀合一，而纪空手的武功层次，显然已经超越了这种境界。

心中无刀，刀却无处不在，正因为心中无刀，所以刀的生命才能融入到人的实质中去，随着意念的流动而延续。

这才是刀的定义。

拳圣的眼中变得空洞而迷茫，神色间闪过刹那间的惊惧，然而，他已无路可退，盛名之下，他必须用自己的这双铁拳来捍卫！

他唯有出手——

拳出，在三寸的距离间变化了十七种角度，从而衍生出十七种旋转方式各不相同的力道，组成一个不断扩张的旋涡流体，向刀气最盛处切割而去。

此拳出击，由慢至快，由轻至重，抢入纪空手周身三尺处时，快逾电芒，重若山岳，其势之烈，犹如雪巅崩塌，绝无可挡之理。

好拳！不愧是拳圣攻出的拳式！这一式更有一个霸杀的名字，就叫“绝不空回”。

拳所带出的飓风，吹得山林呼呼作响……

拳所带出的音响，仿若串串炸雷，连山岩都为之震颤。

沙石翻飞，枯叶急卷，若巨网一般的杀气迸射八方，天上的那片乌云为之而裂，构成 个刀弧般的缺口……

一拳击出，山色变色，唯一不变的，是纪空手孤傲挺立的身影。

三尺、两尺半、两尺……

拳所拥有的速度，以一瞬来计；拳所经过的空间，用寸来量。当拳逼入纪空手两尺距离之内时，就连腿圣与棍圣都惊诧万分，更为纪空手所显露出来的冷静与镇定感到不可思议。

然而，就在一刹那间，拳圣的拳速陡然一滞，仿佛撞在了一堵无形的墙上。

拳圣的心神为之颤了一颤，他知道自已的拳头有多硬，就算前方真的有墙，他也可以将之一拳击垮，问题在于，他没有感受到墙，感受到的是刀！

一把真真正正的刀！

如果说拳圣最初所感受的刀全是抽象的话，那么此时他感受的刀就是实质的。谁也没有看到纪空手的手动了一下，更没有人看到纪空手出刀，但拳圣却感到了自手上传来的那种钻心裂肺般的剧痛。

“呀……”一声惨呼自拳圣口中发出，随着惊呼声起，拳圣的人影倒翻而退。

腿圣与棍圣飞身而上，将拳圣挟在中央，定睛看时，只见拳圣的右手自腕而断，森森白骨尽露，血水若泉喷涌，断腕处赫然是刀锋的痕迹。

“你……”腿圣气极而道，他们三人情同手足，想到拳圣之名从此而废，不由怒火攻心，急得说不出话来。

直到这时，纪空手的脸上才露出一丝淡淡的笑意，慵懒地道：“我自问自己在拳上的造诣比及这位仁兄要略逊几筹，所以只有用刀，得罪莫怪。”

腿圣好不容易才压下心中的怒火，冷笑一声：“想不到堂堂汉王竟是一个如此卑鄙的小人，这也只能怪我们兄弟几个瞎了眼！不过，你若认为今夜还能全身而话的话，那就大错特错了！”

“我的确是一个卑鄙的小人。”纪空手淡淡而道，“对付小人，我以小人行径相待；对待君子，自然以君子之礼相待。”

“说得好！”腿圣与棍圣不再迟疑，两人飞身而进，一左一右，对纪空手形成夹击之势。

两人所过之处，沙石如尘暴飞扬，身影疾动，仿若两道疾风。

纪空手已然闻到了风中所带出的漫天杀气，同时感受到空间一经挤压所形成的惊人压力，他没有惊乱，却已无法不动，脚尖点地，竟如一条飞龙纵上虚空。

“呼……”风卷衣衫，人在风中穿行，纪空手纵入半空的身影翩翩滑动，有一股说不出来的潇洒与诡异。

“天变——”就在纪空手的身形升至极限，转成下坠之势时，一声大喝，从纪空手的口中炸出，仿若天外惊雷。

腿圣与棍圣已在地面作好了攻击的准备，凭他们的实力与经验，只要纪空手重回地面，遇到的将是最霸烈的狙击，除非纪空手会飞，否则就没有理由不一败涂地。

但纪空手的大喝声一起，两人尚未明白意思，陡觉眼前一暗，这月夜竟然真的变成了黑夜。

无论是腿圣还是棍圣，无不心中大骇，在他们的心里都生出一个古怪而又荒诞的念头：“难道眼前的纪空手不是人，而是一个可以呼风唤雨的神？”

两人惊惧之中，飞身直退，一路布下九重劲气。

“哎哟……”就在这时，两人近乎同时发出一声惨呼，杀气随之而灭，天地一片寂黑。

拳圣不知道这暗黑之中到底发生了什么事，疾叫几声之后，并未听到有任何的回应。他正欲踏步过去，却感到前路上有一条身影静立着，气息翕动，正是纪空手！

“天又要变了！”纪空手抬头望天，并不在意拳圣的存在。

拳圣一愕，抬起头来，只见那片乌云正缓缓地飘移着，乌云过去，明月再现，天地间又是一片月华。

当他转眼望向腿圣与棍圣时，两人如僵尸般挺立于三丈之外，一动不动。

在两人的身后，还站着一条人影，白衣胜雪，长剑横前，风吹衫动，显得飘逸潇洒。能让腿圣与棍圣如此听话，自然是他一手为之。

“你……你……你是谁?”拳圣吃了一惊，他怎么也没有想到，在这子婴墓前竟然还有第五个人的存在。

“如果说你是拳圣的话，那么他就是剑神。”纪空手笑了笑，“不过，他是货真价实的剑神，比起你这个断腕拳圣，两者实在不可同日而语。”

拳圣怒极而笑：“你若非使诈，今日怎轮得到你来猖狂?”

“你错了！”龙赓淡淡而道，“自始至终，你们都不可能有赢的机会——因为，这本身就是我们布下的一个局。”

拳圣的脸上露出了不可思议的表情，摇了摇头：“不可能，你们绝不可能知道我们的存在。”

纪空手悠然道：“我的确是不知道‘西楚三圣’居然化装成下人杂役进入王府之中，但是，这段时间以来，我总是预感到有一种潜在的危机在威胁着我，为了不让我自己分心，于是，我就想出了这么一个引蛇出洞的计划，想不到居然一举成功。”

拳圣听着听着，突然间脸色一变：“不对！不对！”

纪空手的眼中露出一丝惊诧：“你觉得有什么地方不对?”

“你惯用的是剑，根据我们所搜集的情报，你的剑路已有十之八九尽为我们掌握，可是今夜你所施展的，却是刀，而且充满着无穷的威力，这实在让人感到费解。”拳圣的眼中流露出一片迷茫，平心而论，若非他有先入为主的思想，绝不会这么轻易地被纪空手所乘。

纪空手淡淡地笑了：“这么说来，这岂非是一个谜？”

拳圣道：“是的，这的确是一个谜。”

纪空手道：“对于你来说，这将是一个永远无法解开的谜！”的话音一落，七寸飞刀已经出手。

他舍弃了离别刀，却将七寸飞刀视作珍藏。因为，不知从什么时候起，他喜欢上了飞刀在空中所划出的美丽弧迹，当他用心去发出飞刀时，总能感应到那刀锋在天地之间所颤动的灵性与韵律。

所以，这是拥有生命与灵魂的飞刀，不知从何处而来，也不知从何处而去，来去俱如清风，充满着诗的想象与意境。当它的轨迹出现在空中时，不知有始，未知有终，就像是生命的延续般无穷无尽。

天地间只此一刀，它的出现，是一种永恒的美丽。

拳圣死了，他死得并不痛苦，因为他的脸上还带着一丝笑意，也许，他觉得能够死得美丽，未尝不是一种幸运。

当纪空手的飞刀发出时，龙赓的剑也同时动了。曾经在江湖上叱咤一时的“西楚三圣”，他们的盛名随着他们生命的消失而如流星般坠落。

子婴墓前，轻风依旧，两人站了许久，龙赓开口道：“你早就发现了‘西楚三圣’的存在，何以要选择今天才动手？”

“如果我说，今天是杀人的好日子，你信不信？”纪空手道。

龙赓笑了：“我更愿意相信你的另一种说法。”

纪空手淡淡而道：“因为我在等一个人，如果我所料不差，他应该就在这段时间赶至咸阳。”

“谁？”龙赓问道。

“一个远比‘西楚三圣’更加可怕的人物。”纪空手一脸肃然，“此人一到，只怕我们根本无暇顾及‘西楚三圣’，是以我才会决定在此人来到之前除去‘西楚三圣’。”

进入密室的人是韩千，在他的身后，还紧跟着一个人，垂眉低首，难以看清其面目。

韩千不姓韩，但自从韩信封他为淮阴侯府的大总管之后，他便逢人就说自己姓韩，以至于时日一长，人们都忘了他的本姓。

但是，熟悉韩千的人都知道，你可以忘记他的本姓，却无法忘记他的剑。他手中的三尺青锋剑，就连韩信这样的用剑大行家也对它赞赏有加。

“侯爷，人带来了。”韩千恭声哈腰，他的声音很轻，以至于韩信要集中精力才能听清。

韩信依旧斜坐在躺椅上，顺手将手中的锦笺揉成一团，扔在脚边的暖炉中，直到锦笺化为灰烬，这才缓缓地抬起头来“嗯”了一声。

韩千偷偷地瞧了瞧韩信的脸色，道：“小人遵照侯爷的吩咐，寻到人之后，专门对他进行了数月时间的调教……”

韩信的眉头皱了一皱，韩千顿时吓了一跳，赶忙住嘴。

韩信的目光瞟了一下韩千身边的那人，咳了一声，道：“你是哪里人氏？”

那人打了个哆嗦，被韩千狠狠地盯了一眼，连忙道：“小人是九江郡八达镇人……”

韩信眯了眯眼，似乎在回味着什么，半晌才道：“九江郡的口音与淮阴的口音差别不小，你能学得这般流利，倒也难为你了。”

那人得到韩信夸赞，心神大定，照着韩信说话的频率与口吻道：“这是小人应该做的，如果连这点小事都办不妥当，又怎对得起侯爷对我的知遇之恩？”

韩信禁不住笑了起来：“看来你还有些表演的天分，如果本侯没有猜错，你原本是学过大戏的吧？”

那人一愣，迟疑了一下：“侯爷是怎么知道的？”

韩信没有答话，缓缓站起身来，走到那人的面前，道：“抬起头来。”

那人垂眉低首道："在侯爷面前，哪有小人抬头的份儿？"

韩信道："你尽管抬头，本侯恕你不敬之罪。"

那人犹豫了一下，终于抬起了头。

"天哪！"韩信一眼看去，忍不住在心里叫了起来，因为他怎么也不敢相信，在这个世界上竟然有人和自己长得如此相似，若非此人的嘴唇略厚，鼻尖略小，简直就和自己是从一个模子里刻出来的一般。

他压住自己心中的惊奇，缓缓踱步，就像是欣赏一件绝佳上品的古董，围着那人绕了几圈，终于点了点头："不错，的确不错，从今日起，你就是本侯的替身了。"

那人赶紧伏地跪拜，却被韩信一把扶住。

"你纵算是本侯的替身，也无须向本侯跪拜。"韩信一字一句地傲然道，"因为今日的本侯，除了拜天、拜地，已经用不着向任何人下跪！"

那人诺诺连声，先行退下，密室中只剩下韩信与韩千二人。

"此事关系重大，除了你我知道之外，绝不允许第三人知情，否则——"韩信一脸肃然，眼睛紧盯着韩千。

韩千心中凛然，忙道："侯爷放心，小人将他带回淮阴之后，就一直将之安排在小人的妻妾房中，专门叫了两个丫环服侍。一旦侯爷用他之时，那两个丫环的阳寿也就到头了。"

韩信点了点头，沉吟半晌："不止是那两个丫环，你再想一想，还有什么事情没有办妥？"

韩千一怔，不明白韩信的意思，只得硬着头皮道："小人愚钝，还请侯爷示下。"

韩信冷冷地道："一个人生下来，就会有亲朋好友……"

他的话还没有说完，韩千已然明白其意，眼睛一亮，道："小人这就派人去办。"

韩信缓缓而道："还是你亲自走一趟吧，多带一些人手。须知要想灭口，就只有杀人，唯死人才不会出卖天机。"

他的目光盯注着桌上的那根大红蜡烛，鲜红的蜡油流下，就像是人的泪珠，有一种说不出的凄美与诡异。

扶沧海的行事作风很像一个人，有勇有谋，而且绝不会做任何没有把握的事，这个人就是纪空手。

所以他们才会成为要好的朋友。

然而对今晚的这次行动，扶沧海并没有十足的底气，因为他要面对的敌人，将是不可一世的项羽！

但他别无选择。

城阳受困已达半月之久，面对数十万西楚军的重重包围，田横的数万义军只有顽强抵御的份儿，根本看不到有任何突围的希望。假以时日，一旦城中弹尽粮绝，就算西楚军不攻，这数万义军也只有饿死一途。

形势如此严峻，逼的扶沧海只有铤而走险，行刺项羽！虽然他十分清楚，行刺成功的机率微乎其微，但他已是义无反顾。

当他说出自己的这个行动计划时，在场的每一个人都惊呆了，田横更是流下了两行热泪。

车侯站了出来，两千洞殿人马站了出来，他们既是扶沧海的朋友，也是兄弟，当然不忍心看着扶沧海一个人去送死，于是他们全部都成为了今晚行动的执行者。

不过，这两千人马并没有随着扶沧海踏入敌营，而是分布在城里四周，作掩护与接应。扶沧海明白，今晚的行动要想成功，就必须做到出其不意。

西楚军的军营纪律严明，戒备森严，每过一段时间，都有军士一批紧接一批地巡逻，更有许多明岗暗哨，外人要想混入进去，谈何容易？

但对扶沧海来说，却是小事一桩，他只需制服一名军士就可以大摇大摆地出入整个大营。问题就在他无法在短时间内找到项羽的营帐，更没有接近项羽的机会。

“口令！”扶沧海刚刚穿过一排营帐，绕到一批大树前，猛然听到林子里有人喝道。

“兴楚。”扶沧海早已从那名军士的口中套得了口令，是以丝毫不显慌乱。

走到近处，才看见这树上、树下都埋伏着数名精壮军士，扶沧海灵机一动，道：“各位辛苦了。”

自那些军士中站出一个领头模样的人物，打量了扶沧海一眼，道：“你是哪个营的？怎么这个时候还出来溜达？”

扶沧海哈了哈腰，道：“这么冷的天谁有心思出来溜达？我是回来替我们将军传个话，这不，还得赶回大王的大帐里接他去。”

那领头军士“咦”了一声，道：“你是昏了头了，大王的大帐在那边，你往这边跑干什么？”

扶沧海笑嘻嘻地道：“可不是昏了头了？”当下照准领头军士所指的方向直直走去。

项羽的大帐果然高大气派，远远望去，灯火通明，戒备森严。扶沧海行到距大帐还有千步之遥时，不敢冒进，而是攀上一棵大树观察地形。

他最终选择了一条比较僻静的路线蹑步过去，虽然这条路线最远，但却有山丘树林作掩护，这对他来说，无疑是比较安全的。

扶沧海十分小心地移动着身形，行至一半，却听得身后的一块岩石后面有人叫道：“口令！”

“兴楚——”扶沧海话未落音，猛然感觉到脑后有一道劲风无声无息地逼至。

扶沧海弄不明白自己究竟错在哪里，也根本没有任何考虑的机会。对于这种级数的高手来说，高手所具有的反应和本能才是最有效的。

扶沧海的身形刚刚向左一让，一道凉飕飕的剑锋自他的脑后堪堪擦过，锐利的杀气刺得扶沧海的肌肤隐隐生痛，但扶沧海还是避过了这要命的一剑。

对方竟然是一个高手，这一点连扶沧海也没有料到。

他想不出来，是因为他不明白这样一个用剑高手会混迹于一群军士之中。如果说是敌人早有准备，自己的行踪又怎会暴露？

既然想不明白，不如不想，扶沧海没有犹豫，抢在第一时间出手了。

对于敌人，绝不留情，这是扶沧海做事的风格，因为他心里清楚，对敌人留情，就是对自己的无情，杀人，就一定要断喉！

三尺短枪，自袖中弹射而出，划过一道暗红的弧度，犹如残虹般凄美。

这是扶沧海专为这次行动设计的兵器，虽然比起他擅使的丈二长枪短了九尺，但枪到了他的手中，已是如虎添翼。

“叮……”枪尖一点来剑，呈波浪形在剑背上滑动，黏如软泥，不缠不休，枪锋所指，是对方的咽喉。

对方是一个精瘦老者，穿着打扮活似一个老农，但在夜色之中，他的眼中尽现精光，出手之利落，反应之灵敏，已有大家风范。

扶沧海出手便是杀招，在这是非之地，他不敢多有耽搁，必须速战速决，所以就在老者让过他的一枪之后，手臂蓦然一振，枪尖处幻化成万千雨点，直扎那老者的面门。

但可怕的不是这一枪，而是刀，是扶沧海学自于纪空手的飞刀！

扶沧海年纪轻轻，便能坐上南海长枪世家传人的位置，这固然有一脉相承的原因，更主要的一点就是他的天赋极高，对武道有自己独到的见解。是以当他从纪空手手中学到这飞刀绝技之后，略加改良，就变成了此刻他所使的必杀技——声东击西！

枪只是一个幌子，飞刀才是真正的杀器。

等到那个老者明白过来，已经迟了，他只觉得自己的心脏被什么硬器分割而过，整个人如断线的风筝般飞跌出去。

扶沧海一招得手，并没有立即动作，而是深吸了一口气，平稳住心神。本来他今日前来行刺，就已不再考虑退路，然而这老者的出现让扶沧海意识到了危机的存在。

他只犹豫了一下，最终还是选择向前，能不能刺杀项羽，关系到数万人的生命，他又岂能为了自己一人的安危而放弃？

在这个世界上有这样一种人，他们从来不认为自己是真正意义上的侠者，在一些小事上也并不比其他人更光明磊落，然而，一到关键的时刻，他们就能挺身而出，义无反顾，做出让后人评定为“侠义”的大事。

纪空手是这样的人，扶沧海也不例外，所以注定了他们是朋友，也注定了他们的生命属于辉煌，永远灿烂。

“呼……”一道近似于鬼哭的破空之声直袭向扶沧海的左肋，身在半空的扶沧海猛然一沉，就在长箭堪堪自肋边擦过的一瞬间，他的手掌竟然握住了箭尾，照准长箭来处疾甩而去。

他这一手力道极大，又十分突然，然而并没有听到他预想中的惨呼声，扶沧海的心里不由一震，这才明白在这暗黑的夜里，居然埋伏了不少高手。

他的人刚一落地，便清晰地感应到在自己的前后左右四个方位都站着一个人，每人身上所发出的那种压迫性的气势犹如山岳横移而来，几乎让他难以呼吸。

特别是扶沧海所正对的那条身影，虽然他无法看清对方的脸，却从那一双锐利的眼芒中感到了一种无比强大的自信。这种自信，唯有高手才真正具有。

扶沧海的心里有一丝莫名的震颤，这在他的一生中殊为少见，然而他却没有丝毫的恐惧。

他无法恐惧，也没有时间来考虑太多的事情，他只知道自己无形之中陷入了一个死局，考虑再多都是多余。

他唯一能做的，就只有面对。

延绵百里的兵营处处燃起灯火，映红了大半边夜空。那火光映上云彩所呈现出来的血红看上去是那么的美丽，却又是那么的触目惊心。夜风很冷，却吹不进这段空间，这只因为，这里的每一寸空间，都弥漫着如锋刃般的杀气。

“项羽?”扶沧海的眼神陡然一亮，似乎有一种强烈的预感让他意识到了对手真正的身份。

“不错!”那人显得十分孤傲，淡淡而道，“你是谁?”

扶沧海心中一惊，直到此时，他才明白自己已经被人出卖了，否则，项羽绝对不会这么巧地出现在斯时斯地。

谁是内奸?

扶沧海的心里疑惑不解，然而，他无法多想，从项羽身上散发出来的压力几欲让人窒息，他必须集中心神才能缓解这种近乎是精神上的压迫。

“我姓扶，对你来说，应该并不陌生吧?”扶沧海深吸了一口气，这才淡淡而道。

项羽的眼睛跳了一下，沉默良久，这才轻叹了一声：“江湖上传言南海长枪世家已为纪空手所用，怪不得本王久攻城阳不下，原来田横的后面有你们支撑。”

扶沧海笑了一笑，突然心中一动，虽然此时此刻自己已经失去了行刺的条件，但项羽毕竟现身眼前……

“江湖上人道纪空手聪明绝顶，看来传言终归是传言。”项羽的语气中带着一丝轻蔑的味道，“他支持田横与本王作对，先不论能否成功，实际上他的所作所为只是为他人作嫁衣裳，得利者只能是刘邦，难道他没有想过这个问题吗?”

扶沧海的脸色变了一变，他不知道纪空手是否想过这个问题，却在自己的心里想过无数次。诚如项羽所言，纪空手命自己和车侯率洞殿人马北上抗楚，只能为刘邦出兵赢的时间。

然而，他丝毫没有怀疑纪空手的意思。纵然他对纪空手的命令无法理解，却坚信纪空手，坚信纪空手此举另有深意，所以，他显得非常平静。

“君子有所为有所不为，君子之所为，又岂是小人可以理解得了的。”扶沧海悠然而道。

项羽望着眼前这狂妄的年轻人，脸上已是一片铁青。

他一生以英雄自诩，少年带兵，又统领流云斋一干江湖高手，算得上是当世之中难得一见的英才，这还是他第一次听到有人当面骂他为小人，又怎能不叫他心中生怒?

“这么说来，你和纪空手都是君子啰?”项羽揶揄道，“但凡君子，只怕都命不长久，看来今天又要验证一回了。”

他的眉头一紧，眼锋如刀，缓缓地抬起了手中的长剑。

咸阳城中，依稀还有一些经过战火洗礼的痕迹，但城中百姓得到汉军安抚之后，渐渐开门纳市，一点一点地恢复着昔日繁华的盛景。

纪空手清楚地认识到，得民心者得天下是一句亘古不变的立世名言，要真正地做到这一点，首先就要做到不扰民。所以他一入咸阳，就严令大军驻扎在咸阳城外，一面收编三秦降军，一面整顿军务，日日操练。同时，萧何从南郑带来一大批能吏干臣，安置于关中各地州县，使得政令得以通行，关中局势渐趋稳定。

他所居之处，并非是故秦行宫，而是选择了当年五音先生入住的那家大宅园。红颜带着吕雉、虞姬以及无施入住在内园中，纪空手则将前院的几处厅堂作为了自己统帅军民的议事厅。

萧何赶到议事厅时，已是日上三竿时分。自汉军进入关中以来，他没日没夜地奔赴各地，建县立州，安抚民心，体察民情，直到昨夜三更天才赶回咸阳。因为今天是汉军进入关中之后召开的第一次军政会议，所以他只小歇了一会，便又匆匆赶来。

议事厅中已经坐了一批人，张良、陈平、曹参等一干人正恭候着纪空手的驾临，一见萧何来到，无不寒暄几句，倒是张良目光锐利，见得萧何一脸冷峻，知道民情棘手，不由心中一沉。

等到纪空手出来时，众人无不一怔。只见纪空手的脸上一片苍白，似是有气无力。只有紧随在纪空手身后的龙赓知道，那一夜在子婴墓前，纪空手虽然用刀破去了拳圣的惊天一拳，但拳圣所带出的拳力还是震伤了纪空手的经脉，若非他有补天石异力护体，只怕至今还卧床不起。

“西楚三圣”之名，绝非虚传，纪空手唯有苦笑。

他缓缓地深吸了一口气，一见萧何，精神顿时一振：“这些日子来辛苦你了，关中得以在这么短的时间内做到政局稳定，萧相当居首功。”

萧何摇了摇头，道：“此时还谈不上政局稳定，只是民心初定，一切开始步入正轨，微臣所看到的形势依然严峻。”

纪空手“哦”了一声，表示惊奇：“我倒要听听形势是如何个严峻法?”

萧何的心中早有腹稿，是以娓娓道来：“关中之富，天下闻名，然而自项羽入关之后，烧杀抢掠，大肆搜刮民间财富，致使项羽一退，关中已成极穷之地。若非这一两年缓了口气，只怕关中的人烟还比不上东南各郡稠密。”

纪空手的心里不由沉重起来，道：“人乃是治国之本，关中人烟稀少，就难以恢复当年盛景，本王既然有心问鼎天下，就一定要先治理好关中一地，否则若一地都治理不了，又何以治天下?”

萧何胸有成竹地道：“微臣已经想过了，要治关中并不难，难就难在我数十万大军马上要北上伐楚，每日的军需耗用必须由赋税来支撑。倘若能在关中地区免赋税三年，三年之后，微臣包管关中又可富甲天下。”

纪空手与陈平相视一眼，想到了自己手中所得的登龙图宝藏。这批宝藏有一部分已被扶沧海运到齐地支持田横所用，余下的交由陈平与后生无经营，已然翻了一番，足可支持大军两三年时间，不由微微一笑，道：“要是本王答应你关中免赋三年，你将采取什么措施，让关中富甲天下?”

萧何原想自己的要求过于苛刻，只是说说罢了。此时一听纪空手的口风，不由兴奋起来，道：“微臣想过，只要关中免赋三年，天下百姓必然振奋，稍有见识者，必举家迁入关中，到时关中就不愁人烟，农耕必然兴盛，市面必将繁华。与此同时，微臣还可以以此为饵，鼓励巴、蜀、汉中三郡富户北迁关中。这样一来，只要三年过后，单是关中一地征收的赋税，就可以供我军的一切所需。”

此事关系重大，纪空手难以决断，随即又将目光投在了张良身上。张良一直静听着萧何的治理之道，心中暗叹：“萧何治国，的确是不同凡响。”正感慨间，与纪空手四目相对。

张良沉吟片刻：“能使关中免赋三年，的确是一件需要魄力才能做成的大事。此事看上去很难，却是势在必行，因为微臣认为，此事一旦实行，必定是得大于失。”

众人闻言，无不将目光聚于张良一人身上。

张良正色道："楚汉相争，不是一朝一夕的事情，没有个三五年时间根本分不出胜负。是以，我们的目光就必须看得长远一些，表面上看，一旦免赋，我们少了三年的赋税，国力难免空虚，但只要关中再现繁荣，到那个时候，一年的赋税就可以超过这三年的收入，这笔账想必人人都算得清楚。不过，微臣所看重的，还不仅仅是这些，而是民心所向，只要关中免赋三年的消息传及天下，试问天下百姓谁不向往？谁不拥护？正所谓得民心者得天下，这天下早晚都在大王手中。"

他的这一番分析合情合理，丝丝入扣，引得众人无不点头。纪空手下了决心，道："既然如此，萧相就全权办理，至于大军所需，就由陈平负责。"

等到众人要散时，纪空手特意留下张良、陈平与龙赓，一起步入议事厅后的一间密室里，里面的红颜与吕雉早已恭候多时。

此时的纪空手已恢复了本来面目，轻舒了一下腰，道："这么做人也忒累了，早知如此，我还是回我的淮阴做无赖，倒胜过了这王侯之命。"

张良知他性情恬淡，对"功名"二字看得透澈，只是笑了笑："天将大任于斯人也，必先劳其筋骨，苦其心志，所谓成事在天，谋事在人，做人尚且很累，何况做事？"

纪空手心中一凛，道："我只是说说罢了，真要我现在放手，又岂会甘心？"他的眼中闪出一股向往之色，悠然而道，"真要有那么一天，百姓能够安居乐业，天下能够太平昌盛，我也算不负先生之托，也算是了却了我少年时的一桩心愿。"

龙赓久未说话，这时才道："这有何难？只要你我齐心协力，踏踏实实地做下去，这样的好日子早晚会出现。"

纪空手顿时想到了自己召集这些人的用意，肃然道："既然如此，我们就转入正题吧。"

他第一眼便望向红颜，红颜眼中现出一丝隐忧："关中既破，项羽却没有撤兵的迹象，看来扶沧海那边情形不妙。"

张良吃了一惊，道：“这可不像项羽的作风，如果这个消息属实，只怕扶、车二人危矣。”

纪空手心中一沉，顿时有几分着急起来，他一向视车侯、扶沧海为朋友，将那两千洞殿人马视作兄弟，虽然这一年多天各一方，但他却无时不刻地惦念他们，担心着他们的安危。

“何以见得?”纪空手难以再保持自己镇定的心态，紧紧地盯着张良问道。

“项羽之所以派三秦扼守关中，就是为了牵制我们，不容我们从关中而出一争天下。然而他得到关中失守的消息却能无动于衷，就证明了他先要置田横的义军于死地。”张良的眼光投向红颜，不无隐忧地道，“如果我所料不差，田横等人只怕已在绝地之中。”

红颜点了点头，自怀中取出一枚鸽哨：“这是三天前从城阳传来的消息，城阳被困已有七日。”

纪空手心中很是吃惊，舒缓了一下自己的情绪：“看来只有我率人亲自走一遭了，无论如何，我也不能坐视他们有任何不测，否则我今生永难安宁。”

张良缓缓地站了起来，眼中似有一份失落：“迟了，已经迟了，只怕此时城阳已破。一切都只有听天由命了。”

第九十三章　霸剑之道

项羽之剑，从不轻用，是以连他最亲近的亲信，也很少看到项羽所用的剑器。

此剑名“杀鹿”，乃天下名器，在上古神兵排行榜中名列第七，可以说是当世少有的绝品。杀鹿用于项羽的手中，辅之流云道真气，几乎可以无敌于天下。

他极少动用杀鹿，但在今夜，他却不得不用，这只因为他已经看出眼前的对手绝非庸人，而是一个位列于绝顶高手的强豪，如果自己心存小视，那么失败的也许就是自己。

远处传来了三声炮响，如炸雷般传遍了夜空，整齐划一的呐喊声若雨点般铺天盖地而来，显示着今夜绝不平静。

项羽知道，攻城战已经开始。他已下令，今夜一战，势在必得！

他之所以有这样的信心，是因为城阳城中的确出了奸细，而这个奸细，连项羽也未曾想到竟会是……

剑已抬至眉尖，在流云道真气的冲激下，剑锋的一点处泛出了一丝淡淡的色彩，如血一般红！

虽然项羽的大手若山岳般沉稳，没有一丝要出手的迹象，但扶沧海已经感应到项羽出手了。

“在你出手之前，我还想问你一两件事情，你可以不答，但我却一定要问！”扶沧海突然开口了，他之所以如此，一是因为他心中确有疑惑，二是他想打乱项羽出手的节奏。

项羽很久没有遇上像扶沧海这样的高手，更没有遇上像扶沧海这样有风骨的人，是以嘴上不说，心里却有三分敬重。听得扶沧海开口，他只是哼了一声，并非一口拒绝。

“谁是奸细?”扶沧海冷冷地问道，“若没有人出卖，你们根本无法知道我今夜的行踪，更不会选择今夜攻城!”

“你很聪明。”项羽淡淡地道，“但这个人本王却不想说，因为本王还要指望他派上大用场。至于你装成楚军士卒，却依然被我识破，是因为你答的口令不对。一进我主帐千米之内，口令就是‘灭汉’，而不是‘兴楚’。”

扶沧海这才知道何以自己一报口令，即遭偷袭的原因。于是他不再犹豫，缓缓地将自己手中的三尺短枪抬起，道：“请!”

“本王已经出手。”项羽冷然道。

扶沧海的心神颤了一颤，立时发现项羽并没有说谎。他的确已经出手了，只不过他所用的，不是杀鹿剑，而是一种从精神上压迫的意念。

能成为五阀阀主者，一出手已是骇人听闻。

扶沧海深深地吸了一口气，心神一凛间，知道自己不能再等下去。他已经看出，自己与项羽之间仍有差距，无论在气势上，还是气机上，自己都难以与之抗衡。

不过，他不惊不惧，更无畏，他明白自己还有一线机会，关键在于自己是否能够拿捏得准这一线时机。

夜空在刹那间变得血红，方圆十丈之内，夜色如火般透明，当扶沧海的眼芒盯向项羽的杀鹿剑时，不由有几分惊异。

但见那剑锋自一点而出，已呈乌云，一匝一匝如电流般的火线沿着这一点剑锋向外扩张，哧哧作响，隐成风雷。

杀鹿剑的确是一把好剑，用于项羽手中更是威力惊人。扶沧海冷眼看着，只感到这空气的每一寸都被它撕裂了一般，带出一股毁灭性的杀意。

杀意很冷，又出现在这森冷的夜空。紧随在项羽身边的四五人都是高手，却禁不住这杀鹿剑所带来的冰寒，打了个寒噤，无不向后退了一步。

扶沧海同样感受到了这股非自然的寒意，然而他不退反进，大大地踏前一步。

他不能退，只能进，虽然他一步踏进，感受到无穷无尽的压力，也只能咬牙承受，否则两强相遇，气势一失，自己就会一败涂地。

枪，终于出手，在无奈之下出手。

一杆带着无限杀意的枪，如一段凄美的残虹般跃入空中，乍看上去，活似一条腾驾于九天之上的游龙。

沙石狂卷，风声大作，天空竟在一刹那间变得迷茫……

天变、地乱、风野……仿佛天地风云在瞬息间巨变。

这就是扶沧海的枪，一枪出手，可以惊天动地，可以引得风雷咆哮，更可以让人感受到悲愤的情绪。

三丈、两丈、一丈……

项羽挺立如山的身影若古松般一动不动，风乍起，衣袂飘飘，犹如神仙般飘逸。他的眼芒是那么地锐利，如电闪一般，直到这团风沙逼入了他七尺范围，他的眉然才跳了一跳。

只是一跳，便骤见这夜空之中跃出一道耀眼夺目的光芒，布至极处，竟然幻化成一个深邃无穷的黑洞。

这绝不是幻像，也不是错觉，而是实实在在的一种视觉，只有身在局中的扶沧海，才能真正领略到这一剑的精妙。

两条身影在飞旋之中陷入黑洞，随之消失在那片茫茫暗黑之中，电流不断地哧哧闪烁，更有成百上千的火星在衍生变化，在激撞中爆炸。

"滋滋"之声不绝于耳，这是气流撞击所发出的声响。场中每一个人都感受到气流飞蹿，却又觉得这片空间里已成真空，如死一般地静寂万分。

如此诡异的场景，看得旁人目瞪口呆，就在众人眼见着那黑洞愈变愈小时，突然从黑洞极处暴闪出两条如烟花般的异彩，显得是那么烂漫，却又那么恐怖。

地面上的泥石有若飓风飞旋，形成两条围着异彩的柱石，一声惊天动地的爆响过后，异彩消失，泥尘俱灭，两道如雕塑般的身影就站在原地，仿佛从未动过一般。

两人的表情都显得异乎寻常的平静，谁也看不出刚才的交锋孰胜孰负。项羽的脸上冷漠得近似无情，半晌过后，方冷冷地道："你能接下本王方才的这一剑，已足以证明你名下无虚。换在平时，本王爱才之心已起，可以放你一马，但斯时斯地，你我已是敌人，就休怪本王无情，请再接本王这一剑！"

剑，已不在，因为扶沧海没有看到杀鹿剑的踪影。

但——剑又无处不在，因为扶沧海已经感受到了那种无孔不入的剑意存在。

面对项羽这等如此强大的对手，扶沧海仿佛陷入了一个无法解开的死局之中，他已经意识到，项羽的武功之可怕，远在自己估计之上。越是缠斗久了，形势就愈发对自己不利。

他已决定，速战速决，不是敌死，就是我亡。

此时，城阳城方向的上空已是染红了一片，厮杀声纵在数里之外也清晰入耳，扶沧海的眼前仿佛看到了一幕幕血腥厮杀的场面，同时激发了他心中的无限战意。

他没有马上动，是因为他没有看清项羽的剑出自何方，此时的项羽就在他的身前随便一站，便自然而然地与天地融为一体，与剑共成一系，整个人散发出一股压倒性的气势，根本让人无从下手。

所以他只有等，等项羽的出手。

项羽一脸悠然，可是他同样在心里打量着自己的对手。那一双深邃如苍穹极处的眸子里，透出一股浓烈若酒般的杀意，而他的杀气更如他的剑一般，虽然无形，却无处不在。

在这个乱世，这个江湖，已经很少有人见到项羽的剑法，据说见过他出剑的人，几乎都死了，所以他的剑在人言之中始终显得高深莫测。

但扶沧海懂得，纵算是与项羽交锋百次，自己也休想对他的剑法有更多的了解。这只因为，项羽的剑重意不重形，出手无痕无迹，讲求的是一种简单而又深邃的意境。

这就像真正的书法高手，你可以临摹他的作品，却永远无法模仿到他字里行间的风骨。

风乍起，这是一股莫名而生的风，竟然从项羽的身后涌出，当它旋到项羽身前时，已然变得狂野不羁。

这是剑风，扶沧海的眼睛一亮！

虽然他还是无法看到剑的形，却已经感到了对方出剑的方向，是以他大喝一声，伴着一阵“嗡嗡”之音，枪自指尖而出。

他迎向的是这风中的最前端，风既是剑风，那里就当然是杀鹿剑的剑锋。

然而项羽并未迎前，而是突然向空中飘移，整个人就像是一片自由自在、无拘无束的流云，悠然地若神仙般飘逸。

就在众人为这种流云之美所感染时，骤然间一声炸响，一道电芒将流云一分为二，拖出如海啸般的杀气，流涌向扶沧海的立身之地。

扶沧海心中一沉，知道这是决定胜负的一刻，是以眼睛一眨不眨，仿若定住了一般。

那电芒完全以君临天下之势飞扑而来，犹如高山滚石，伴随电芒之后的，是一片流云，犹如一个虚幻的故事般让人看不真实。

“哧……”扶沧海的手一动未动，但他袖中所藏的飞刀已如脱弦之箭般直射向那流云的中心。

同时他的枪出，竟然以一种不可思议的速度与角度正点击在这电芒的最前端。

他已拼尽全力，也许，飞刀就是他所暗藏的最后一道杀机！

纪空手的脸色一片苍白，在烛火的映射下，有一种可怕的森然。

他推窗望着天上的明月，嘴中正祈求着什么。他从不信神，但此时此刻，他却希望这世间真的有神，保佑着扶沧海他们。

虞姬带着无施静立在他的身后，听着他喃喃自语。她一听红颜说纪空手的情绪不佳，便带着无施赶来，因为纪空手一见到无施，总是可以开心地将一切烦恼抛到脑后。

“爹爹，你在干什么？念经吗？”无施睁着大眼睛，终于忍不住心中的好奇，问道。

纪空手回过头来，并没有如往常般笑逐颜开，只是蹲下身子，在无施的脸上亲了一口：“爹爹是在祈祷，向上天祈祷。”

“天上有神灵吗？”无施指着天道。

“有，当然有，天上都是一些保佑好人的神灵。”纪空手淡淡笑道。

“那什么人才算是好人呢？”无施天真地问道。

这的确是一个不容易回答的问题，对呀！什么样的人才算是好人呢？纪空手不由陷入了沉思之中。

在这个世界上，什么是好，什么是坏，并没有一个绝对的标准。就拿五音先生来说，在纪空手的眼里，他绝对算得上是一个好人，但在别人的眼里，或许又是另外一种认为。同样的一个人，或者同样的一件事，放在不同的人眼中，以不同的视角来看问题，就难免会产生不同的看法。

“你记住。”纪空手眼中一亮，轻抚着无施的头道，“一个能够让大多数人说好的人，那就是好人。如果你还不懂，那么，只要你这一生中所做的事情都能问心无愧，你就是好人。”

无施嘻嘻一笑：“爹爹是好人吗？”

“我不知道。”纪空手听着这无忌的童言，心下一片茫然，他真的不知道自己今生所做的一切，后人将会如何评价。

飞刀与短枪同时出手，威势确实惊人，如果它们所攻击的目标不是项羽，必定是势在必得。

可惜的是，它们的目标正是项羽。项羽已经看到扶沧海用过一次飞刀，当然对扶沧海的飞刀早有提防。

所以飞刀最终的所向，只有是茫茫空际。

但项羽手中划出的电芒，却对准了扶沧海的枪锋直迎上去。

就在这时，扶沧海的脸上露出一丝不易被人察觉的笑意，这笑来得如此突然，来得如此诡异，隐隐然已现一丝杀机。

“轰……”两道如锋刃般的气流在高速中形成对撞，磨擦出一溜“滋滋……”的电弧，一切让人眼花缭乱的幻像在瞬间消失。刀与枪再现虚空，以一种看似极慢实则极快的速度撞击在一点之上。

“叮……”一声清脆的金属之音如歌般响起。

“砰……”随之而来的是一声低沉的迸裂之音。

这是怎么回事?

项羽的心还未动，他的身体已本能地作出了超越人体本身的反应，硬生生地将整个身体向左横移了七寸，就这七寸，将他从鬼门关拉了回来。

他闷哼一声，飞身直退，站稳脚跟之后，这才发现胸前已多了一把飞刀，刀没至柄，所幸离心房还有四寸距离。

项羽喝退了闻声而上的手下，缓缓地抬起头望向扶沧海，却见扶沧海手提断枪，一脸惊诧，似乎不敢相信项羽竟然能躲过这致命的一击!

这的确是可以让人致命的一击，扶沧海算定自己不是项羽的对手，是以专门设计了这三尺短枪来对付他。在短枪的枪身中，暗藏了一把飞刀，由一道强弩控制，只要短枪与别的兵器一撞，枪身为之而裂，飞刀便以一种非人力的力道弹射而出，必将起到出其不意的功效。

然而饶是如此，竟然还是让项羽逃出了生天，扶沧海顿时感到了心灰意冷。

他知道，自己败局已定，纵然项羽不出手，单凭那几个手下就已经可以奠定一切。

“你太令本王失望了!”项羽看着扶沧海如死灰般的脸冷冷地道。

扶沧海淡淡一笑：“能让你这个独夫民贼死，用任何手段都不为过，可惜的是，竟然让你逃过了此劫。”

项羽的眼中怒火欲喷，咬牙切齿地道：“既然本王不死，只怕有人就会死得很惨!”

“你错了，没有人能杀得了我。”扶沧海情知大势已去，凄然一笑，将手中的断枪对准了自己的心口。

“不可——”一声惊呼乍起，两条人影如风般自暗黑中扑出，两道带着弧形的长刀拖着亮丽的刀芒，卷起一地沙尘向这边冲来。

杀气随之弥漫了整个空间，刀风更是激得每个人脸上都如针刺一般。

刀尚在数丈之外，那剽悍无匹的霸气已如一道深深的烙印，烙入了每一个人的意识之中。

“可惜……车兄……你来晚了……”扶沧海说完这句话，口中喷出一道血雾，直冲虚空，那血若雨点般坠落，宛如点点梅花般凄美。

他选择了这样的方式而死，是因为南海长枪世家的名头不能因他而堕落。在这个世界上，没有人可以杀掉南海长枪世家的传人，除了他自己！

车侯与车云峰赶到，正好挽住了扶沧海摇摇欲倒的身体。车侯是个大行家，一眼便看出扶沧海所选择刺入的部位正是致命伤，就是神仙在世亦是无力回天。

“你又何苦呢?”车侯伸出手来，缓缓地替他合上未瞑的眼睛，柔声道。

在他的心里，却已充满了无限的愁苦与悲愤，虽然他比扶沧海大了十数岁，但这两年来两人并肩作战，同生共死，已结下了不下于兄弟之情的深厚友谊。

车侯缓缓地将扶沧海放在地上，缓缓地将手中的长刀横于胸前，突然转过身来，面对项羽等人，怒目圆瞪：“有种的就放马过来！”

愤怒中的车侯犹如一尊煞神，浑身上下燃烧着一股让人生畏的战意。他已无所求，只求杀得眼前一二个敌人，为自己的战友报仇。他更不畏死，生死对他来说，已不重要。

“啪啪……”项羽忍着伤痛，拍了拍手，“你就是西域龟宗当今的宗主车侯?”

车侯冷眼扫了他一眼：“老子就是，你莫非就是小儿项羽?”

项羽淡淡一笑，道：“开口骂人，只怕不是一个堂堂宗主所为吧?”

车侯一时气大，怒骂道：“老子操你祖宗！”

项羽脸色一变，半晌才平静下来：“你可以骂本王，但本王有几句话也请你务必听进去。”

车侯一怔，冷然道：“有屁就放！”

项羽笑了笑：“你身为西域龟宗的宗主，不把门派发扬光大，却为了五音先生的一句话就步入中原，插手中原纷争，这是否是因小失大？到如今，西域龟宗又因你个人而即将遭到灭门之祸，这是否值得？”他眼见车侯若有所思的样子，顿了顿，接着道，“所谓识时务者为俊杰，如果你愿意听下去，本王倒有一条明路指给你。”

车侯的语气平缓了一下，道：“哦，这我倒想听听！”

项羽听他不再以“老子”自居，知有了回旋的余地，侃侃而谈：“西域龟宗最擅长的就是土木机关，用于城防，竟然以数万人马与我数十万大军抗衡达半月之久，足见阁下的技艺之高明。假如你能为本王所用，一旦天下大定，本王不仅可以让你封侯拜相，甚至可以让你的西域龟宗成为江湖上仅次于我流云斋的第二大门派。这样一来，于个人，于门派，都是最好的结果，车宗主你又何乐而不为呢？”

车侯淡淡地道：“假如我不听呢？”

项羽笑了起来：“那你就是目光短浅，殊无远见，比起你这个儿子来，可就差得远了。”

车侯浑身一震，缓缓回头，目光如电般望向车云峰，冷然道：“这么说来，你与这位姓项的早有勾结？”

车云峰心中一惊，退了一步：“孩儿这也是为了爹爹好！”

“怪不得，怪不得！”车侯喃喃而语，眼中似有泪光闪动，“我一直怀疑我们当中有奸细，想不到竟是你这个逆——子！”

他说到“逆”字时，刀光一现，竟然将车云峰的头颅旋飞半空。

项羽等人无不吃惊，全没想到车侯心肠竟然如此强硬，杀起儿子来也毫不手软。

车侯悲愤地大笑起来，良久方止：“姓项的，告诉你吧，我为了五音先生步入中原，为的是一个‘义’字；我为了五音先生之托而遭灭门，为的是一个‘忠’字。忠义二字，又岂是你这小儿能够理解的？像你这样一个不忠不义之徒，纵是生，亦不如我辈死了快活！”

他说得痛快淋漓，将项羽的脸色说得一会儿青，一会儿紫，竟是狼狈不堪。然后，他深深地看了扶沧海一眼，长叹一声，道：“兄弟，是做哥哥的对不住你呀！”

话音一落，白光又现，车侯已自刎身亡。

面对如此变故，众人无不惊呆。项羽良久之后才深深地吸了一口气，叹道：“真正是有血性的汉子，可惜，竟不能为本王所用。”一边摇头，一边惋惜，吩咐手下以国士厚葬。

“这一位呢？”一名手下指着车云峰的尸身道。

“他也配？”项羽的脸上露出一丝厌恶之色，“这种人只配喂鹰喂狗！”

他的话刚一落音，猛然听得城阳方向传来一阵欢呼声：“城破了，城破了！”

城阳破城的消息传来，纪空手大叫一声，当即晕倒。

醒来时已是夜半时分，他只感到胸口隐隐作痛，心里有一股说不出来的愁苦。睁开眼来，红颜、虞姬等人与张良、龙赓俱在床前守候，脸上无不露出关切之色。

“有劳各位担心了。”纪空手刚刚开口，热泪便夺眶而出。

红颜知他重情重义，柔声劝道：“人死不能复生，我们现在要做的，不是哀痛，而是应该想想如何为车叔、扶兄以及那两千余名兄弟报仇！”

纪空手猛打一个激灵，头脑顿时清醒起来：“诚如你所言，此仇不报，我纪空手何以为人？”

他强打精神，勉力坐了起来：“城阳那边的情况究竟如何？”

红颜统领知音亭，消息最是灵通，当下黯然道：“城阳一破，只有田横带着五百死士逃出，至今下落不明，其余人等无一幸免。”

纪空手咬牙道：“项羽呢？”

“项羽破了城阳，即班师回楚，据说他身遭重创，暂时还没有向关中进兵的打算。”红颜道。

“他不向关中进兵，我还想出兵关中找他呢!”纪空手恨恨地道。

张良最担心的就是这个，眉头一皱，劝道：“公子若是这般想，不仅大仇难报，只怕还会有负先生重托，更负天下百姓!”

纪空手怔了一怔，看到张良眼中显露的焦虑之色，头脑顿时清醒起来。

虽然他在军事上不及张良，治国上比不上萧何，但他一向有统揽全局之才，又是一个绝顶聪明之人，当然深知小不忍则乱大谋的道理。他十分清楚当今天下的时势，更明白汉军攻下关中之后就按兵不动的原因，这只因为，汉军所面对的，将是西楚霸王项羽从来不败的军队，还要提防韩信的数十万江淮军的虎视眈眈。

他的心下踌躇起来，然而，车侯、扶沧海都是他的患难之交，一向情深义重，若是不能为他们报仇，他有何颜面去见他们的在天之灵？

张良显然看穿了他的心思，缓缓而道：“真正杀害车侯、扶沧海的人不是项羽，只要公子静下心来想一想，答案不说自明。”

他这一句话惊住了在座的每一个人，纪空手纵是智计多端，心思缜密，一时间也未能明白张良话中所指。

张良道：“城阳之败在于当初我们的失算，就连我也算漏了一人。公子试想，以项羽飞横跋扈的秉性，一旦闻听关中被破的消息，哪里还能按兵不动？然而事实上他却置关中而不顾，围攻城阳，这岂非太过反常？”

纪空手心中一直有这种疑惑，点头道：“这的确有违此人的本性。”

张良淡淡地道：“据我所知，当初项羽确有救援关中之意，不过在他的身边，还有一个范增，正是范增看到了救援关中的弊端，是以才劝说项羽留在了齐国。”

纪空手的心里顿时明亮起来，道：“要杀范增，谈何容易？项羽既拜范增为亚父，正是将他当作了左臂右膀。”

“为个人计，为天下计，范增都是必杀之人。”张良的眉间一动，隐然闪现出一丝杀气，“楚汉相争，在于斗智不斗力，只要去掉项羽真正的智囊，无异于断了他的一条手臂。”

他当即叙说了范增在西楚军中的重要性，并且列举了范增出谋划策所取得成功的各个范例，听得纪空手霍然动容。

“既然如此，明日我便启程。”纪空手不想假手于他人，决定亲自动手。

龙赓摇了摇头：“公子旧伤未愈，不宜车马劳顿，此事还是交给我吧。”

纪空手望了他一眼，深知龙赓沉默如金，既然开口应承此事，已有了七分把握。而且，龙赓的剑术几近通神的地步，纵然不能行刺成功，当可自保全身而退。

张良却道：“此刻行刺范增，时机未到。各位细想，范增既是项羽的重要谋臣，身边的戒备必定森严，我们又岂能仿效莽夫逞一时之勇？”

纪空手是何等聪明之人，闻音而知其意，点了点头：“莫非你已有了妙计？”

张良淡淡地道：“妙计倒算不上，不过是‘离间’二字。”

“好！”纪空手一拍手道，“杀人不见血，那就有劳了！”

“我不行。”张良神秘地一笑，“但你行。”

纪空手一愣，顿时醒悟过来：“果真是这个理，我竟然忘了我此刻的身份了。”

两人似谈玄机般地一问一答，听得众人如坠云雾之中。

长夜漫漫，苍穹尽墨，谁又能读懂黑暗之中所蕴藏的未知玄理？

关中三年免赋的消息，如一粒火种撒向关中，撒向巴、蜀、汉中三郡，并在短时间内闹得天下沸沸扬扬，无论是地主豪绅，还是贫民商贾，无不拍手称快。

当时天下百姓经过很长时间的暴秦苛政，心中积怨颇深，骤然听得天底下还有免赋这样的好事，而且一免就是三年，无不心向往之。更有汉王以德政治理巴、蜀、汉中三郡之事早已传播开来，一时之间，关中一地热闹起来，竟在半月之内新增人丁达百万之众。

这一切都被纪空手看在眼里，喜在心头。他所喜的并非是关中一地的繁华，而是民心所向，楚汉争霸虽然还没有真正地动起一刀一枪，但在政治上，纪空手已明显占到了上风。

汉历三年三月，在关中门户武关城外的一条古驿道上，人来人往，热闹非凡，牛车马车连绵不断，人流熙熙攘攘。樊哙身为大汉军的先锋官，坐镇武关，既有保一地平安之责，同时也不忘自己身负北上伐楚之重任，是以，亲自坐守城门之上，时刻警惕着人流动向，以防不测。

受命先锋一职，这原本是樊哙心中所不敢想象之事，当日他助吕翥谋害刘邦，犯下的是谋逆大罪，虽说是吕翥以药物要挟，但于理于法，自己终究难逃一死。谁曾想刘邦竟能冰释前嫌，既往不咎，反而对自己委以重任，这的确让樊哙心生士为知已者死的念头。

所以他受命先锋之后，尽心尽职，骁勇异常，屡建战功，成为大汉军不可多得的一代名将，他却不知，若真是以刘邦睚眦必报的本性，又岂能容他这样的谋逆之臣，只是此刘邦已非彼刘邦，才成就了他的名将风范。

樊哙望着城上城下自己的军队，心里不由有三分得意，他任先锋后，一向讲究军纪严明，赏罚分明，为了打造一支这样的铁军，他简直是呕心沥血，与兵同吃，与兵同寝，不敢有一丝的懈怠，最终才有此成就，回想起来，自己也确实不易。

他兀自想着，陡然听得远处传来一阵“嘚嘚”的马蹄之声，循声望去，但见古驿道上漫起一片黄沙，十几骑人马在沙尘中时隐时现，来势甚疾。

樊哙心中一怔：“自平定关中以来，楚汉相对平静了七八个月，虽然谁都明白这只是一种暂时的平静，平静的背后却孕育着风暴的来临，可是，谁又想得到风暴竟然来得如此之快呢?”

他之所以有这样的推断，并非全无根据，自项羽还师回楚之后，为了避免发生无谓的争端，楚汉两军自边界各退百里，从而在边界地带形成一段距离的军事真空，这七八个月来，樊哙还是第一次听到有人如此胆大妄为，在自己的眼皮之下纵马驰骋。

他缓缓地站起身来，望着这一支不知身份的马队，在他的身后，三名侍卫正各执令旗，等候着他发号施令。

城下的百姓骤闻变故，已是乱作一团，纷纷向驿道两边闪避，任由这十余骑从中窜行。

但樊哙已然看出，这些人不过是一帮逃者，正遭到楚军的追杀，只是眼见距武关近了，追兵才不敢继续跟来，停在数里外的那片密林。

“传令下去！”樊哙显得异常镇定，在情况未明之下，当机立断，“命张将军率一队人马赶到密林，观察楚军动向，没有接到本将军的命令，不准出击，命鲜于将军率一队人马拦截住这十余人众，未明身份之前，不许他们进入武关，命侯将军率其余各部，作好战斗准备，随时应付异常情况！”

此令一下，三军俱动，樊哙看着令旗飞舞，十分满意自己手下的反应。

他如此细微谨慎，并非是小题大做之举。虽说边境太平，但楚汉争霸，乃是大势所趋，他身为前线的最高统帅，肩负守卫之职，容不得半点大意。

眼见鲜于恨乐率数百军士截住了那帮人，樊哙的心里犹在纳闷：“这些人究竟是谁？何以竟遭到楚军的追杀？”

鲜于恨乐是樊哙麾下一员骁将，未从军前，也是巴郡断水月派的嫡系传人，刀法精湛，屡立战功，颇得樊哙器重，他接令之后，虽觉得樊哙此令有点杀鸡用牛刀之意，但他没有打任何折扣，将那帮人截在距城门半里处的驿道上。

“在下乃汉军先锋樊将军麾下鲜于恨乐，奉命相迎诸位，只是此处乃关防重地，盘查乃理所当然之事，若有得罪，还请海涵！”鲜于恨乐双手抱拳，一番话说得有理有节，既不得罪于人，也没忘了职责所在。

那群人俱是一脸风尘，衣衫上沾染血渍，一副惊魂未定的样子。听了鲜于恨乐的话，无不舒缓了一口长气，其中一人抱拳道：“原来是鲜于将军，久仰大名，在下姓金名错，乃是大齐旧将！”

他此言一出，鲜于恨乐心中惊道：“此人竟是田横的手下，早听说城阳一破，田横率五百死士突围而去，便已下落不明，想不到他们竟到了武关！”

当下不敢怠慢，脸上带笑道：“田大将军以数万人马抗楚，与项羽数十万人马周旋数月，这等义举，天下尽闻，末将钦佩已久，无奈难得一见，引为憾事！”

“要见我一面又有何难？”一个声音如惊雷般炸响，惊得鲜于恨乐神情一呆。

他循声望去，只见这群人的中央簇拥着一位年过三旬的汉子，鬓角处已见白发，略有沧桑之意，但双目不怒而威，自有一种说不出来的气度。

鲜于恨乐心中一凛，试探地问道：“这位莫非就是……”

“不错，在下正是大齐军的统帅田横！”那人说话颇有一股傲然之气，然而话锋一转，长叹一声：“可恨的是，纵是英雄，亦是末路，今日杀开一条血路，就是为了投奔汉王而来！”

鲜于恨乐顿时肃然起敬，道：“原来如此！怪不得西楚军敢公然越界，追杀到这里来了！”

田横叹息一声：“随田某前来的共是五百名死士，化整为零，乔装打扮，原以为可以安全地进入关中，谁曾想眼见要到武关了，竟然被西楚军发现了行踪，一路追杀而来，就只剩下身边这十几个了，唉……”

鲜于恨乐也为之而叹：“这也是天降劫难于将军，不过，凡事还是想开些为好！不幸中的万幸是将军得以全身而退，总算是老天爷还没有瞎眼吧！”

他大手一扬，正要当先引路，却听得三声炮响自密林处响起，伴着一阵呐喊声，张余所率的大汉军竟然与西楚军交起手来。

樊哙自城楼上而望，眼见张余的军队竟然敌不住西楚军的攻势，且战且退，不由心中一沉。

他隐隐觉得事态的发展有些反常，并不像他事先所预料的那般简单，他既然严令张余不准贸然出击，那么只能说明是西楚军先行点燃了战火，由不得张余置身事外。

如此说来，西楚军竟是有备而来。

樊哙想及此处，心中已是凛然，当即传令：“三军作好战斗准备！”

他话音刚落，骤听得城门下一片骚乱，百姓纷纷涌入城门，军士仓促之间，竟然阻挡不了。

“要糟!”樊哙心中“咯噔”一下，再也坐不住了，带着自己的一帮亲卫匆匆走下城楼。

“关闭城门!”

眼见形势大乱，樊哙当机立断喝道。虽然城外还有他的两标军马，但一旦西楚军趁势追击，武关就有失守之虞，武关一失，则关中危矣，樊哙无论如何都担负不起这个责任。

第九十四章　顾全大局

鲜于恨乐此时距城门不过数十步之遥，是以，非常清晰地听到了樊哙急而不乱有若洪钟般的声音，他心中一急，叫道：“樊将军且慢！”

事关他一人的生死倒也无所谓，事关田横的性命，由不得他心中不急，然而就在此时，他骤闻身后有一道劲风响起，虽然声音细微，但听在他这样的刀术名家耳里，依然清晰异常。

他出于本能地一伏身形，整个人从马腹下窜过，回头看时，却见田横的手中紧握着一柄五尺短戟，脸上已尽露杀气。

鲜于恨乐惊道：“你，你，你不是田横！”他知道田横最擅长的是剑，此人既使短戟，已是冒牌无疑。

那人冷然一笑：“你现在晓得，只怕迟了！”短戟一横，在虚空中划出一道诡异多变的弧迹，直刺鲜于恨乐的眉心。

与此同时，跟随在其身后的众人纷纷拔出兵器，呐喊一声，快马向城门冲去。

樊哙毕竟是见过大场面的角色，虽惊不乱，一面派人放箭阻截，一面让人关闭城门，城门关到一半时，陡然听得城中喊杀声起，竟有数百名敌人混迹出入城门的百姓之中，趁机发起难来。

樊哙面对敌人这种里应外合所形成的局势，知道情形越乱，越不容易控制，最好的办法就是分而歼之，各个击破。

站在他身后的数百将士，乃是他先锋军中精锐中的精锐，其中大多数人是他乌雀门中的子弟，不仅忠于自己，而且战力惊人，此刻正一言不发地肃立着，但每一个人的大手都已握住了刀柄，只等樊哙一声令下，就将展开一场无情的杀戮。此时已是正午时分，虽是三月阳春，天气依然带着一股肃杀，凛凛寒风呼啸而过，更使天地间平添一股杀气。

樊哙眉锋一跳，从牙缝中迸出一个字来："杀——"

话音落地，他身后的将士已然不声不响地冲杀过去，与敌人厮杀起来，一时间，自城门百步之内，杀气漫天，血流成河，兵戈相击之声不绝于耳，到处一片凄惨血腥。

城门之外，杀气依旧。鲜于恨乐连连闪过对手短戟的攻击，瞅个空子，"哐啷"一声，终于拔出了自己腰间的长刀。

长刀在手，鲜于恨乐心中顿生一股傲气。

就连那位假田横，心中也为之一怔，似乎没有想到眼前的这位将军举手投足之间竟有武术大家的风范。

这位冒充田横的人姓国名正，乃是项府十三家将之一，与郭岳、尹纵齐名，郭岳、尹纵等人受项羽赏识，投身军中，官至将军，独有他受命留守流云斋本部，培植敢死之士，数年下来，颇成气候。此次偷袭武关，他请命为先锋，项羽一概照准，是以在他的心中，颇有建功于一役的投机心理。

然而面对鲜于恨乐这样的刀术名家，国正不敢有丝毫的大意，他已然从鲜于恨乐那纹丝不动横于空中的长刀上感应到了蠢蠢欲动的杀意……

风肃冷，与哀号同起，空中弥漫的不仅仅只有血腥，更有无尽的杀气……

一时间，在鲜于恨乐和国正相峙的空间里，显得异常静寂，没有厮杀声，没有血腥味，就连风儿也挤不进去，每一寸空间里似乎都充斥着无尽的压力。

一丝龙吟之声仿从九天之外而来，如一根丝线般钻入国正的耳膜，他定睛看时，只见鲜于恨乐的刀锋如蝉翼般发出一阵急急的震颤，杀气如水流般一波一波地向四周扩散。

国正的心中一凛，短戟斜举，随着胯下坐骑"希聿聿"的一阵长嘶，他已无法冷静相对，唯有出手。

“呼……”短戟随风而出，如一道撕裂乌云的闪电，人、马、戟仿似一体，迅疾突破这段杀气密布的空间。

当戟锋触及到鲜于恨乐发出的气流圈中时，骤觉那团气流急剧收缩，形成一点流光飞泻的亮点，萦绕在鲜于恨乐的刀锋之上。

观者为之一怔，无不为这种异象所迷，正感诡异之时，却听得“砰……”的一声炸响，那亮点为之而裂，化成一道连绵不绝的飞瀑，卷向国正的戟锋而去。

这是什么刀法？刀虽不见，但每一个人都感受到了那无处不在的刀意。

杀气如流水奔泻，缠缠绵绵，似乎永无止境。国正只感到自己仿佛置身于一个急流旋涡之中，强大的逼力自四面八方挤压而来，让人几无喘息之机。

“呀……”他不甘就这么沉沦下去，大喝一声，手中的短戟一振之间，竟然化作一条游龙，破水穿云而去。

“叮……”刀戟相击，如礼花般的火星迸裂开来，顿时打破了每一个人心中的幻影，众人再看之时，只见两条人影窜行在刀光戟影之中，如鬼魅般迅疾无常，竟然在瞬息之间交锋了十余个回合。

城门终于关闭，但城里城外的激战依然继续，樊哙置身局外，估摸着大局已定，这才舒缓了一口长气，登上城楼观战。

他心系自己属下的安危，无论是张余，还是鲜于恨乐。他二人不仅是自己军中不可多得的战将，亦是他樊哙多年的知交心腹，若非军情紧急，他是绝对不会作出这等无情之举。

事已至此，一切只有听天由命了。樊哙眼见鲜于恨乐身陷危局，只能在心中暗道：“鲜于恨乐，我已顾不得你了……”

然而真正在心中叫苦不迭的倒是国正，他绝对没有想到鲜于恨乐的刀法竟这般难缠，这般霸烈，抽刀断水水更流，每一刀都体现出了这诗中的想象和意境。

刀如流水，刀气更仿若大江之水，几成势不可挡之势。

国正心惊之下，使出浑身解数，死命撑住，马嘶长鸣中，他的身形如仙鹤冲天般纵入半空，短戟横扫，拖出一道形若飓风的杀势，扑天盖地般向鲜于恨乐袭至。

鲜于恨乐微微一笑，心中明白这是国正的搏命一式，只要自己能够化解，就已经把握了胜局。

所以，他全神贯注地盯视着国正的一举一动，不敢有一丝的大意，手中的长刀绽放出吞吐不定的精芒，仿若地狱之火，带出森森的死亡气息……

胜败在此一举，每一个人的心仿佛都提到了嗓子眼，甚至可以听到“咚咚”的心跳声。

陡然间，鲜于恨乐的心中一紧，只觉得背后陡然起了一股旋风，来势霸烈而突然，完全出乎他的意料之外。

对方绝对是一个一等一的高手，这一点已从来人的出手可以证明，但鲜于恨乐一直注意着周边的动静，却想不出此人竟是从哪里冒出来的。

在他的身后，除了十丈之外站立着一些观望的百姓，就只剩下一架被人遗弃在大路中央的柴车。在如此混乱的局势下，这本不足为奇，敌人正是利用这种情况，派出高手藏匿其间，欲对他进行偷袭。

“砰……”数百根尺长的木柴迸裂开来，向四方暴射。

“嗖……”一条人影如猎犬般蹿出，寒芒点点，那手中的铜钩横扫而出，攻击的竟是鲜于恨乐的坐骑。

这一着不仅让人无法意料，且偷袭者出手的准确、坚决都非常人可及，就连站在城楼上观望的樊哙也“哎呀”一声，心叫不妙间，飞刀已然出手。

樊哙的飞刀原在江湖上堪称一绝，便连纪空手、韩信两人也是承蒙他的传授才得以精通此术，可见他的飞刀确有独到之处，然而他的飞刀比之于纪空手的出手更无情，比之于韩信的出手更快捷，一旦现身空中，又是另一种意境。

可是无论他的飞刀有多快，要经过百步之距终需一定的时间，鲜于恨乐显然已没有这些时间等待下去，唯一的应变之策，就只有弃马。

“呼……”一旦作出决定，鲜于恨乐毫不犹豫，在瞬息间劈出九刀，先行化解了国正凌厉的杀势，然后才纵身跃起，稳稳地落在驿道边的一棵大树上。

他背靠大树，横刀胸前，只这么一站，就显示出他搏击经验之丰，因为此刻他正处于以一搏二的劣势，唯有如此，他才可以去掉后顾之忧，专心应对敌人的夹击。

但是他很快就发现自己的选择是错误的，错得要命！

因为就在此时，一柄悄无声息的剑锋自树干中滑出，异常迅疾地切入了他背部的肌肉里……

这才是真正的杀招，一旦出手，就绝无闪失，也唯有如此，才使得这个缜密的计划完满收场。

鲜于恨乐就此倒下，他至死都没有看到凶手是谁。

没有人知道凶手是谁，就连樊哙居高临下，也没有看到凶手的踪迹！

但凶手一定存在，而且此时此刻，就在那棵大树的背后，这是一个毋庸置疑的事实。

谁也没有看到凶手是什么时候藏身树后的，但每一个人心里都十分清楚，剑锋要透过数尺的树围准确无误地刺中鲜于恨乐的要害，而且悄无声息，没有一丝的征兆，能使出这样剑法的人，当世之中已然不多，也就只有三五个……

每一个人的心里都怦然一动，似乎已经猜到了来人的身份，可是他们又觉得这实在是有些不可思议，情不自禁地摇了摇头。

就在众人犹自踌躇之间，那人已从树后转出，身形如山岳推移，步履稳重，眼芒若电，自有一股不怒而威的威仪，正是当今西楚霸王、流云斋阀主项羽。

此时城外的战局已然平息，鲜于恨乐与张余所率的两标人马已在顷刻之间覆没，源源不断的西楚大军开至武关城下，放眼望去，如过江之鲫，足有十数万之众，这些军士骤见项羽现身，无不轰动起来，十数万人一声呐喊，竟似凭空响起一串炸雷。

饶是樊哙天生勇武，也情不自禁地打了一个寒噤，他已明白，自今日起，楚汉争霸的帷幕就此拉开了，若非自己见机得快，只怕武关此刻已然失守。

樊哙的担心绝非多余，事实上，这正是项羽采纳范增之计，精心准备了数月之久，才发动的一次偷袭。

早在城阳之时，范增就已经意识到，以关中的地势之利，谁能得之，谁就能夺取天下，是以，关中地区在他的心目中占据极其重要的战略地位。以当时天下的局势，汉军攻占关中之后，已经完全具备了与西楚抗衡的实力，如果西楚军一味强攻，无疑落入下风。

所以范增精心设计了这个智取武关的计划，只要武关一破，关中便唾手可得。项羽闻之，欣然同意，于是在班师回楚之后，一面疗养，一面在暗中调兵遣将，躲过了汉军所有耳目，挥师十万奔袭武关。

这原是一个非常圆满的计划，可谓是算无遗漏，然而项羽万万没有想到，樊哙不仅果敢，而且无情，竟然置属下数千性命于不顾，在自己大军逼近之前抢先封闭城门。

武关之险，历来是兵家必争之地，更是出入关中的一道重要门户，一旦城门关闭，则是易守难攻，就算项羽拥兵十万，也无法越雷池半步。

项羽轻轻地叹息了一声，遥望武关城头，只见一杆大旗之下，樊哙镇定自若，从容应对，数万名将士列队以待，士气高昂，心中不由暗道："难道说真是天助刘邦？"

他似心有不甘，正要下达攻城的命令，却听得身后传来一阵脚步声，回头看时，来者正是范增。

"这真是功亏一篑！"范增的语气显得十分平静，丝毫没有懊恼的神情，"福兮祸所伏，祸兮福所倚，虽然武关未破，但对大王来说，又何尝不是一种幸运呢？"

项羽细细地品味着范增话中的深意，犹自不解："亚父所言之玄机，未免高深了些，本王只知，今日武关不能归我所有，就是一种失败!”

范增淡淡一笑，道：“孰胜孰负，此时言来，实是在太早了些。今日一战未能收到预期的效果，就只能证明一件事，那就是刘邦的大汉军并不如大王想象中的容易对付，楚汉争霸也不是一朝一夕可以见分晓的事情，我们必须重新估量刘邦的实力，作长期抗衡的打算!”

项羽冷哼了一声，显然心有异议，但他素知范增大才，虽然不是事事言听计从，却从来没有当面驳过他的话。

范增将项羽的表情悉数看在眼里，微笑而道：“大王也许并不赞同微臣的看法，这其实再正常不过，毕竟大王身为流云斋阀主，又是当今西楚霸王，一生所经历的苦战恶战不下百次，从来不败，当真称得上是无敌于天下，又岂能将区区一个刘邦放在眼里，不过大王别忘了，眼前这个武关，正是数年前刘邦以十万之师破之，竟比大王数十万人马先行进入关中，单凭这一点，就已经说明了刘邦并不简单，大王切不可小视了他!”

范增的话勾起了项羽对一些往事的回忆，那时的刘邦，只是他麾下的一员大将，贪酒好色，若非自己念着他在作战中颇有一套，也许早就弃之不用了，想不到数年之后，刘邦竟然成了自己最主要的大敌，可见当年的刘邦的确是胸有大志，贪酒好色只不过是他的伪装罢了!

项羽心中一凛，缓缓而道：“亚父说得极是，当年本王的确是小看了他，才导致今日之祸乱!”

范增道：“微臣之所以要提醒大王，是因为在今日的西楚军中，上自大王，下至士卒，统统都多了一股骄横之气，‘从来不败’这四个字，固然是了不起的辉煌，但细想起来，它又未尝不是大乱的祸端，古人云，骄兵必败！纵观各朝各代，这样的例子难道还少了吗?”

项羽浑身一震，拱手道：“多谢亚父提醒，本王受教了!”

范增忙道：“微臣既受命于大王，自当为大王尽忠，这乃是做臣子应尽的本分!”

项羽望向城下列队待命的十数万人马，犹豫了一下：“照亚父的意思，我军现在将如此打算?”

范增显然已是胸有成竹，不慌不忙地道："既然偷袭不成，我军可用一部佯攻武关，而大王则可带一支精锐之师北上宁秦，就算攻不下宁秦，只要我军扼守这两条汉军出入中原的要道，不让汉军出入关中半步，那么用不了三五年的时间，这天下依然是大王的天下，刘邦纵然偏安一隅，也不足为患！"

项羽心中甚是疑惑，眼芒盯住范增的眸子，没有说话。

范增徐徐而道："这只因为三五年的时间已足够我们计划筹谋、稳定人心，民心所向决定了这天下最终的归属！"

项羽咬了咬牙，终于点头道："既然如此，那就传令下去，三军退后五十里，安营扎寨！"

他的号令一下，不过片刻之间，西楚大军已然向后而退，整个队伍队列整齐，行动迅速，真不愧于无敌于天下的王者之师。

樊哙眼见敌军后退，不由舒缓了一口长气，再看敌军动静时，忍不住在心里问着自己："与这样的军队交战，我究竟有多少胜算？"

他无法预知答案，因为连他自己也感到一丝战栗与震撼。

距城门不远的一条小巷里，有一座小楼，本是大家闺秀的绣楼，此刻却坐着一个男人。

他虽然足不出户，但刚才城里城外所发生的一切已经通过他的线报传入他的耳中，谁也看不懂他的脸上究竟是喜还是悲，又或是根本没任何的表情。良久之后，才听得他冷冷地笑了一声："真是天助我也！"

西楚军袭击武关的消息传来咸阳时，纪空手正在花园里与无施嬉戏，看到张良匆匆地从外面走来，纪空手的心里就"咯噔"一下，顿时明白有大事发生。

听完张良的禀报，纪空手的脸色已然十分严峻，虞姬赶忙带着无施退到一边，鱼池边，只剩下纪空手与张良相对而立。

"虽然武关未失，但此事一旦发生，就表明楚汉之间相对平衡的局面就此打破，大战已是不可避免，如此一来，就会打乱我们争霸天下的步骤！”张良不无隐忧地道。

纪空手明白张良担心的是什么，大战一旦爆发，打的就是钱粮，随着战事的发展与深入，钱粮的问题甚至可以决定战争的胜负。项羽的西楚军在破秦之后，承袭了故秦所遗的一切财产，自然在钱粮上不成问题，而汉军仅凭巴、蜀、汉中三地的赋税维系，难免捉襟见肘。

“你别忘了，我们手中还有登龙图宝藏！”纪空手想到了陈平与后生无，以这两人对钱财的经营之道，相信不会有太大的问题。

张良笑了一笑：“虽然陈平与后生无都是百年不遇的经商奇才，但战事一起，任何生意都会变得萧条起来，他们便会英雄无用武之地了。到那个时候，这批财富就成了一堆死钱，最多只能供大军一年的用度，而这场大战一旦打响，如果我料想不差，没有三年五年是难分胜负的，是以，我们必须从另外的渠道来筹划钱粮的事情！”

纪空手显然不是经营的好手，是以对筹划钱粮的渠道极为陌生，摇了摇头：“这可不是一件容易的事，关中免赋还不到一年，如果贸然废之，既有违初衷，也失信于天下，我们绝不能做这种杀鸡取卵的事情！”

自从关中免赋以来，已经初见成效，在短短数月时间里，从各地迁来富户达一万三千余家，人丁有百万之众，不仅荒芜的田地有耕种，而且市面上也趋于繁荣，经济渐呈复苏迹象，再加上纪空手派兵剿匪，维护治安，俨然使得关中地区竟成一方乐土。

他当然不想看到如此大好的局势毁于自己的一念之间。

张良明白纪空手话里的意思，沉吟片刻，道：“如今的关中，正是先生毕生想建立却又未能建立的乐土，作为他老人家的弟子，我又岂能违背他的意愿，我的意思是筹划钱粮并非只有搜刮百姓这一条渠道，还有一种渠道，就是取用无主之财！”

“无主之财？”纪空手还是第一次听说这个名词，不解地道。

“公子聪明过人，智计多端，乃是当世不二的奇人！”张良笑了笑，话锋一转，“可惜的只是书读得太少，所谓的无主之财，顾名思义，就是前人所遗下的财宝，到了今天，已经没有人知道它的存在了，像这样的财富，普天下不知有多少，唯有有缘人才可得之！”

“我自幼孤苦，流浪市井，只有遇到丁衡之后，才随他学字断文，真正地读了两年书！”纪空手思绪仿佛又飘回淮阴，想到丁衡的死，心中依然隐隐作痛，“这也正是我这一生中最遗憾的一点，书到用时方恨少啊！”

“金无赤金，人无完人，以公子的天赋，虽只读了两年书，已是当世少有智者，倘若叫你学富五车，博古通今，就算我不妒忌你，天也要妒忌你，可见这本是上天早有安排的！”张良淡淡一笑。

纪空手顿时释然，哈哈一笑：“谁说子房不会拍马屁，单是这一席话，就叫我晕晕乎不知所以然，浑身无一处不觉舒泰！”

张良矜持一笑，脸色随之变得肃然起来，道：“我这一生中，唯一的嗜好就是读书，也正是因为这一点，才蒙先生看重，收为名下弟子，记得当年我进知音亭的第一天，先生送我的第一句话就是，‘要想成为一名兵者不难，难就难在你不仅要做到，还要做好，匡扶明主打拼天下，而要做到这些，就唯有读书，从书中博览古今战史，从书中洞察天理玄机，书读透了，可以足不出户而尽知天下之事！’我听了之后，奉为至理名言，十数年间，从来不敢懈怠，终于将知音亭中所藏的百万册图书熟记心中！”

纪空手不由“哎呀”一声：“百万册图书？这岂不要堆成一座书山吗？”

“我最初也有这种畏难的情绪，想不到一天一天地坚持下来，竟然终将这些书啃完了。”张良想到当年苦读，心中顿有说不出来的辛酸与兴奋，淡淡而道：“我在知音亭时，读过大秦相吕不韦所著的《吕氏春秋》。吕不韦从一个商人起家，最终从政，成为大秦的一代名相，这本身就是一件了不起的事情，以吕不韦当时的身家，富可敌国，又权柄在手，堪称大首富，然而在他身败名裂之后，却只在他的家中抄到了区区百万两黄金，这无疑是一个谜团，令人费解不已。”

纪空手道：“区区百万两黄金？有了这些钱，已经足够天下百姓一年的温饱了，这可不算是一个小数目了。”

“对别人来说，百万两黄金当然不是小数目，但对吕不韦来说，只是他家产中的五分之一！”张良冷然一笑，“我的癖好就是喜欢搜奇寻异，在知音亭的藏书楼中，天下图书包罗万象，是以我才能得知吕不韦除了《吕氏春秋》之外，还另著了一部《谋钱术》，里面记载的全是吕不韦历年商战中的财富，单此一项他所赚的黄金就达到数百万以上，加上其他的各项进账与历年支出的账目，吕不韦抄家之时的身家至少应在五百万两以上！”

纪空手的眼神陡然一亮：“这么说来，还有四百万两黄金下落不明？”

张良点了点头，道：“对！这就是所谓的无主之财，这些财富沉沦地下数十年，如今就等着公子发掘取用！”

他的分析丝丝入扣，看似荒诞不经，其实有迹可寻，以吕不韦的头脑，当他意识到自己面临危机之时，必然会寻找退路，隐藏实力，以图东山再起，绝不会等秦始皇来诛杀自己，束手就擒。

纪空手看着张良一本正经的表情，心中明白张良的这一番话并非故弄玄虚，怦然心动：“听子房的口气，莫非你已知道了这四百万黄金的下落？”

张良悠然而道：“我一直相信这笔黄金的存在，是以，一到咸阳之后，就对《谋钱术》中提到的几个地点走访了一遍，都一无线索，后来翻阅到《大秦史籍》第一百三十三卷的《土木篇》，上面记载着吕不韦大兴土木修造百叶庙一事，心中才豁然醒悟！”

纪空手浑然不解此事与那四百万两黄金有何关联，只是静静地听着张良继续说道：“《土木篇》云：吕相修造百叶庙，以供族人祭祀先祖之用，耗银三十万两，历时达三年零七个月之久……我曾到百叶庙遗址实地勘察过，以百叶庙的规模，修造的时间最多不会超过一年，吕不韦却用将近四年时间来修造它，这只能说明这百叶庙下另有机关！”

纪空手曾经到过百叶庙，知道此庙筑于咸阳城北三十里外的骊山之上，项羽破入咸阳之后，一把火将之毁于一旦，只留下一片残石焦土，如果不是张良点醒，他做梦也想不到在这焦土之下，还埋藏着这样一笔财富。

四百万两黄金绝对是一个让人心动的数目，完全可供数十万大汉军三年的军需用度，一旦拥有，那么自己就不必要再在钱粮的问题上犯愁……

想及此处，纪空手不由兴奋起来，深深地向张良作了个揖，道："书中自有黄金屋，此话当真不假，子房，你可为了我解决了一个大难题！"

张良淡淡而道："我既许身于主，当代主分忧，何况天下间无主之财多不胜数，独独让公子得之，可见是天赐与公子，我又何功之有？"

纪空手笑了一笑，没有说话，但他的眼神中蓦现一股杀机，背负的双手陡然一分，从双手开合处暴闪出一道如残虹般的亮迹，电射向五丈开外一簇花树之中。

他的出手十分突然，根本没有一丝征兆，张良心中一凛，讶然之间，突听"铮"的一声，火星闪溅处，一条黑影如风般从花树间飘出。

此人以黑巾蒙面，又藏身暗处，可见是不速之客降临，他能在仓促间击落纪空手的飞刀，已算得上是一等一的高手。

"阁下偷听多时了，我却到此时方才出手，阁下不觉得有些奇怪吗？"纪空手的神色显得非常平静，悠然之间，踏前一步。

蒙面人虽惊却不乱，显示出一种大家风范。他的身形不动如山，仿若一杆标枪傲然挺立，虚张的大手缓缓伸向腰间……

"你不说话，是想隐瞒你的身份，以汉王府森严的戒备，外人是不敢贸然闯入的，所以我敢肯定，你是内奸！"纪空手继续说道，眼睛紧紧盯着那块黑巾背后的眸子，明显感到对方的身体震颤了一下，这令他更坚信自己的推断。

"不管你是谁，既然来了，又听到了许多你不该知道的秘密，你应该知道你已经没有任何退路，所以今日这一战，已是势在必行，不是你死，就是我亡，再没有第三条路供你选择！"纪空手依然不紧不慢地说着，但他浑身散发出来的咄咄逼人的气势却如铜墙铁壁般向对方挤压而去。

蒙面人沉默半晌，终于冷笑一声："我的确是听到了一些我不该知道的秘密，比起四百万两黄金来说，你真实的身份更足以轰动天下，谁又能想到当今的汉王、堂堂问天楼阀主已不是刘邦，而是另有其人，此事一旦公诸于众，只怕天下顿时大乱！嘿嘿……换作任何人，恐怕都要置我于死地！"

纪空手听音辨人，心中陡然一惊，他怎么也想不到，这蒙面人有一套变声功夫，单听声音，根本无法识得此人的真面目。

纪空手心中一凛，不敢有任何的大意。变声易嗓的原理看似简单，但若是没有非常深重的内力根本无法做到形神兼备，由此可见，对手竟然是修为极高的内家高手，纪空手纵有补天石异力，只怕与之也在伯仲之间。

更让纪空手感到不可思议的是，此人既以黑巾蒙面，又易嗓变声，显然是不想让人看破他的身份，然而他行踪一露，却并不急于逃窜，这是否说明此人的武功之高，已有全身而退的把握呢？

纪空手不敢再想下去，只能深深地提聚了一口真气，凝神以对。

"你既然知道了这个秘密，就应该逃走，而不该选择留下，只要我高喊一声，在你的周围就马上会出现数十名高手，顷刻间就可以让你死无葬身之地！"纪空手冷然而道，当他再踏前三步之时，两人相距的空间正好只有两丈。

"你不会这样做，因为你是一个聪明人！"蒙面人似乎早已算到了这一层，淡淡笑道，"天大的秘密总是知道的人越少越好，如果闹得众人皆知，也就没有什么秘密可言了，所以今日你我一战，只能是一对一的决战，你已别无选择！"

"你知道我是谁？就算我不是刘邦，难道你就有必胜的把握？"纪空手的眉锋跳了一跳。

"我没有，一点把握也没有，但我决心一试阁下的身手！"蒙面人的眸子深处如一团迷雾般缥渺莫测，让人无法看透，"如果我没有猜错，阁下应该就是智闯登高厅，敢与赵高叫板的纪空手，他在声名最盛时突然消失，此事已成为当今江湖最大的一个谜团，今夜我才明白，原来他这么做竟是事出有因，难怪，难怪……"

纪空手眉间一紧，道："你既然知道了我的真实身份，依然敢与我一战，可见阁下不是寻常之辈，既然如此，那就亮兵刃吧，待我领教阁下的高招！"

他此言一出，整个人仿若一方巨岩巍然不动，如水的月色流泻一地，已经失去了往昔的流畅与生动，在数丈范围的空间中，仿佛多了一层无形的禁锢。

他的双手背负，衣袂飘起，宛若白云优雅，谁也看不到他的飞刀藏于何处，但谁都感到了他那无处不在、毕露的锋芒，虚空中已然弥漫起如烟似雾的苍茫杀气。

蒙面人的眼睛里闪现出一丝讶异，似乎眼前的纪空手比他想象中的更要强大十倍，世上的很多事情都是这样的，看上去容易，当你真正置身局中之时，你才意识到看上去容易的事情蕴藏着更大的困难与艰险。

是以他没有犹豫，手抬起，一件兵器已跃然横空。

纪空手一眼望去，心中一怔，因为他还是第一次看见用伞来作为杀人的武器。

伞，自鲁国公输盘发明以来，一直是作为遮阳蔽雨的工具，此人以此作为自己的兵器，不仅稀奇，而且颇有几分邪气。纪空手深知江湖之大，无奇不有，一些江湖好手所用的兵器更在十八种兵器之外，而独独这一类人精于技击，以奇制胜，以怪制人，往往可以收到意想不到的奇效。

纪空手淡淡而道："怪不得你要与我一战，原来是有所依凭!"

蒙面人冷然道："不错！我一向以铁伞为兵器，想不到也能成为你飞刀的克星!"

他手臂一振，铁伞"啪"的一声张开，由缓至急地一点一点地旋转开来……

风自伞的边沿而生，产生一股自内而外的向心力，顿时将这段空间的空气抽空，落叶断枝随风而动，凝聚成一团乌云，悬在伞尖的上空。

张良陡觉呼吸困难，不由得连退三大步，再看纪空手时，却见纪空手的脸上十分平静，一丝淡淡的笑意正从嘴角生起……

笑意正浓时，他却缓缓地闭上了眼睛。

"要糟!"张良的心中陡然一沉，临阵轻敌，乃武者大忌，纪空手又岂能不明白如此浅显的道理呢?

他并非轻敌，也非托大，就在蒙面人伞动的那一刻，他只觉得眼前陡然一暗，仿佛陷入了一片黑暗无边的死地。

是以，闭不闭眼并不重要，他所需要的是静心，用心去感知身外的一切动静，唯有如此，他才可以做到以静制动，后发制人。

这是他在刹那间制定的对敌策略，除此之外，他想不出还有再好的办法来对付蒙面人手中的这件奇门兵器。

气流在一点一点地蠕动，其速之慢，几乎难以察觉动的痕迹，但这段空间中存在的压力却以倍数剧增，如大雪崩即将爆发的先兆。

就在压力最盛的一刻，纪空手蓦感这暗黑之中闪过一道如电般的亮线，虽然一闪即逝，但他已经洞察到这是对方唯一露出的一点破绽。

所以他悄无声息地动了，飞刀出手，撕裂开这段暗黑的空间，将股股气流在刹那间绞得粉碎……

如此霸烈的一刀，尽显刀中王者的风范，它所留下的轨迹，犹如传说中的天之痕那般美丽。

这是绝杀的一刀，一旦出手，绝不空回！

漫天滚动着一团毁灭的气息，犹如地狱般森然，更似黑白无常跳入人界勾魂的刹那……

然而就在这惊心动魄的一刻间，一个似有若无的机栝之声清晰地钻入纪空手的耳鼓，随之而来的，是那旋涡的中心突然闪跃出一道诡异的闪电。

不是闪电，是寒芒，唯有剑锋横空才会出现的一点寒芒。

"伞中剑！"纪空手低呼一声，这才明白这位蒙面人何以这般自信。

"叮……"的一声，刀剑以惊人的速度在空中迸击，火星一闪，引发了整个气流的爆炸。

"轰……"乱石横飞，枯叶尽碎，整个花园被喧嚣的气流撕扯得一片狼藉。

两条人影宛如断线风筝般向后跌飞，当纪空手稳住身形，抬头看时，只见对方也在三丈之外冷冷地打量着自己，黑巾碎裂成丝，赫然露出了他的本来面目。

“你，你，你是……”纪空手大吃一惊，怎么也没有想到对方竟是自己王府中的厨子卫孤秦。

能够跻身王府担任职事的人，不是问天楼的旧部，就是听香榭的属众，可谓是最忠实于自己的人员，难怪纪空手感到吃惊，特别是这个卫孤秦，本是投身问天楼多年的卫国遗民，因为有一手好厨艺，才被选入王府充当大厨一职，纪空手与他有过数面之缘，却万万没有想到他会是隐藏在自己身边的奸细。

“我不是卫孤秦!”那人缓缓地将脸上的碎丝巾去掉，冷然道，“我姓凤!”

纪空手浑身一震，陡然明白了对方真实的身份。

刚才这人刺出伞中剑时，纪空手就有一种似曾熟识的感觉，只是一时之间，不及细想，此时再细细一想，终于发现此人的剑路与韩信的剑法相承一脉，除了在内力路数上略有不同之外，其风格完全雷同。

但让纪空手感到疑惑的是，冥雪宗弟子除了凤五与方锐之外，就只有韩信，此人既称自己姓凤，当然也是冥雪宗弟子无疑，可是看他的武功，又似远在凤五与方锐之上，这其中的关系实在令人费解。

纪空手沉吟半晌，淡淡而道：“你既姓凤，那么凤五又是你什么人?”

“凤五是这一代的冥雪宗传人，可是他遇上了我，还须恭恭敬敬地尊称我一句‘师叔’!”那人傲然道。

第九十五章　一剑东来

此人不是别人，正是冥雪宗赫赫有名的人物——“一剑东来”凤孤秦。

在上一代的冥雪宗子弟中，出了不少名扬天下的绝顶好手，除了“一剑东来”凤孤秦之外，还有“双剑合璧”凤栖山，“三杀剑神”凤不败，“剑灭四方”凤阳。他们无一不是身经百战的高手，历练江湖以来，几乎从来不败，可是就在他们声名最盛之时，却突然归隐江湖，从此再无消息。

这是当时江湖中的三大谜团之一，谁也无法解答真正的谜底，谁又曾想到，当年曾经叱咤风云的凤孤秦，竟然混迹于王府之中做了一名厨子。

早在数十年前，冥雪宗的掌门正是凤五之父凤阳，他凭借着极高的天赋，对冥雪宗武学加以创新，在短短十年之间造就出了如凤孤秦、凤栖山、凤不败等一大批剑术高手，其实力足可与五阀抗衡，但是凤阳不仅智计过人，而且卓识远见，深知凤家隶属于卫国四大家族，一旦风头盖过问天楼，就难免会有灭门之灾，同时他也意识到在不久的将来天下必定大乱，与其锋芒毕露，倒不如韬光养晦，等待机会放手一搏，于是就出现了一大批冥雪宗高手突然消失于江湖之谜。

但凤阳胸怀大志，当然不会一味地消极等待，而是采取主动出击的方式，派出大批高手以另外的身份重新踏入江湖，凤孤秦便是学了三年厨艺之后，由凤五引见，重归问天楼，数年之中不露半点锋芒，使得无人识得这位精于烹饪的大厨竟是昔日杀人无数的“一剑东来”。

当韩信以一个无赖成为雄霸一方的淮阴侯后，凤阳明白，自己等待多年的机会终于来了，且不说韩信对凤影的痴情，单是韩信身为冥雪宗弟子的身份，就有利于凤阳的幕后操纵，是以，他终于决定，全力襄助韩信争霸天下。

于是，凤孤秦受命行动，打探凤影的下落，却不料在无意之中，竟然识破了当世之中最大的一个秘密。

他本来有机会逃走，但终究还是放弃了。这只因为他曾听凤阳评断江湖大豪，说道："纪空手敢与赵高、卫三公子这等绝顶高手一战，且不落下风，并非说他的武功有多高，而此子行事，全用头脑，诸君日后遇上，当避之，不可与之一战！"他听了过后甚不服气，早存心要与纪空手一决高下。

一旦交手，他才明白凤阳的评断并没有抬高纪空手，且不说纪空手一刀破了他的伞中剑，光是那份临战时的冷静，凤孤秦就自叹弗如。

然而此时再退，已然迟了，就在凤孤秦欲退之际，他看到了纪空手手中的飞刀在一振之下，沿刀身蹿出一道道五彩斑斓的电流，"嗞嗞"作响，如火舌般吞吐不定，刀锋所向，漫出一片无尽的杀机。

退不能退，那就只有一战。

凤孤秦本是一个孤傲之士，身处绝境，反而激发了他胸中的熊熊战意，暗暗地提聚了一口真气，全身的劲气已蓄到了掌心之中。

时不待我，凤孤秦已决心放手一搏，无论这一击胜负如何，他都作好了全身而退的准备。

比起凤影的下落来，纪空手真实的身份更为重要，凤孤秦知道只要自己能够将这个消息传出去，就是天大的功劳，适才的那种争强之心顿时淡了许多。

两人的眼芒在不经意间一触即分，虽然时间短暂，但杀人之心已昭然若揭，任谁都意识到了这一战的凶险。

伞动，在飞速中旋动，形成了一个巨大的真空黑洞，那伞尖上的剑锋发出一道道暗淡的光芒，仿若蹿行于黑洞之间的隐星的轨迹，透出一股玄奥莫测的气息。

平静如镜的鱼池中震荡出一道道细细的水纹，有始无终，不止不休，“哗啦啦……”几条尺长的大鱼蹦出水面，溅起偌大的水花，好似地震前的预兆。

一滴水珠从空中落下，正好滴在了凤孤秦的眉眼之间，他的眉锋一跳，人、伞、剑浑然一体，以一种超乎常人想象的速度向前飞进。

纪空手双指一并，指尖捏住刀锋，竟然以刀柄向敌。

这一招显然出乎了所有人的意料，凤孤秦身在局中，更是惊诧莫名。

但纪空手要的就是凤孤秦惊诧的这一瞬间，时间虽短促，但对纪空手这等一流的高手来说，已经足够。

“呼……”他的刀已然脱手，以一种螺旋的方式迅速罩向凤孤秦的退路，同一时间，他的指尖并拢，紧握成拳，如奔雷般击向黑洞的中心。

拳带劲风，所经之处，已响起隆隆风雷之声，眼见距黑洞的边沿不过三尺，但见拳头一振，幻生出千百道拳影，铺天盖地掩杀而去。风动，云动，风云在这一刻聚散变幻。

凤孤秦心中顿有一股说不出来的讶异，更有一种说不出来的惊骇，他已尽全力出击，却想不到纪空手只以一拳一刀，就断了他的退路，甚至生路。

“呀……”他当然不甘心就此待毙，猛催劲力，手中的铁伞犹如一架置身于飓风之中的风车，急剧旋转不停，而剑锋一闪一没，对准那一拳迎击而去。

“轰……”爆炸声隆隆不绝，气流乱撞中，冲向池水，激起数丈巨浪，凤孤秦只感到胸口遭劲气重重一击，气血为之翻涌，“噔噔噔……”连退了十数步。

纪空手身形一闪，大喝道：“你受死吧！”整个人纵上半空，拖起一地风云，飞扑而去。

“吾命休矣!”凤孤秦周身气血已然散乱，一时之间，根本无法提聚，只觉得一股浓浓的死亡气息紧绕其身，已经没有生还之念。

然而就在这时，“哇……”的一声，纪空手人在半空，突然喷出一道乌血，整个人如断线风筝般坠向地面。

这突出其来的变故顿时让张良颜色骤变。

凤孤秦绝处逢生，已经无法辨明真伪，失魂落魄之下，猛提一口真气，向后飞退。

张良心知一旦让凤孤秦逃出汉王府，大汉军就会在顷刻之间变成乱军，其后果不堪设想，然而他苦于手无缚鸡之力，只能眼睁睁地看着凤孤秦向高墙掠去。

书到用时方恨少，对于武功来说，又何尝不是如此。

但凤孤秦只退了十数步，却陡然停下。

因为他突然看到高墙之上站立着一条人影，双手背负，衣袂飘飘，抬头仰望苍穹，竟有一种仙者般的飘逸。

这条人影来得如此突然，让凤孤秦有一种不真实的感觉，但他并不觉得自己此刻置身幻境，因为他已看到了来人手中的那柄三尺青锋。

寒芒森森的三尺青锋，仿若一道不可逾越的山梁，横亘在这天地之间。

张良不由得松了一口大气，他相信，龙赓的出现，将是凤孤秦末日的来临。

凤孤秦禁不住退了一步，当他再度打量对手之时，却见一双明亮而深沉的眼睛正直视着自己，那如利刃般的眼芒已穿越虚空，直插入他内心的深处。

“冥雪宗门下，用剑的好手不少，你算得上是一位!”龙赓的声音极冷，冷若寒冰，冷漠中透出一股王者的傲气。

“你是谁？口气不小，我的剑法是否高明，用不着你来评判!”凤孤秦自知自己退了一步之后，气势上已落下风，是以口气极硬，企图扳回一点气势。

“你无须知道我是谁！你只要知道你是一个该死的人就已经足够了！”龙赓淡淡一笑，并不理会凤孤秦强硬的态度，“在这个世上，有三种人该死，第一种人就是在公输盘面前拉锯弄斧者；第二种，就是在孔丘面前卖弄学问者；而这第三种人，就是在我面前使剑者，你很不幸，首先是你使的是剑，接着又遇上了我，所以，明年的此时，将是你的祭日！”

他的话还未说完，剑锋已发出一道龙吟般的颤音，萦绕空中，久久不灭。

其声既起，其势已显锋芒，当他说到最后一个字时，他的整个人和手中的剑浑如一个完美的整体，居高临下，俯冲而来。

凤孤秦一见龙赓出手，就知道对方的剑术几达出神入化的地步，即使自己不受创在先，也绝不是此人的对手，不过，他自信自己在剑道上浸淫数十年，要坚持一炷香的工夫并非难事，只要等到有人出现，自己未必就没有机会。

他打的算盘的确不错，因为他清楚在这汉王府中，许多护卫都是隶属于问天楼的高手，一旦他们明白此刘邦已非彼刘邦时，纵然不能立马反戈一击，场面也势必混乱，到那时，自己就可趁机逃走。

他的这个念头刚从心中冒起，蓦觉眼前的虚空一片空荡荡的，龙赓与他的剑不知在什么时候消失得无影无踪。

凤孤秦的心中不由大骇，他的眼芒一直锁定龙赓直逼而来的身形，眼睛连眨都未曾眨一下，对方的身影又怎能从自己的眼皮底下凭空消失？这简直就像是一个神话。

他不由得又退一步，就只退了一步，他却仿佛从天堂步入了地狱。

地狱？也许这是一段比地狱更可怕的空间，万千魅影充斥其中，不断地撕扯、裂变，整个空间暗黑一片，根本看不到丝毫的光线，让人置身其中，犹如行尸走肉，感知上出现了短暂的麻木。

凤孤秦顿感一股恐惧漫卷全身，正因为他使剑，他才清楚在自己的头顶之上正有一团密不透风的剑气如天网般罩盖下来，剑气充满了整个虚空，致使光线全无，仿佛掉入了深不可测的洞窟一般。

他出于本能地撑起了手中的铁伞，却听得“咔咔……”连串响声，重如山岳的剑气竟将精钢所制的伞骨压得弯曲变形，引得他的心速跳动出现了一丝间断性的悸颤。

“呀……”极度的恐惧最终激起了他身体的全部潜能，如山洪爆发的劲气直贯剑柄，人与剑浑成一体，冲天而起。

杀气漫卷虚空，乱石与枯叶齐飞，两条人影隐身于一个虚无的黑洞里，只得金戈交击之声隐隐传出，仿佛来自遥远的天际。

高手决战，只争一瞬。就在张良还在惊诧莫名之时，他陡然看到这黯然冰封的空间破出一条缺口，一道耀眼如光的光柱仿若黑夜划过的流星般乍现空中，光柱的边沿上泛起一片淡淡的血红，如残虹般凄美，如花般生动……

一条人影如陨石般坠落，“砰……”的一声，重重地摔在地上。

另一条人影稳稳地落在三丈之外，衣袂飘飘，无风自动，但他的脸上，却有一种杀人之后的落寞。

一切喧嚣俱灭，还于天地间的，依然是一片静寂。

“锵”的一声，龙赓还剑入鞘，踏前几步，将纪空手扶起。

纪空手的脸上一片苍白，嘴角还残留着一丝血渍，眼见龙赓一脸焦急之色，微喘一口气：“我……原不……想对你……说那……两个……字……但若……非你……先生……毕生的……追求……与我……这……数年……来的……努力……就将……毁……于一旦……所……以……我……谢谢你……”

龙赓的眼中流露出一丝感动，摇了摇头：“只怪我来迟了一步！”

纪空手喘了口气，道：“这……不怪……你……要怪……就只……能……怪我……太自信……了！”

龙赓明白纪空手想说什么，正因为纪空手过于自信，才会轻敌，但凤孤秦绝非等闲之辈，内力之精深，在江湖上少有人及，是以，两人交手时，凤孤秦的内力反震回来，引发了纪空手原有的经脉之伤。

纵观纪空手步入江湖的这几年，凭借着他超乎常人的智慧，他总是能够在绝境中化险为夷，身经数十战而能不败，但正是由于他一向顺风顺水，反而在他的身上种下了绝大的隐患。

他的旧疾来自于项羽的流云道真气，当年他身受心脉之伤，虽有补天石异力护体，又经洞殿奇石的疗治，但终究未能将流云道真气悉数排除体外，以至于心脉之伤未能痊愈，随后的几年中，他一直奔走四方，根本没有机会静心调养，仗着补天石异力的神奇，才使得伤情不现恶化之势，渐渐稳定下来。

然而子婴墓前的一战，拳圣惊人的拳劲渗入他的心脉之中，重新激发了留在他体内的那一丝流云道真气，使得他的心脉之伤有复发的迹象，再加上今夜凤孤秦以内力反震，终使旧伤复发。

龙赓没有说话，双指搭在纪空手的脉博之上，一脸肃然。

张良早已站在他的身后，满怀关切之情，轻声问道：“龙兄，公子的伤情如何？”

龙赓没有马上作答，只是将真气贯入指尖，沿纪空手手上的经脉而入，直达心脉。

纪空手浑身一震，心知龙赓是想以内力强行压制存在于自己体内的异力，这种疗伤的方式不仅大耗龙赓的元神，而且治标不治本，终归不是解决之道。

“龙……兄……万……万不……可！”纪空手几欲挣扎，却感到龙赓的手指似有一股强大的磁力，紧紧地黏在自己的脉博之上，一股暖融融的气流以一种平和的方式推进，顿令自己浑身舒泰。

眼见纪空手的脸色渐渐红润起来，龙赓这才舒缓了一口长气，回过头来道：“公子暂时无事，只是再也不能与高手相搏，否则牵动旧疾，只怕性命有碍！”

纪空手万没想到自己的伤情竟会如此严重，想到日后不能妄动真气，如同废人一般，心中顿时沮丧到了极点。

龙赓淡淡一笑，道："塞翁失马，焉知非福！以当今天下的形势，公子单凭一个'智'字已足可争得天下，又何必计较自己是否有武功呢？更何况，公子之伤，重在静心调养，过个一年半载，或许能够痊愈也未可知！"

他虽然说得委婉，但作为一名武者，他能够体会到纪空手此刻的心境，毕竟对于纪空手而言，从一个超一流的绝顶高手突然变成一个废人，这种落差之大是任何人都不可能接受得了的，龙赓唯一能做的，就只有宽慰开导。

纪空手缓缓地抬起头来，突然笑了起来，那笑中分明带着一丝苦涩，也许正代表了他此时的心情："我的确是有几分失落，就因为我曾经拥有过可以傲视天下的武功，所以一旦失去，心里还真不是滋味。不过细想起来，我不过是淮阴城的一个无赖，只因机缘巧合，才让我一步步走到了今天，想来也该知足了！"

"公子若能这么想，我就放心了！"张良一直注意着纪空手的神情，生怕有所反常，听了纪空手这一番话，悬着的心顿时放了下来。

"人生一世，祸福无常，得与失之间，未必就有定数！"纪空手缓缓而道，他的心性本就恬淡，对"名利"二字看得并非太重，心态渐渐平和下来，已然将自己的注意力重新回到了楚汉之争的大事上来。

"西楚军偷袭武关未成，当然不会就此罢休，退后数十里也许只是一个幌子，项羽的用意只怕还在宁秦！"纪空手武功一失，心脑变得愈发清醒，一句话点中了敌人的企图所在。

张良与龙赓相望一眼，眼中闪过一丝惊喜，想到纪空手竟能在顷刻间调整好自己的心态，端的不失大家气度，尤不心生钦服之情。

纪空手缓缓而道："我们此刻面临的形势十分严峻，除了要对付项羽之外，随着凤孤秦的出现，我们还要时刻提防内奸与暗敌，而勘探百叶庙一事也是迫在眉睫，这三件事情只要有一件处理不当，就可能导致功亏一篑，是以我们必须谨慎行事！”

“公子说得极是。”张良点点头道，“宁秦有周勃的五万大军把守，以周勃的才能，相信宁秦不会有失，我所担心的是这凤孤秦既是冥雪宗弟子，必然与韩信有一定的瓜葛，他们此来咸阳的目的只怕是为了解救凤影！”

“凤影既是我们手中制约韩信的一枚棋子，我自然十分看重她！”纪空手淡淡而道，“不管这一次韩信是否亲自前来，他都必将空手而回，因为无论他多么聪明，都绝对想不到凤影此刻已不在咸阳，亦不在南郑，而是在一个他做梦也想不到的地方！”

他说得如此神秘，如此自信，就连张良与龙赓都被他的这一番话勾起了好奇之心，但他们深知纪空手言下无虚，又不喜别人刨根问底，是以两人谁也没有追问下去。

纪空手抬头仰望苍穹，眼中流露出一丝隐忧，低语道：“我现在最担心的一个人，不是项羽，也不是韩信，而是范增，范增不死，西楚难灭，唯有杀掉范增，才算是去了我的一块心病！”

他说话之时，脸上横生一股不可抑制的杀意，就连张良和龙赓都忍不住打了一个寒噤。

这几个月来，范增的心头也多了一块心病。

不知从何时起，他的眼前总是晃动着卓小圆那丰满诱人的倩影，更难以忘却那一双盈盈如秋水般的眼波，他自以为自己已经是年过六旬的老人了，对男女之间的事情不再有什么兴趣，想不到每次当自己见到卓小圆的时候，依然感觉到自己的身体有一种生理上的勃动。

“这女人当真是天生的尤物！”范增一想到卓小圆胸前那两团颤巍巍的肉峰，就忍不住直吞口水，在心里这么叫道。

范增无疑是当世少有的智者，还在少年时候，他就已是名扬楚国的学者，盛名之下归隐山林，一隐就是数十年，直到老年才出山帮助项梁打拼天下，按理说他修身养性数十年，静心功夫已修至极致，绝不会为了一个女人而晕头转向，可偏偏就是这个卓小圆，却成了他神魂颠倒，不能割舍的一个痛。

他此刻位居一人之下，万人之上，被项羽尊称为亚父，应该算得上是权柄在握的大人物，在他的身边，并不缺少各式各样的女人，无论是姿色，还是风情，无一逊色于卓小圆，可是范增却始终对卓小圆情有独钟，莫非这就是一段情孽。

卓小圆是项羽的女人，贵为王妃，根本不是他范增能够染指得了的，是以，他唯有将这段感情深埋于心中，然而愈是这样，他愈是渴望有朝一日能一亲芳泽，将这千娇百媚的女人拥入怀中，男人岂非都是如此！

“嘚嘚……”范增的车驾在众多护卫的簇拥下，行进在长街之上，此时已是两更天时，长街上异常静寂，是以这辚辚车声显得格外的刺耳。

他是从酒席上下来的，一接到项羽的密令，不敢有半点耽搁，就匆匆赶往项羽在这座小城中设立的大军行营，一路上还犹自揣摩：“大王此时召见我，除了军情之外，恐怕不会有别的事情，偷袭宁秦的军队已然集结完毕，再过三日就要出发了，他急急将老夫找去，难道情况又起了新的变化？”

他深知项羽此人性格乖戾，喜怒无常，自大秦灭亡，西楚建立以来，他愈发觉得项羽的脾气大了许多，比起自己出山时的那两年来，愈发不容易伺候，有几次他都准备归隐山林，拂袖而去，但想想凭自己的才情，却要庸庸碌碌地度过此生，未免心有不甘，于是这才忍气吞声，尽心辅佐，希望能借项羽之势留名青史。

他不喜欢去见项羽，但在他的内心深处，他又希望自己此行能够见到卓小圆，这种矛盾的心理折磨了他一段时日，一想到这些，他就感到头痛欲裂。

“相爷，到地头了，请下车吧！”驾车的人叫项诚，是项羽身边最忠实的流云斋卫队中的一个小头目，范增与他见过几面，是以并不陌生。

“大王身在何处？”范增撩开车帘，缓缓下来，顺便观望了一眼四周的动静。

项羽的大军行营设在小城一家富户的宅院里，规模宏大，布置豪华，占地足有百亩之多，到处都是楼台亭榭，花园阁楼，细算下来，光是房屋已有百数，范增来过几次，对出入的路径至今还是一脸糊涂。

不过幸好有项诚带路，穿过几幢小院，行过一段长廊，到了一个依稀亮着几处灯火的小院，项诚止步道：“相爷，大王就在院里，请吧！”

范增眼见这一路过来戒备森严，遇上不下十批巡逻卫队，正暗自叹服项羽在统军治兵上很有一套，听得项诚说话，微一点头，道：“有劳你了！”

他正要带着自己那几个亲信随从进去，项诚一脸肃然，伸手拦住：“这里乃是大王与虞妃下榻休息的别院，任何人未得传召，擅自闯入，都将格杀勿论！”

范增的心里不由跳了一下，摆了摆手，独自一人步入院中。

这小院不大，却十分别致，从一些花树的布置中可见主人的独具匠心和雅趣，只是整个小院十分静寂，让人平生一种静得发慌的感觉。

范增顿有一种失落感，此时夜深人静，想来卓小圆已然安然入眠，自己想见她一面的愿望终究还是落了空。

人到老了还这么痴情，这一点连范增自己也觉得有些不可思议。想到这里，他不由得失笑起来。

“谁？谁在外面？”一间透着朦胧灯光的房中突然传出一个柔柔的声音。

范增的心跳骤然加剧，略带酒意的老脸变得通红起来，因为这个声音他曾在梦里有过千百回的回味，除了卓小圆，还会有谁能让他一听声音就能焕发青春的活力？

“在……在……在下范增……”范增似乎因为这个意外而显得有些激

动，舌头都打起了卷儿，略定了定神才道，“受大王之命，深夜到此，如果因为微臣之故扰了虞妃清梦，还请虞妃恕罪！”

“啊！是先生来了，请稍待！”卓小圆的声音中明显带着一丝惊喜，而她直叫先生，而不是像平时那般尊称亚父，让范增好不容易平静的心里又起了一丝涟漪。

他早已不再是一个年青人了，也早过了自作多情的年龄，他自问自己在二十年前，也是一个英俊潇洒、风流倜傥的名士，可如今，他只能以老朽自居，但不知为什么，他每次见到卓小圆时，总能从对方的眼睛里看到异样的色彩，更能从卓小圆的眸子深处读到丰富的感情。

“她难道爱上了我这个老朽之人吗？”范增这么想到，也正是有了这种想法，使得自己竟不知不觉地陷入了一场不该发生的游戏之中。

他静静地站在窗外不远处的一株古树之下，耐心地等待了一会儿，突然听到房里隐约传来一阵哗哗的水声。

范增的心里一动，陡然明白了卓小圆迟迟没有出来相迎的原因，敢情她此刻正在房中焚香沐浴。

他的鼻子已闻到了一股淡淡的清香，香气清雅脱俗，犹如处子幽香，他的心为之一荡。

他情不自禁地向前挪移了几步，却又倏然停下，毕竟房中的女人是项羽最心爱的宠妃，他不得不有所顾忌，一旦有人发现自己偷窥的行径，那么自己这张老脸就无地自容了。

理智使他停下了脚步，但他的心里陡然生起一股莫名的骚动，浑身感到一种不可抑制的躁热，当他的耳中听到房里传出不断撩拨他的水响之音时，他禁不住在心里劝着自己：“此时已是夜深人静，看看又有何妨？”

这个念头乍一出现在他的心头，他的脑海里顿时显现出一幕绮丽香艳的幻境：一道薄薄的青纱之后，美人睡卧浴盆之中，雾气弥漫，朦胧可见美人半露水面的新剥鸡头……

“咕……”范增吞了一大口口水，只觉得口干舌躁，浑身有一种说不出来的不自在，他做贼似的向四周观望了一阵，终于蹑手蹑脚地向窗前潜去。

当他探头起来，顺着窗棂中一道缝隙窥视时，只觉胯下一热，阳物坚挺至极，达到了这十余年来从未达到的硬度。

他怎么也没有想到，面对窗口的卓小圆竟然是新浴出来，浑身上下不着一缕，他更没有想到，赤身裸体的卓小圆会是这般的美丽，成熟的胴体充满着一股诱人的肉欲之美……

这的确是一个天生的尤物！

该凸的凸，该凹的凹，整个身段带着一种迷人曲线，尽现女人独有的妩媚与风情，她新浴的小脸透着淡淡的红，未描的眉眼泛出盈盈秋波，一颦一笑，尽显大自然般的清新，一举一动，浑身流泻着说不尽的风流……

最撩人的是顺着她那嫩滑洁白的颈项，便看到了那一双丰满傲立的双峰，那小小的乳头之上泛出胭脂般的红晕，如血般勾起每一个男人心中的兽欲，而那平滑的小腹上，被她的小手半遮半露，芳草隐现，红杏浅露……

范增连连吞了几大口口水，蓦然间竟起了一种兽性的冲动，仿佛自己一下子回到血气方刚的少年时代，就在他正准备推窗而入时，猛然间，他看到窗户边的墙壁上竟多出了一条人影。

他这一惊非同小可，头脑打了个激灵，一下子清醒过来，只感到自己的背上飞泻着一股惊人的杀气，其势之强，足可以在顷刻间将自己毁灭。

拥有这种霸杀之气者，普天之下，绝不会超过三个人，项羽正是其中之一。

范增当然明白这一点，是以，他只觉得自己的心如一块沉石般坠落，直到无底的深渊，刚才如火般的情欲早已抛到了九霄云外，取而代之的，是一股彻寒的冰凉。

“扑通……”范增不敢回头，却跪了下来，牙齿打战：“大……大……大王，微……微……微臣罪该……该……万死……”

项羽的脸上已是一片铁青，额头上的青筋凸起，显见是愤怒到了极点，他怎么也没有想到，自己刚从军营中巡视回来，竟然看见自己最敬重的谋臣在偷窥自己的爱妃。

就算是寻常百姓，遇上了这种事也绝无容人之量，何况是叱咤风云的西楚霸王，项羽没有说话，但他的大手已经缓缓地伸向了腰间的剑柄……

外面的动静惊动了卓小圆，她惊呼一声，穿上衣裳匆匆出来，一见项羽，“哇”的一声哭了出来，钻进项羽的怀中。

这无异于是火上浇油，项羽“锵”的一声，长剑一出，直抵范增背心。

范增只感到一股森寒的剑气如万千针芒般刺入自己的肌肤之中，如山般的压力压得自己几乎喘不过气来，他心里明白，只要项羽一催内力，自己今夜断无生还之理。

然而强烈的求生愿望又让他不甘心这么死去，他虽然不知道今夜究竟发生了什么事情，但他却已经意识到，自己似乎掉入了一个别人已然设计好的陷阱之中。

他料算得不错，他的确是掉了别人事先设计好的陷阱之中，而这个陷阱的布局者，就是他日思夜想的卓小圆。

这是一个精心设计的计划，它的成功就在于抓住了大多数男人喜欢自作多情的心理，从而一步步陷入死局。

幻狐门最擅长的一门绝技，就是眉目传情，是以当纪空手以刘邦名义向卓小圆传来秘信之后，卓小圆考虑再三，决定向范增实施美人计，以达到自己借刀杀人的目的。

对一个年逾六十的男人施以色诱，这难度端的不小，但卓小圆却十分自信，她自入幻狐门后，就抱定一个宗旨，但凡男女都有七情六欲，只要对症下药，投其所好，纵是柳下惠这样的君子，也必是我卓小圆的裙下之臣！

她只用了短短数月的时间，就以自己独特的情挑撩拨得范增想入非非，为了整个计划能够得以顺利实施，她又不惜以色相将项诚收为己用，当这一切准备就绪之后，她的行动便开始了。

——首先，她算准了项羽一天的行程，然后让项诚以项羽的名义请范增进入别院。

——当范增一到，她马上焚香沐浴。范增色心既动，就难免生出偷窥之心，做出一些出格的举动。

——一旦让项羽撞上，以他的禀性，绝不容许另一个男人冒犯他最心爱的女人，即使是用目光，他也认为是一种不可饶恕的亵渎。

但是，这个计划看似完美得无懈可击，其实还有一个致命的漏洞。卓小圆担心即使自己的情挑已使范增心猿意马，但以范增的老成持重和静心功夫，未必就能让范增完全丧失理智，所幸的是，她幻狐门中有一种秘传的催情药香，名唤“洞房花烛”，无色无味，融入檀香之中，可以让人在不知不觉中着了道儿，最是厉害不过，饶是范增这等聪明之人，最终也难逃此劫。

这么说来，范增岂非死定了？

卓小圆知道范增在项羽心中的地位，也了解范增与项家的渊源，杀不杀范增，其实就在项羽一念之间，但卓小圆无疑是一个聪明的女人，深知此时无声胜有声，用任何语言都不如自己的哭更能撩拨项羽的杀心，所以，她这一哭，顿时将自己扮成一个无辜的弱者，反而置身事外，坐收渔翁之利。

看着背跪请罪的范增，项羽虽然已经拔剑，却迟迟没有落下，这绝非他心怀仁慈，换作另一个人，他早就一剑杀了，独独是这个范增，由不得他不三思而行。

当年起事之初，万事艰难，项羽之叔项梁带着项羽数度登门，请求范增出山襄助，范增都婉言相辞，直到最后一次在范府的草堂之中，项梁再三恳请，范增才实言相告：“老夫少年成名，却一直归隐乡里，其实就是为了等待一个机会，如今暴秦将亡，诸侯并起，正是英雄建功立业的乱世，老夫早已有心出山。然而，良禽择木而栖，老夫亦想投身明主，尽心报效，留名青史，善终一生，今观你叔侄二人面相，恕我直言，都非有海纳百川之肚量，万一日后老夫有何过错，未必就能善始善终，与其如此，老夫不如留在这草堂之中，了此残生岂不更好！”

项梁求贤若渴，又深知范增的才情之高，是一个不可多得的善谋之臣，当即跪下道：“先生有此顾忌，乃人之常情，今日我项梁对天发誓，先生若能为我所用，今生今世，绝不伤先生一根汗毛！”

当年项羽在场，这些话到了今时今日，还历历在耳，犹似发生在昨天一般，更让项羽不忍下手的是，这些年来，西楚军南征北战，打了不少大战恶战，却从来不败，这其中无一不是范增一人在幕后精心策划，呕心沥血，尽心尽职，可谓是项羽最为器重的左臂右膀，倘若自己因为一个女人而杀之，天下人又将如何看待自己？

项羽的剑犹自在手，但他的剑气已不如先前那般咄咄逼人，范增是何等样人，骤见生机再现，顿时痛哭流涕道：“微臣一生谨慎，自重名节，想不到人到老了，反而做出这等禽兽不如的事情，真是罪该万死，但还请大王看在微臣追随项公与大王以来一直忠心耿耿，尽心尽职的分上，剑下留情！”

他只认罪，却不辩白，卓小圆初时还有几分担心自己的阴谋暴露，细想之下，顿时明白了范增的用心。

男女间的太多事情，本就是说不清、道不明的，此刻项羽正在气头之上，倘若范增辩白，只能是火上添油，弄不好反倒引来杀身之祸，范增聪明一世，当然不会在这一点上犯糊涂。

卓小圆机关算尽，想的就是借刀杀人，当然不想就此罢休，但范增的老谋深算和应变之快出乎了她的意料，仓促之间，一时也想不到应对之法。

项羽听着范增略带哭声的嗓音，看到的又是满头白发，心中不由一软，冷然道：“本王的确是想一剑杀了你，冒犯本王的爱妃，比冒犯本王更甚，要是天下人知道本王连自己的女人都保护不好，又将用什么样的眼光来看待本王呢?”

范增连连叩头，一脸惭愧之色：“是微臣为老不尊，以至于让大王蒙耻!”

“你知道就好!”项羽冷哼一声，“不过念在你这些年来的功劳上，本王也不是无情之人，何况当年还有叔父对你的承诺，本王就免你一死!”

“谢大王恩典！微臣只有将功补过，尽心为大王效命才可以报答大王的不杀之恩!”范增乍闻生机，连声道谢，整个人仿佛舒缓了一口气，紧绷的神经顿时松弛下来。

“不过……”项羽的声音极冷，话锋一转，令范增才放下的心又悬了起来，“本王已不想再见到你，三日之内，限你离开此地，否则，别怪本王不念旧情!”

范增只觉头脑一晕，差点昏了过去。

他少年归隐，数十年来就等着一个能够留名青史的机会，如今暴秦已灭，西楚立国，眼见自己数年的努力终于可以得到一些回报的时候，却因为一个女人，而误了自己一生的名节，这不仅让他感到惭愧，更感到痛心。

他缓缓地回过头来，看着项羽如黑洞般的眼睛，明白自己大势已去，想到自己曾经是那么的风光无限，如今却像一只落水狗般可怜，他已欲哭无泪。

当卓小圆的螓首微抬之时，两人的目光在刹那间交错，范增的心陡然一沉，多出了几分莫名的苦涩。

因为，他所看到卓小圆的眼神之中，不是同情，也不是怜悯，而是一种蔑视。

这种蔑视的眼神如利刃般刺入他的心中，他甚至感觉到自己的心在滴血。

范增被逐的消息以最快的速度传到了纪空手的耳中，纪空手坐在小楼上的栏杆前，仰望着蓝天上的朵朵白云，轻轻地说了一句："项羽自断其臂，可见天要灭楚！"

龙赓微微一笑："公子兵不血刃，只用一封书函就废了范增，这一着棋可谓是妙不可言，看来刘邦早就预见会有今天，是以，精心埋下伏笔，但他千算万算，最终还是为公子作嫁衣！"

纪空手淡淡而道："单凭一个卓小圆，只怕还没有这个能耐，你如果细想一下，就应该明白以项羽的行事作风，又怎会为了一个女人而驱逐自己的倚重谋臣，何况此时大战在即，正是用人之际，项羽岂能不知其中的得失利害！"

龙赓不由一怔，显然没有将问题看得如此之深，道："但是不管怎么说，范增的确是因为卓小圆的缘故才被驱逐的，这可是无可辩驳的事实！"

"这一点不错！"纪空手的脸色依然还有几分苍白，显见心脉之伤未愈，身体还有几分虚弱，"但卓小圆一事只是一个导火索，真正让项羽下决心驱逐范增的，是流传于楚地的一些谣言！"

"谣言？谣言止于智者，项羽纵算不是智者，也不会因一些空穴来风的事情而自断其臂吧？"龙赓虽然与项羽从未谋面，但他深信，一个身为五阀阀主之一又是数十万大军统帅之人，绝非寻常人物可比。

"有些谣言的确止于智者，但有些谣言只要你能对症下药，就连智者也会信以为真！"纪空手笑了一笑，道，"子房，是不是？"

张良缓缓地站了起来："是的！的确如此！只不过要造这种谣言，通常都要付出不菲的代价！"

第九十六章　黄金死士

龙赓这才明白范增驱逐一事的背后，竟然还有张良在精心谋划。

“你付出了什么代价?”纪空手问道。

“我用了二十万两黄金，买通了项羽身边的三个近臣，又花五万两黄金，买通了楚国境内的近万名孩童，最后还牺牲了七名死士，最终得到了这样的一个结果!”张良像是一个账房先生，一五一十地报着数目，只是说到那七名死士之时，神情顿时黯然起来。

纪空手道：“你为什么要这样做?”

张良道：“我花五万黄金是要这些孩童替我传一句话，就说‘范增曾道：他上知天文，下知地理，更阅人无数，可断今日之天下，姓刘不姓项’!”

“他真的这么说过吗?”纪空手微笑而道。

“他当然没有说过，所以才叫谣言!”张良道，“但是说的人多了，谁还相信这是谣言呢? 有时候连我自己也以为范增的确说过这句话!”

“但是你却花了二十万两黄金买通项羽身边的三个近臣，其用意何在?”纪空手看了龙赓一眼，问道。

“谣言流传于市井，时间一长，也就失去了它的效用，唯有让项羽亲自听到这些谣言，它才可以真正做到物有所值!”张良不紧不慢地道。

“我明白了!”纪空手一拍手道，“可是我想不通的是，这句话真的管用吗?”

张良淡淡笑道：“为了造这么一句谣言，足足耗费了我半月的时间，诚如刚才龙兄说过的一句话，项羽纵不是智者，也是一个非常聪明之人，要想让他相信，谈何容易？所以要造出一句有水平的谣言，的确让我费尽了一番周折！”

红颜站在纪空手的身边，“扑哧”一笑，道：“谣言不就是瞎话吗？论起说瞎话的本事，我们纪大少爷绝不谦虚！”

众人为之一笑，张良道：“小公主说笑了，此事关系到楚汉争霸的最终走势，子房岂敢视同儿戏，谣言虽然只有一句，但是既要合乎范增的禀性与口气，又要让项羽心生疑惑，端的难煞人也。左思右想，最后才确定用这句话！”

红颜乐道：“这倒要请教子房了！”

张良道：“范增少年成名，一向以名士自居，以后又归隐山林数十年，难免养成孤傲自负的性情，从他的口中说出这样的一句话来，殊属正常，别人未必就不相信。而以项羽的禀性，以及他与范增之间的关系，他绝不相信范增会造反或谋逆，他所担心的，倒是范增另择明主，助汉灭楚，因为他深知名士本性，重名未必重利，但求死后留名青史，不求今生良田万顷，有了这样两点，就不愁项羽以假当真，从此对范增心生芥蒂！”

纪空手道：“既然如此，何以又赔上了七条性命？”

张良肃然道：“我也不想这样，但是凭一句谣言就能废掉范增，公子未免也太小看项羽了。于是我派出死士，伪造书函，扮成与范增联络的奸细，故意暴露行踪，让西楚军士擒获，这样做看上去委实不太高明，但却可以一点点地加重项羽的疑心，当卓小圆一事发生之时，项羽理所当然就到了忍无可忍的地步！”

纪空手看着窗外渐呈金黄的秋叶，眉间紧锁，轻轻地叹息了一声：“那七名死士只怕已是尸骨无存了吧！”

张良心情沉重地点了点头，道：“壮士一去兮不复还，死者逝矣，唯有厚恤活着的人，才能表示对死者的敬意，我已拨出七千两黄金，七千亩良田，妥善安置了死者家属！”

“你办得好！”纪空手的眼神里透出一股森然的杀气，缓缓而道，“我们绝不能让死者在九泉之下流泪，更不能让范增的命活得如此富贵，二十万两黄金，七条人命，这样大的代价，只有让范增的头颅来偿还！”

“这一点也是我当时未能料到的。”张良颇有几分自责，“我原想，以项羽历来的行事作风，又在气头之上，他是必杀范增无疑，但项羽这一次不仅不杀范增，而且活罪也免了，只是驱逐了事，这委实让人费解！”

“范增活着一天，对我大汉就多一天的威胁！”纪空手沉吟片刻，猛然回头，“项羽既下不了这个手，看来只有我们代劳了！”

龙赓神色一凛，双手抱拳：“就让我亲自走一趟吧！”

纪空手与张良相望一眼，同时笑了起来：“有龙兄出手，看来范增必死无疑了！”

他们的脸色显得十分轻松，这种轻松的情绪源自他们对龙赓的信任，此时的龙赓，剑术之高，已可排在天下前五之列，试问一个名士范增，又凭什么与之抗衡？

但红颜的神情却显得肃然，对龙赓叮嘱道：“范增此行不乏高手相随，但以龙兄的剑法，这些人未必是对手，虽无人看到过范增此人会武，但龙兄最好要多多留心为妙！”

龙赓深知红颜不喜多言，话一出口，必然有其深意，当下感激地道：“多谢小公主提醒，龙某谨记在心！”

他回头看了纪空手一眼，道：“我这一去，公子内伤未愈，须得在王府内加强戒备，以防凤孤秦的事件再度重演！”

他这绝不是一句多余的话，事实上自凤孤秦事件发生之后，纪空手就料算到了凤孤秦的同党绝不会就此罢休，一定会还有动作，但一连过去了十几天，汉王府中竟显得风平浪静，这未免也太过反常了些！

但纪空手知道，任何反常的背后，都孕育着阴谋的产生，暂时的平静往往预示着更大风浪的袭击。

“你放心！”纪空手并未有如临大敌般的紧张，反而显得胸有成竹，“就算再来十个凤孤秦，我也不惧，因为，除了红颜之外，还有吕雉，有了这样两个女人，我完全可以高枕无忧了！”

龙赓不禁哑然失笑，他的确忘了红颜，忘了吕雉，这两人一个是知音亭的小公主，一个是听香榭的当今阀主，名头之响，犹在自己之上，而她们的武功之高，也未必在自己之下，自己的担心的确显得有点多余了。

他大步而出，随风而去，一路卷起无数黄叶，如蝴蝶般在他的眼前翻飞，望着这美丽的秋景，不知为什么，他的心中突然“咯噔”一下，似乎平生一股莫名的愁情。

秋风秋雨愁煞人。秋天，是一个多愁善感的季节，如深闺中的怨妇般让人琢磨不透。

早晨起来还是一个多雾的天气，到了午时三刻，天空中竟飘起了牛毛细雨，檐角传来“嘀答”之声，如佳人的眼泪让人心怀惆怅。

陈平与张良站立在纪空手的身边，在一张书案上，平铺着一张标示着许多曲线与文字的地图。

“这就是吕不韦所建百叶庙的平面图，从图上来看，整个建筑布局合理，设计精巧，并无出奇之处，但是此庙筑在骊山北端，地势险峻，沿千步梯而上，直达峰顶，作为宗族祭祀之用未免小题大做，也不利于宗族子弟行走，这是第一个疑点；第二个疑点是距百叶庙不过数百步，有一个水瀑，水量充足，常年不涸，但水流并未成溪成河，反而流经百叶庙并形成一个深水潭，不溢不涸，可见地下另有暗河，有了这两个疑点，我基本上可以断定，在百叶庙下的确另有玄机！”陈平显得非常自信，一讲到土木勘察，天下间能够胜过他的人，实在不多，是以纪空手与张良顿时兴奋起来。

“即使庙里另有玄机，找不到开启的机关也是枉然！”纪空手兴奋归兴奋，但在没有看到那四百万两黄金之前，他还不至于得意忘形。

张良已经去了百叶庙遗址，知道那里已是一片残垣断墙，到处是烟熏火烧的痕迹，是以对纪空手的话深有同感，不过他素知陈平深谙土木机关之术，便将一腔期望全部放在了陈平身上。

陈平沉思了片刻，道：“要找到开启的机关并不难，而且我也已经找到了，不过，如果我的判断无误，这机关已经失灵，有等于无，我们要想进入地下，恐怕还得另想办法!”

纪、张二人先喜后忧，看着陈平一脸的严肃劲，他们已然知道也许唯一的办法就只有集中人力，将骊山北峰夷为平地，或许可以找到那四百万两黄金。

这个办法虽笨，也未必不可实施，征集数万民工，花上十年时间，终有一天可以找到宝藏，但纪空手未经考虑就一口否定，因为他心里明白，时间不等人，楚汉大战在即，他要用这四百万两黄金救急。

“坐在这里看图，还不如我们都去实地看看，说不定灵感一来，想出妙策也未可知!”纪空手深知此事事关重大，不敢耽搁，当下与陈平、张良一道，率领数百名贴身侍卫赶往骊山。

数百铁骑冒雨而行，不过半个时辰的功夫，便赶到了骊山北峰脚下，纪空手抬眼望去，只见北峰足有千仞之高，古木森森，黄叶满地，有一种说不出的奇险。由山脚至峰顶，更有一条青龙蜿蜒盘旋，时隐时现，正是用大块青石铺筑的千步梯。

“且不说这百叶庙修得如此奇险，单是这千步梯，恐怕也得花上数十万银钱，无数人力。看来风传吕不韦富可敌国，竟然不是虚吹!”纪空手冷然一笑，面对这宏伟的建筑，心里有一股说不出的滋味。

“暴秦之所灭亡，其根源就在于富的富死，穷的穷死，百姓活不下去，当然就只有起来造反，所以有智者言，打天下易，治天下难，看来不无道理!”张良也情不自禁地感慨道。

纪空手苦笑一声：“其实说到打天下，这位智者的话未免有失偏颇。且不用引经据典，单看我们如今，内外交困，险象环生，打天下又何尝容易，一旦楚汉交战，还不知要死多少将士，多少百姓，所以这句话只能这样说——打天下难，治天下更难，要想开创一个亘古未有的盛世尤其难啊!”

三人同行，拾级而上，数百名亲卫相隔十数步，紧紧跟随，绵绵细雨如丝如织，飘然落下，近看是雨，远看成雾，恰有一种诗一般的意境。

上了五百步梯，便是半山亭，亭子修得精巧美奂，三五株青竹，七八簇花卉，点缀得古亭平添一股雅趣。

“人要是有钱，想俗都不行。光造这么一亭子，别说钱，就是这份匠心，都了不得！”张良读着亭柱上的一幅对联，轻叹一声。

纪空手站在亭中，望着满山古木，淡淡而道：“你这话说得对，‘雅俗’二字，其实正是有钱人用出来的，人若是没钱，吃饭穿衣，谈什么雅，谈什么俗，填饱肚子盖住屁股才是正事。记得我在淮阴之时，一连饿了三天肚子，实在没辙了，就去偷了人家的一条裤子，换了两个窝头吃，没有人想做贼，只是逼急了，想不做贼都不行！”

张良望着纪空手颇显激动的脸色，心中一动，寻思道：“他能以智计闻名天下，也许并非是因为他天赋奇高，天生的绝顶聪明，而是因他自幼生活在没有温饱的环境里，为了生存下去，逼得自己激发潜能罢了！”

他所想的一点不错，没有人天生下来就绝顶聪明，也没有人天生下来就注定是大富大贵，很多认识纪空手的人，都认为他的运气实在不错，但没有人天生下来就运气不错，运气的好坏，其实取决于个人的努力，如果纪空手不是自幼孤苦，出身市井，他也不可能走到今天这一步。

陈平听着纪空手说话，突然笑了起来：“我们现在算不算是贼啊？”

“当然不算！”纪空手也笑了，“黄金还没到手，我们当然不算贼，就算是，也应该是侠盗，劫富济贫的侠盗！”

“盗与贼难道还有什么不同吗？”陈平毕竟是富家子弟，对市井俗事了解不深，是以问道。

“所谓小贼，是指干那小偷小摸，偷鸡摸狗之事的人，根本上不了台面；而盗者，专干大买卖，出入王侯府地，进出官宦之家，所下手的对象，非富即贵，而像我们这种一出手就是四百万两黄金的人，应该算是大盗，巨盗，普天之下独此一家，别无分号！”纪空手嘻嘻一笑。

张良不禁莞尔，打趣道：“其实照我来看，公子乃是古往今来的第一大盗，四百万两黄金固然让人眼花缭乱，又怎能比得公子从刘邦手中夺得这天下呢？”

三人无不大笑起来，笑声之响，竟引来阵阵回音，激荡山谷。

再上三百梯，所经地段，竟是从岩石之中开凿出来的路径，长约百米，宽却仅容两人并肩而行，石梯两边全是高达丈余的石壁，石壁上全是泛绿的青苔，在雨水的洗刷之下，渗出一种阴森森的感觉。

纪空手的心陡然一跳，似乎有一种不祥的征兆生起。

他说不清楚这是怎么回事，也不明白自己何以会有这样的感觉产生，他只知道，这是一种非常真实的感觉，就像是一匹野狼总是能够嗅到危机一样，来自于人的本能。

他戛然止步，眼芒掠过两边石壁后的草木，茂密的枝叶如巨伞般撑在山石之上，仿若一头卧伏的巨兽意欲吞噬这天地间的一切。

心脉之伤复发，若非吕雉的听香榭一向以药石见长，又精心调理了一段时间，纪空手也许至今还卧床不起。但纪空手体内的补天石异力来自于天地灵气，取自然之道，合天地玄理，只要生机一日不灭，就丝毫不妨碍它的运转，是以，他依然保持着高手应有的高度敏锐，对任何危险都有一种不可思议的预判能力。

他唯一顾忌的，是与高手的交战，一旦再有强劲的外力袭入他的经脉之中，就很有可能导致他的心脉断裂，生机尽灭，到那时，便是神仙也难救了。

当补天石异力运转一个周天时，纪空手的耳目开始扩张开来，十数丈内的一切动静尽在他的掌握之中。

时间一点一点地过去，足足有一炷香的工夫。纪空手负手而立，一动不动，就好像天地混沌初开时他就在这千步梯上，与刚才那谈天说笑的嬉戏态度判若两人。

一动一静，在动静转换中显得如此自然，如此和谐，不显一丝转换的痕迹，单从这一点看，纪空手的确是领悟到了武道真谛。

他如孤松般站立于众人之前，静得如此彻底，是因为他需要心静，只有心静，他才可以用耳目去寻找潜在危机的来源。

然而，他失望了，他看到的是群山、细雨，听到是风声、雨声……一切都显得那么平静自然，就仿佛他刚才所产生的直觉，只是一种虚无的东西，好似从来就没有存在过一般。

“公子……”张良不明白究竟发生了什么事情，刚想轻声问上一句，却见纪空手的脸色变得十分严峻。

“传令下去，队伍分成三列，分批向上攀行。每列队伍间距在五十步，同时要求每一个人箭上弦，刀出鞘，随时作好战斗准备！”纪空手缓缓地下达着自己的命令，音调不高，却带着一种高高在上的威仪，让人根本无法违背。

他相信自己，更相信自己的直觉。虽然他始终没有发现任何异常，却坚信自己的直觉并没有错，出现这种情况，只能说明对手的武功极高，更善于隐蔽。

纪空手没有犹豫，一人当先而行。

走出三五十步后，并没有出现他所预料的惊变。

“难道真是我的直觉发生了错误？”这一下，连纪空手也开始怀疑起自己的判断来。

然而，就在他开始怀疑自己的一刹那，一阵古怪的声音陡然响起。

这声音由小到大，由远及近，从高至低，初时如急急的鼓点，仿佛还在遥远的天际，只不过一瞬间，其声已大若风雷，仿佛就在耳边，更让纪空手感到心惊的是，伴着这声音而来的，是自己所站的石梯竟然震动不已，有一种地动山摇的感觉。

地震？这是纪空手出于本能产生的第一个念头。

但在刹那间，他灵光一现，想到了一个远比地震更可怕的可能！

“快闪，闪到两边！”纪空手大喝一声，声若惊雷，更带着从未有过的惊悸。

第九十七章　无畏之战

枫叶店一到秋天，总是可以吸引到不少人气，因为，秋天到了，枫叶自然也就红了。

枫叶店以枫叶为名，顾名思议，这个地方的红枫实是太多了，是以才会以枫叶为名。

枫叶店的红枫多是多，但究竟有多少，却没有人知道确切的数目，不过，到过枫叶店的人都明白，那里的红枫多如海，放眼望去，方圆百里全是赤红。

所以枫叶店的人喜欢红，不仅爱穿红衣红裙，就连门面楼壁都刷上了厚厚一层红漆，镇上最大的酒楼——五湖居里卖的酒，取个名儿也叫“胭脂红”！

胭脂红是五湖居独门秘方酿制的，入口清醇，酒味悠长，算得上是酒中极品，是以卖价不菲。据说一壶胭脂红的价钱，不比整一桌上好的菜肴便宜，因此，能够光顾五湖居的客人，非富即贵，走卒小贩之辈只能望门兴叹了。

不过，凡事没有绝对，对五湖居老板王二麻子来说，至少今天是一个例外。

今天是五月二十八，历书上云：诸事不宜！

所以王二麻子一大早起来，就召齐自己店中的大厨伙计，千叮咛，万嘱咐，其实归总起来就是一句话：忍气避祸！

这是每一个开铺做生意的人都信奉的一句名言，换一种说法，就叫和气生财，王二麻子给店取名为“五湖居”，而他脸上的招牌就是笑，有人开玩笑说：“你就是当着王二麻子的面骂娘，他也绝不会说个不好！”

这话虽然有些夸张，但却说明王二麻子的脾气的确是好。不过，此时此刻，他看着楼上的几个客人，心里却一点也顺畅不起来。

这几个客人并不是一路的，前前后后共有三批人。第一批只是一个人，穿着讲究，气派非常，二十来岁年纪，长相算是在男人中拔尖的，他一落坐，就将腰间的长剑搁在桌上，显得异常醒目。王二麻子以为这是一个大主顾，谁曾想他只叫了一盘相思豆，喝着免费的清茶，从午前一直坐到现在，几个时辰都未挪动位置。

相思豆的名儿好听，其实就是炒黄豆与炒碗豆拼成一盘，总共只值一个大钱，这也难怪王二麻子看不顺眼。

第二批人则是一对中年夫妇，点了几个五湖居特有的招牌菜，又要了一壶上好的胭脂红，看来是一对舍得花钱的主儿，可是王二麻子还是瞧着觉得别扭。

这倒不是王二麻子的眼光太挑剔了，实在是这一对夫妇搭配得太不般配了。女的穿着妖娆，模样俊俏，两条细细的柳叶眉微张，眉梢淡垂，顾盼间自有一股风流韵态，就连王二麻子这样五六十的老汉，见了这风骚劲儿，也忍不住胡思乱想一番，可见这半老徐娘端的算得上是漂亮，再看这男的，个子矮瘦，五官像是挪了位似的，与“匀称”二字毫不沾边，一条不深长的刀疤自脸上横斜而过，更显得狰狞可怕，不敢恭维。两人站在一起，正应了一句老话——一朵鲜花插在牛粪上！

这第三批共有五人，有老有少，有俊有丑，一来就叫了一桌子好菜，有山珍海味，有奇禽猛兽，让厨子忙活了好一阵子，可是王二麻子偏偏高兴不起来，这只因为这些人身上都带着兵器，横眉怒眼的，还不知给不给钱呢。

想到这里，王二麻子就站在柜台里面唉声叹气，恰在这时，门口传来伙计的招呼声：“有客来了，楼上请！”

这一拨人只有三位，其中一位正是本镇首富范锋，范锋此人年不过四旬，原先不过是小商贩出身，后来闯荡江湖，一去十年，回到枫叶店就成了大户人家。谁也不知道他这十年究竟做了些什么勾当，也没有人知道他的发迹史，更没有人知道他家里的金银多如山，虽说如此，却没有黑道上的朋友打他的主意。

王二麻子万没想到，以范锋的权势地位，竟然会对同行的两个客人点头哈腰，低声下气。但看同行的这两位，一个矮胖，一个矮瘦，脸上似有几分浮肿，穿着举止也显得一般，除了眼神里偶尔闪出一道精光，显出几分干练之外，其他的地方并无特别之处。

在王二麻子热情招待之下，三人选了靠窗的桌前坐下，点好酒菜之后，那矮胖老者压低声音道："范兄，看来枫叶店并不像你所说的那么平静啊！"

范锋一怔，正要抬头观望四周，却听那矮胖老者道："别东张西望，以免打草惊蛇！"

范锋吃了一惊，道："海老，莫非你认得楼上的这些人？"

矮胖老者冷然道："老夫知道这三伙人中至少有两伙人是混黑道的，虽然老夫不认得他们，但从相貌兵器上推断，应该不会有错！"

那矮瘦老者淡淡而道："看来飞云寨和黑白府乃是有备而来，安了心想蹚蹚这浑水！"

范锋倒吸了口冷气，道："江老的意思是说那一对夫妻竟是黑白府的双无常，而那五个人是飞云寨的连环五子？"

"不错！"那矮瘦老者点了点头。

范锋浑身一震，心中暗道："怪不得这两个老家伙这么着急赶来枫叶店，敢情这里有大事即将发生！"

江湖上传言，能够劳动双无常或是连环五子亲自出马的，都是价值万金的大买卖，如今正值乱世，像这样的大买卖已经少之又少，这就难怪双无常与连环五子争这票买卖了。

范锋的眼神似是不经意地瞟了一眼那位正在嚼相思豆的年轻人，心里一动："此人又是谁呢？假若他也想蹚这趟浑水，今天就有热闹好瞧了！"

就在这时，只听一个声音道："肥肉就要出锅了，馋得大伙都伸长了脖子，就等着吃上一口，可是肉只有一块，总不能让大伙儿都抢着吃吧！"

说话的人，正是黑白府的双无常，这是一对夫妇，男的使银钩，女的使木钩，仗着一套变幻莫测，威力奇大的钩法，在江湖上大有名气，因这二人下手狠辣，杀人无数，是以人称"双无常"。

"江湖上传言，黑白府的双无常一向蛮不讲理，今日一见，才知传言终究是传言，绝不可靠。你刚才所说的话就很有道理，深得我心，可是我又在想，肥肉既然只有一块，大伙儿又不能抢着吃，那么给谁吃才是最合适的呢?"一个阴恻恻的声音从连环五子的那一桌传来，说话的正是连环五子的老大金一。

雌无常媚眼一抛，略带磁性的嗓音顿时送入每一个人的耳中："所谓盗亦有道，人在江湖，凡事都要讲个规矩，金老大也不是才出道的雏儿，不会不晓得这个道理吧?"

"那就要看是什么规矩了?"金一嘿嘿一笑，似乎抱定了后发制人的宗旨，想看看双无常打的是什么主意。

"当然是先来后到！"雌无常笑道，"这票买卖我们已经跟了四五天，行程数百里，当然不想有人横插一杠子！"

"你若这么说，我就不得不提醒你一句了！"金一淡淡而道，"既讲规矩，你就不该忘记还有'见者有份'四个字了！"

雌无常笑了，笑得很甜："我记得以前也有同道和我们夫妇说过这四个字，你知道他们最终的结局吗?"

金一悠然而道："我不知道，也不想知道，我只知道，一个胃口好的人，通常都会被噎死！"

"啪……"他的话音还未落下，雄无常已拍案而起："金老大，你别以为你们人多，老子就怕了你们，既然你想在我们夫妻嘴里抢食吃，就先问问我手中的银钩答不答应！"

除了金一外，连环五子同时站起，纷纷亮出兵刃，怒目横对，大战仿佛一触即发。

“不可轻举妄动!”

金一挥手示意自己人坐下，微笑而道：“我们都是为了求财而来，不是为了跑来免费杀人的，黑白府、双无常，这名头在江湖上也叫了十几年了，钩法精湛，杀人无数，要杀我们连环五子还不是小菜一碟，不过，就算你们杀得了我们，你们想过没有，这票买卖你们就一定吃得住吗?”

他这最后一句话正好说到了双无常的心坎上去了，这几日来他们夫妇二人得到消息，一路跟踪下来，之所以迟迟没有下手，就在于对方人手实在太强，他们根本没有必胜的把握。

雌无常是何等聪明人，金一这番话一出口，她已隐约猜出了对方的意图，与雄无常对视一眼，这才试探着问道：“若是我们双无常都吃不住的买卖，只怕连环五子也未必吃得住吧？金老大，你说我说得对吗?”

“不错!”金一点头道，“这话一点不错，与其你我都吃不着，何不联手起来，一人一半!”

雌无常盯了金一一眼，淡淡而道：“这倒是一个好主意，一人一半，总比什么都得不到要强，可是你们连环五子在江湖上的信誉实在太差，很难让我们夫妇相信你们的诚意。”

金一似乎一点都不介意对方近乎嘲讽的措辞，缓缓而道：“信不信由你，可时间不等人，如果我估计不差，再过一个时辰，那笔买卖就要从这楼下经过，到时你再决定，只怕就迟了!”

雌无常咬了咬牙道：“好！我答应你，若是你们事后反悔，可别怪我们双钩无情!”

金一笑了起来：“双无常既然如此爽快，我们连环五子也不是做作之人，你尽管放心，你我既然联手，看来这块肥肉是吃定了!”

双无常与连环五子无不大笑起来，脸上甚是得意，仿佛一切已在他们的掌握之中一般。

“只怕未必!”一个冷冷的声音从角落传来，众人一惊之下，循声望去，却见那位嚼着相思豆的年轻剑客已站了起来。

此人年纪虽然不大，但气度雍容，自有一股威严的气质。当他站起来的时候，雌无常的眼睛陡然一亮，似乎这才发现对方竟是如此的潇洒，举止间透出一种风流倜傥的魅力。

“阁下高姓大名？”她虽是半老徐娘，但声音依然不失嗲劲，不失风骚，听得雄无常眉头一紧，脸色顿时沉了下来。

“在下不过是一个浪迹江湖的浪子，四海飘泊，居无定所，是以从不以姓名示人。诸位若嫌称呼上有所不便，就叫我无名吧！”面对双无常与连环五子咄咄逼人的目光，年轻人似乎浑然不觉，淡淡而道。

“敢问一句，无名兄弟孤身一人到此，莫非也是看上了这票买卖？”雌无常上前一步，媚眼乱抛，身如杨柳扭动着，透出万种风情，但她的手却一点点地伸向腰间的木钩……

“这票买卖价值数十万，的确是一桩惹人眼红的买卖。”无名笑了笑，却摇了摇头，“但我却不是为此而来，我千里迢迢赶到这枫叶店，干的是杀人的买卖！”

“你是一个杀手？”雌无常面对对方如此冷静的应对，心头一跳，问道。

“不错！”无名冷漠地道，“我从不免费杀人，一条人命在我的手里，可值十万！”

他显得十分孤傲，说话间透着一股极度的自信，不知为什么，任何话到了他的嘴里，都让人觉得毫不夸张。

“你莫非看中了我们中间的某一个人？”雌无常的手已握住了木钩，冷冷地道。

“黑白府双无常与飞云寨的连环五子，的确是黑道上顶尖的人物，天下间想要你们的脑袋的人，纵然没有一千，亦有八百，不过，我看各位的脑袋距离十万之数，似乎都还差点！”无名此话一出，众人虽然听得并不入耳，但每一个人，都舒缓了一口气，悬着的心顿时放了下来。

刚才还是一触即发的紧张态势顷刻间化为无形，楼上的气氛随之轻松了不少。

“这么说来，你杀你的人，我们做我们的买卖，大家井水不犯河水！”

金一微笑着站起来道。

无名却坐了下来，摇了摇头："金老大如果是这样想，那就大错特错了，你们可知道，这票买卖的正主儿是谁吗？"

他这一问正好问到了双无常与连环五子的心坎上，无论是双无常，还是连环五子，都是在短时间内得到消息，随即赶来，谁也不清楚对方是谁，有什么来头，只知道对方此行车中所载的货价值不菲，干下这一票，足可以逍遥一世。

是以，众人的目光全都盯在无名的身上，都想通过无名的嘴来解开自己心中的悬疑。

无名的眼芒缓缓从楼上众人的脸上划过，就连范锋三人也不遗漏，然后才一字一句地道："他就是当今西楚重臣范增！"

无论是张良，还是陈平，在他们的记忆中，纪空手总是那么悠然恬静，从容不迫，始终有一种泰山崩于前而色不变的镇定，可在这一刻，他们眼中的纪空手竟然是一脸莫名的恐惧。

这种恐惧来自于联想，来自于歇斯底里的内心，发自于肺腑，让每一个人都深深地感染上这种情绪，以至于谁都没有回过神来，头脑在刹那间竟呈空白。

纪空手心里虽然惊惧，却十分清楚，知道此时时间可贵，再有一丝的犹豫，只怕自己的卫队就会全军覆没。

"呀……"他别无选择，只有在刹那间将全身劲力提聚于掌心，双掌互动间，一股螺旋气劲卷向站在身外数步之外的张良与陈平。

他出手之快，根本不容张、陈二人有任何的反应，两人感到自己的身体被一股无形却又有质的大手托起悬空，飘然落向石梯两边的峭壁之上。

张良人一落地，惊魂未定间，一眼看到了惊人的一幕，这才陡然明白了纪空手何以惊悸的根源。

但见那石梯之上，滚动着成百上千的圆石与滚木，一个紧追一个，连绵不绝，每一个圆石和滚木都重逾千钧，借着山势飞速而下，仿佛那流泻的飞瀑，根本不是人力可以阻挡得了的。

而纪空手与他的卫队此时正置身于一段两边都是峭壁的石梯之上，无论是进是退，都难逃一死，倘若求生，就只有从峭壁而逃，若非纪空手已有警觉，只怕谁也难以逃过此劫。

“轰隆隆……”说时迟，那时快，一瞬之间，圆石滚木已如奔马俯冲而下，眼见就要撞上纪空手时，纪空手大喝一声，整个人竟直直升空丈余，双脚正点在转动不已的滚石之上。

他此时劲透双腿，如风车般向前直蹬，频率之快，竟然超过了滚石之势，他更像一个高明的杂耍大师一般，显得冷静而镇定，洞察着周围的异样动静。

如此之多的圆石滚木从山顶滚下，绝非平白无故，而是人为所致，而且要想在短时间内备好成百上千的巨石树木，显然不行，可见对方是有备而来。

“敌人是谁?”纪空手心中突生一大悬疑。

便在这时，“哧……”的一声弦响，隐没在山摇地动般的响声之中。

一片密林处骤起狂风，风过处，草叶为之中分，一道快逾流星的寒芒破空而出。

暗箭！出奇不意的暗箭！

此箭一出，势如风雷，虚空中暴闪出无数股急转不停的气旋！

这更是一支夺命的箭，它以无比精准的准头及变幻莫测的行进路线，直罩向纪空手的面门！

此时的纪空手，处在生死存亡的紧要关头，这暗箭固然凌厉，这圆石滚木固然霸烈无比，但对纪空手来说，还不算是最致命的。真正致命的东西来自于他自己，来自于体内的心脉之伤。

吕雉曾言：“心脉之伤并非是不治顽症，只要调理得当，你修养半年一载，未尝不可全愈，但在这段时间内，切不可妄动真气，否则，就有危及生命之虞！”

吕雉身为听香榭的阀主，其药石手段已是世间少有，是以，她所下的结论，绝对正确无误，可是，在这紧要关头，若是纪空手不动真气，岂非死路一条？

认识纪空手的人，都说他生性随和，性情恬淡，可以随遇而安；但了解纪空手的人却知道，这只是纪空手外表的一面，其实在他的骨子里，在他的内心深处，永远涌动着一种叫作傲骨的东西。

纪空手坚信，人可以没有钱，却不能没有傲骨，活着就要像雪莲一般，绽放在冰天雪地之中。

所以，他没有丝毫的犹豫，补天石异力在瞬息之间提聚，奔涌在自己脆弱的经脉之中。

不是鱼死，就是网破，他选择了一个辉煌的人生结局。

“轰……”强势的劲力顺腿而出，撞向飞奔而来的一块巨石，碎石横飞，烟尘弥漫间，纪空手借着反弹之力，整个人向上翻出一道精确的弧度，堪堪躲过暗箭的偷袭。

与此同时，他的人已落在峭壁之上，回头看时，只见自己的贴身卫队已伤亡大半，石梯之上，到处是一堆一堆几成肉酱的尸体，乌红的鲜血化成小溪，染红了这一级级的青石梯。

面对这种惨状，纪空手的心里充满着极度的悲愤，同时也激发起他胸中的熊熊战意，无论对手是谁，无论对手有多么强大，他都将与之一战！

他的眼芒缓缓划过那些惊魂未定的战士的脸庞，也从张良与陈平的脸上缓缓划过，这些都是他的朋友与战士，他没有理由不为他们而战。

“公子，你的伤……”陈平看到了纪空手眉间透发而出的那道杀气，心头一惊，低声劝道。

“公子，今日的局势不利于我等，不如先退一步，他日再卷土重来也不迟！”张良也劝道。

纪空手淡淡而道：“我这一生中，一向以智计胜人，从不逞匹夫之勇，你们知道这是为什么吗？”

他凭空问起这么一句话来，让张、陈二人都为之一愣。

纪空手顿了一顿，自问自答道：“这只因为我始终觉得，人之所以能够凌驾于万兽之上，主宰天地万物，就在于人有头脑，可以思想，若是斗勇斗力，人是根本无法与猛虎蛟龙相比的。可是此时此刻，我突然觉得，人若是太会思想了，难免就会瞻前顾后，那样活着未尝不是一种累，所以今日在这千步梯上，我绝不会再退缩!”

纪空手的话既已至此，张良与陈平只有默不出声，不过，他们已经拿定主意，就算牺牲自己，也要保全纪空手的生命。

他不再理会张良他们，也不再为自己死去的战士感到悲痛，他要抛去七情六欲，进入到守心如一的境界中去。

要做到真正的心中无刀，单是弃刀还不成，弃刀只是一种形式，要练成真正的心中无刀，即使有刀在手，它也只不过是一种杀人之器，而刀不在手，它的锋芒却能无处不在，往往杀人于无形。

这种境界说起来容易，要真正做到却又是何等艰难，古往今来，普天之下，真正可以做到守心如一的人又有几个呢?

纪空手也无法做到，守心如一的境界对他来说，只是一个可遇而不可求的机会。

但他可以静心，以一种沉稳的姿态面对强敌。

细雨依旧，仿佛给这个天地罩上了一层淡淡的轻纱，使得眼前的景物都变得朦朦胧胧，如诗如画。

清风依旧，卷送着泥土的清新气息，卷送着一丝淡淡的血腥，却给这天地平添了一份肃杀。

淡若云烟的杀气，如雨如雾，弥漫在这片山石草木之间，一切显得是那么静寂，仿佛刚才所发生的只是一种幻象，从来没有出现过一般。

“嗷……”纪空手突然仰首长啸，如一头出没在荒原的孤狼，对着落日的余晖狂啸一般，其声直穿云霄，可以裂石穿金，久久回荡在山谷之中，自有一股不可抑制的豪气。

他随手拾起了把战士所遗弃的钢刀，吹去刀上沾染的一点血珠，然后沿着滚木圆石留下的道道残痕，踏级而上。

千级石梯上的杀意越来越浓，人声俱静，鸟兽无鸣，唯有纪空手踏在石梯上的“咚咚”脚步声好似擂响的战鼓，让人感到阵阵杀气。

风寒，雨寒，刀意更寒，纪空手紧握的钢刀上，竟然凝结了一层薄薄的冰珠，那晶莹剔透的冰珠里，渗出一种血红，与钢刀的冷硬构成一种惊心莫名的邪异。

他傲然而行的身影一步步登高远去，每一个目送他的人，心中都想到了四字：勇者无惧！

当他踏过最后一级台阶之时，眼前是一片残垣断墙，让他蓦生心寒之感。

刚才还是越来越浓的杀意，竟然在瞬间消失得无影无踪，仿佛杀意只存在于千石梯上，这种诡异的现象并没有让纪空手感到吃惊，反倒在他的意料之中。

纪空手并不知道对方到底是什么来头，也不知道对方有多么强大，他们很神秘。但不管怎样，纪空手却看出对方绝对不是一般的高手，他之所以直进不退，其实并非想逞一时之勇，而是他不想失势，在这样的高手面前失去气势，就等同于自杀。

然而不退反进，并不意味着生机的出现，至少迄今为止，纪空手的内心如弦紧绷，一点也感觉不到轻松，倒是他手中的钢刀乍现出一匝流彩，给隐现乌芒的刀身镀上了一层流动的杀气。

他再踏前五步，钢刀自后向前绕弧，换了一个角度，斜出，就在每一个人都认为他会停步不前时，纪空手动了！

他动了，并非用刀，而是用拳！

虚空之中顿时乱成一团，气流狂涌，乱石激飞，本是下坠的雨丝被打乱了程序一般四溅飞蹿，朦胧之间，天地仿佛变得模糊起来。

虚空乱了，但拳风不乱，铁拳疾行空中，瞄准的是一段长约五丈的残壁。

他莫非疯了？这只是一段用青石筑成的墙壁，他何以要将它轰倒呢？

“砰……”强劲的拳风轰击在石壁之上，竟然击穿了一个尺长的大洞，墙体震晃之下，轰然而倒。

尘土飞扬间，一条人影并不清晰地出现在纪空手的视线之中，纪空手的眼芒陡然一亮，他不在意人，却在意此人手中的剑，剑并无出奇之处，出奇的是此人握剑的姿式让纪空手有一种似曾想识的感觉。

“凤孤秦?”纪空手几乎叫出了这几个字，可是他最终忍住了，因为死人是绝对不会站在自己面前的，所以纪空手断定此人绝非凤孤秦。

“好强劲的一拳!”那人似乎看到了纪空手脸上闪现出的一丝惊诧，微微一笑，“幸好这一拳是冲着这石墙而来，若是冲着在下，只怕在下有几条命也不够活了。”

纪空手仿佛并未因自己这一拳落空而感到惊讶，反而认为这是意料之中的事。他已隐约猜到了来人的身份，心头一沉，知道今日的骊山之行确是凶多吉少。

“你能躲过本王这一拳，可见不是寻常之辈。”纪空手淡淡而道，“然而让本王不明白的是，你明明是一个早已成名的剑客，何以如此不自重，躲在暗处，做出一些小人行径?”

那人的脸上流露出一丝怒意，却一闪即逝，摇了摇头：“听你的意思，莫非你认得在下?”

纪空手道：“本王认得你的剑，冥雪宗凤阳门下，剑路大体相近，特别是你以双指握剑，正是冥雪宗特有的持剑姿势，所以本王断定，你不是凤不败，就是凤栖山!”

那人淡淡笑道：“你何以这般肯定我不是凤阳?”

纪空手冷然一笑：“你不配!凤阳乃一代宗师，举手投足，尽显王者之气，更有一种压倒一切的气势，而你所欠缺的，正是这种气质，这也正是你习剑多年终未有成的根源所在!”

那人心中“咯噔”一下，仿佛被纪空手一语中的，顿时有几分黯然之色浮于脸上。

纪空手猜得不错，此人正是“三杀剑神”凤不败。

凤不败自小投身冥雪宗，学武迄今已经四十五年，自问剑法一流，罕逢敌手，是以，一向自负得紧。但在他的心里，始终有一个不为外人道知的遗憾，那就是无论他怎么努力，但在剑术上的造诣始终无法超越凤阳，更遑论无敌于天下。

他冥思苦想，穷究原因，始终都找不到正确的答案，倒是纪空手似是无意的一句话，让他茅塞顿开，有一种拨开乌云见明月的感觉。

他不得不承认纪空手的眼力的确惊人，不过，他也清楚，无论纪空手有多么强大，无论纪空手如何不简单，今日他的骊山之行，都势必是一场无可避免的劫难。

因为，这本就是凤阳一手策划的杀局!

在凤不败的心中，凤阳就是神。凤阳行事，神出鬼没，凤阳的剑术，宛若神鬼般莫测，而凤阳策划的杀局，纵是神仙也难逃算计。

是以，当凤不败再次抬头望向纪空手时，眼神中多出了一丝情绪，不知是怜悯还是同情，就像是一个猎人，看到待捕的野兽应有的表情。

一切都如凤阳料算的那样，纪空手的卫队在顷刻间折损了大半，唯一没有料到的，是纪空手竟敢孤身一人直闯上百叶庙遗址，这从某种程度上来说，打乱了凤阳行动的步骤，给了纪空手的部属通风报信的机会。

拦截已是多余，对凤阳来说，正确的行动就是充分利用有限的时间，在对方援手未到之前制服纪空手。

于是，凤不败出来了，他在看似无奈的情况下现身而出，而事实上，即便纪空手没有发现他的藏身处，他也会自动出来，因为，他只是整个杀局中的第一枚棋子。

“我的确是处处不及大师兄!”凤不败轻叹一声，继而话锋一转，“但未必就及不上你，风闻你的剑法不错，但今日你以刀代剑，就已落了下风!”

纪空手在说话之际，其实注意力根本就没放在凤不败身上，他更关心的是，在这百叶庙遗址之上，究竟还有哪位高手暗中相候。

“如果以兵器来判断一个人的武功高低，其实是你落了下风!”纪空手似有一心二用的异能，答道，“名剑宝剑，只是人为的一种包装，对于一个杀人的人来说，只要能够杀人，就算是屠夫案板上的剔骨刀，厨子手中的菜刀，它都是锐利的杀人之器。而对于一个不杀人的人来说，名剑宝剑，只是一种体现身份的装饰，或是一种摆设，一旦用之，还要心存顾忌，像这样的剑器，有等于无！”

凤不败点了点头：“你说得很对！所以我手中的剑虽然不是上古神兵，却已杀人过百，算得上是杀人之器了。”

纪空手道：“但在今天，它不是！”

“为什么？”凤不败道。

“因为它遇上的是我！”纪空手的脸上突然闪现出一丝莫名的笑意。

凤不败只怔了一怔，已感觉到了一股至寒的杀气自身下袭来。

他距纪空手至少在七尺之外，无论纪空手出手如何快，以凤不败的经验与眼力，绝不会让对方的刀气欺近身体才有所察觉，但不可思议的是，当凤不败有所警觉之时，刀锋已在三尺之内。

他几乎没有任何的反应，只是出于本能地挥剑而出。

“叮……”一声金铁脆响激荡在残垣断壁间，发出一种沉重而郁闷的回音，烟尘在旋飞中扬起一地。

凤不败虽然出手仓促，但只退了一步，看似两人的功力处在伯仲之间，但只有他的心里清楚，纪空手并未用上全力。饶是如此，纪空手刀中所渗出的森然寒意借这一触之机，竟然随剑身而入，直透进凤不败手上的经脉，令他的手出现了短暂性的神经麻木。

纪空手当然清楚自己的这一刀带给对方的感受，是以，飘身直进，手中的钢刀在烟尘中若苍龙乍现，气流涌动，将漫天飘飞的细雨用一只无形的大手凝结成一个水球，在高速中急剧地转动出一个绝佳的弧度。

凤不败不是弱者，平心而论，他的剑术当可排名在天下前二十名之列，但他绝没有想到纪空手的出手会是如此霸烈，完全超出了他的预想。是以，他不敢有任何的大意，剑气逼出，织成一道密不透风的剑网，企图阻击对方惊人的攻势。

纪空手冷哼一声，脚下移动的频率几达电速，刀势如狂飙卷出，撕天裂地般的杀气带着毁灭性的力量破过对方的剑网，直撞过去。

"呼……轰……"爆响骤起，两股强力碰撞挤压，使得那团水球疯狂爆裂，水球里的每一滴水珠，都犹如注满了活力的机体，沿爆炸的中心点向四周扩散冲击，使得空气为之一紧。

"呀……"风不败闷哼一声，连连跌退，他能够避过对方的刀气，已属幸运，当然无法将自己防护得滴水不漏，挟带着劲力的水珠仿若一颗颗弹珠，击打在他的肌肤上，有一种针刺般的钻心之痛，更感觉到一种刺骨的寒意。

风不败心中怒火顿起，竟然忘了来时凤阳的再三叮嘱，长剑一横，气注剑体，一道淡淡的异彩在瞬息间绕行于剑身之间，竟有一种说不出的诡异。

水雾竟在刹那间静止、消失，雨丝仿佛又回归到它正常的轨迹，天地间的一切仿佛都已失去了生机，竟变成死一般的静寂。

纪空手心中不由一跳，暗道："此人一旦全力出手，看来绝非善类!"

纪空手所料不差，风不败能够得享盛名数十年，又岂是沽名钓誉之辈，他扬言杀人过百，其实并不夸张，因为他独创的三杀的确是一种杀人于无形的奇绝剑术。

三杀，其实就只有一式，于一式剑法中暗含三道杀机，是为三杀，这正是风不败赖以成名的绝技。

纪空手微微闭上双眼，面对如此凌厉多变的剑势，眼睛在这一刻间反而多余，所见到的任何表象都有可能诱导自己作出错误的判断，是以，纪空手并不想用眼睛去观察动态，而是用心。

他的心已静若止水，不起一点波澜，就像是一面水磨铜镜，已经清晰无比地感触到了对方剑气的存在，他甚至已将周围数丈内的一切动静纳入自己的感应之中，绝对不遗漏半点异变。

"哧……"风动！衫下肌肤顿感一道火辣般的刺痛，纪空手知道，风不败的剑锋堪堪从自己的腰间掠过，虽只差毫厘，但已让自己度过了生死两重天。

但这绝不是风不败这一剑的尾声，恰恰相反，这只是三杀的开始，纪空手正欲拖刀之际，只感到刚才从腰间擦过的剑锋竟然绕行回来，从一个刁钻至极的角度杀至，神奇般地刺向自己的背心。

“轰……”用刀格击已是迟了，但纪空手还有一只空手，五指一紧即为拳，竟然用一只肉拳迎着剑锋而上。

凤不败心中一喜，因为他懂得，无论对方的拳头有多么的冷硬，都无法与剑锋一试锋芒，若逞一时之勇，就只有断腕的下场。

可惜的是，他高兴得太早了，也低估了纪空手。就在拳至剑锋不过一尺处时，那拳头一振间，幻做拈花指，以电闪的速度搭在了剑身之上。

一道如高温电流般的流休透入剑休之中，发出“哧哧”怪响，凤不败的剑在刹那之间变得透体通红，雨丝落下，化为腾腾水雾。

凤不败心中大骇，在同一时间做出了两个动作：撤剑、飞退。

这几乎完全是出于下意识地做出的反应，是以，动作之快，简直不像人为，也正因如此，他的衣衫只被劲气割裂成条，而肌肤得以保全完整。

他退得很快，不过一眨眼的功夫，他的身影已绕到了一道断柱之后，纪空手既已妄动真气，深知生死已无定数，又岂能就此善罢干休，当下长剑脱手，撞向石柱，同时人刀合一，如离弦之箭疾冲而去。

然而，就在此时，他突然看到了一个奇异的景象，换作别人，在这激战正酣之际，谁都会将之忽略不计，但纪空手却洞察到了，而且心中蓦生警觉。

这的确是一个容易让人忽略的细节，可纪空手就是纪空手，他看到后的第一反应就是：“雨丝都是以直线下坠，除非有风，才会改变轨迹，可石柱之后明明无风，雨丝却为何以无规则的形态在飘飞呢？这是否说明，石柱之后另含杀机呢?”

他这么一想，整个人完全以一种下意识的动作向左偏离了七寸，当他的人一闪到石柱背后时，一道宛若残虹般的凄美剑弧堪堪从他的右肩穿过。

七寸，只有七寸，倘若没有向左横移七寸，就是一剑穿心的结局!

无名的第一句话就像是黑夜炸响一道惊雷，雷声过后，静寂无边。

无论是双无常，还是连环五子，似乎都没有足够的心理去承受这样的结果。范增之名，天下尽知，身为项羽最为倚重的谋臣，单凭这一点，已足以让天下人忌惮三分。

虽然双无常与连环五子是黑道精英，一向我行我素，胆大包天，但此事既然涉及到江湖五阀之一的流云斋，他们都意识到了今天的这趟买卖棘手得很，也许钱财还没到手，自己的性命倒搭了进去。

“你们怕了？”无名的脸上露出一丝不屑之色，冷然而道。

双无常与连环无子相望数眼，谁也没有吭声。

“你们害怕乃是人之常情，不怕倒显得反常了！”无名淡淡而道，“当今天下，五阀争锋，听香榭多年不出江湖，入世阁因赵高之死而瓦解，知音亭虽有小公主当家，也已是盛名不再，是以，真正能够与流云斋抗衡的，也不过是问天楼，五阀之中，尚有其三不能与流云斋一比高下，凭黑白府与飞云寨的实力，只怕也是以卵击石罢了！”

他的话虽有道理，但听在众人耳中，端的刺耳，雌无常首先发难道：“这么说来，公子以一人之力足以抗衡流云斋了？”

众人无不笑了起来，无名摇了摇头，道：“非也！我今日来，是因为我虽惧流云斋，却不怕范增，如今的范增已是项羽的弃臣，杀之也许正解了项羽的心头之恨！”

他这一说顿时又将双无常与连环五子才消的妄想重又勾了起来，众人你一言我一语，这才了解了范增被逐的真相。

金一突然冷笑一声：“照公子所言，如今的范增不过是一条落水狗而已，人人可打，那你又何必与我们联系，做掉范增呢？”

众人顿起疑心，无不将目光聚在无名身上。

无名淡淡而道：“你们可知道范增此行共有多少驾车吗？”

金一一口答道：“共有十七辆，十辆载货，七辆载人！”

“载的什么货？”无名接着问道。

“一辆青货，三辆黄货，还有七辆全是白货！”金一所说全是江湖切口，青货代替珠宝，黄货实指黄金，白货即是白银，他行走江湖多年，劫货杀人无数，是以，只要一看车辙，便能料算无误。

无名一点头：“载的是什么人？”

“有五辆车载的是本主与家眷，另外两辆车以重帘遮盖，未知其详，随行马队共有七十二人，其中倒不乏高手！”金一显然对这票买卖十分看好，是以，无名一问，他倒背如流。

无名冷笑一声：“这七十二人纵有高手，也不足为惧，我所担心的是那两辆车里，才真正藏匿着一流的高手！”

在不知不觉中，无名仿佛成了这一批人的头儿，无论是双无常，还是连环五子，都似乎将无名当作自己的主心骨，渐渐地唯他马首是瞻。

“依公子所见，这些高手会是谁呢？”金一试探地问了一句，他毕竟老谋深算，早已拿定主意，若是范增此行中真的有自己惹不起的人物，他宁可放弃，也绝不做掉脑袋的买卖。

“我不知道！”无名的脸上闪过一丝茫然，却又坚决地道，“不管是谁，挡我者死！”

他的话刚一落地，但见他的身前闪过一道白光，就在人们以为是一种幻象之时，却见他盘中的一粒黄豆一分两半，切得整齐至极，在盘中滴溜溜地转动不停。

他出剑之快，端的骇人，从拔剑、出手，到还剑入鞘，整个过程如行云流水一般，一气呵成，更难得的是，他能在如此疾速的情况之下保持着如此惊人的准头，就这一手，已经足以让他跻身于剑术名家的行列。

在范锋的这一桌上，三人无不吃了一惊，那矮瘦老者一脸肃然，与那矮胖老者相望一眼，眉头俱已皱起。

矮瘦老者摇了摇头，道：“闻所未闻，但是看他的剑法，又岂是真正的无名之辈？”

矮胖老者的眼睛一亮，道：“的确如此，此人的剑法之精，已臻大家风范，他以无名自称，也许是有意掩盖身份吧！”

矮瘦老者道：“海兄的分析不无道理，不过此人纵然有欲盖弥彰之心，但他亮出这一剑式，已经让我们有迹可寻了！”

他显得胸有成竹，似乎已猜到了无名的来历，故意卖着关子，那矮胖老者“哦”了一声，道：“倒要请教江兄！”

矮瘦老者沉声道：“能使出如此精妙剑法之人，普天之下，不会超过十人，这十人之中，一心想要范增头颅的，至多也不过三五人，此人既在这三五人之列，相信海兄可以推断出此人的来历了吧！”

矮胖老者若有所思：“这三五人中，汉王刘邦虽在此列，但他此刻身居高位，权柄在手，绝不会轻易涉险，是以可以排除；冥雪宗凤阳，剑术之精，已不在阀主之下，可是他此时年近七旬，与眼前此人对照，风牛马不相及也，是以也在这三五人之外，我倒想起一个人来，无论年龄、剑法都十分相近，莫非……”

他停了一停，沾酒在桌上写下“龙赓”二字，随即抹去。

龙赓之名，此刻已名满天下，但真正能够认识他的人，实在不多，他一向行踪隐秘，神出鬼没，宛若神龙见首不见尾，是以，在当今江湖，他的名字更像是一段传奇，听的人多，见的人少，如他的赫赫战绩流传于人们的口中。

范锋与矮瘦老者浑身一震，心中暗道：“此人若是龙赓，只怕今日断难善了！”

此人以无名自称，难道真的如那矮胖老者所言，他就是剑术几可通神的龙赓吗？

不知道，也没有人知道！至少到现在为止，谁也不能肯定他的身份！

但双无常与连环五子陡见无名出剑，无不心中惊喜参半，他们惊的是此人如此年青，剑术却如此精湛，纵算他们联手，也未必是此人的对手；喜的是有了无名的出手，加上他们双无常与连环五子本身的实力，今日的枫叶店之行未必就会落空。

金一趋前一步，拱手道：“公子非寻常人也，今日一战，我连环子五当以公子马首是瞻！”

雌无常不甘示弱，盈盈一揖：“我夫妇誓死追随公子！”

无名拱手还礼，淡淡一笑："如此甚好，我杀人，你们取财，各尽所能，各取所需，当真再好不过了！"

他的眼芒缓缓地过划过窗际，似是有心，又似是无意，突然说了一句："来了，终于来了！"

他这一句话虽然无头无尾，但在场的每一个人都听懂了他话中的意思："范增来了，范增终于来了！"

楼上的气氛为之一紧，顿有山雨欲来风满楼的态势。

那矮胖老者的心头一跳，顺着无名的目光望去，但见远处的一座山岗上，升起一缕淡淡的轻烟，与蓝天白云交织一起，根本难以被人察觉。

"看来无名真是有备而来！"矮胖老者的目光与矮瘦老者的目光相触一处，心里嘀咕了一句，"是祸躲不过，躲过不是祸，该是我们哥俩出马的时候了！"

这两位老者正是流云斋门下的胖瘦使者，这矮胖的叫海江，这矮瘦的叫江海，同是项梁的师弟，算得上是流云斋中老一辈的元老级人物了。

他们赶到枫叶店，是奉项羽秘令行事。

项羽能够称雄一方，号令诸侯，当然不是一个头脑简单之人。相反，他不仅城府极深，而且极有心计，属于那种大智若愚的人物。他深知楚汉大战在即，一旦没有了范增，自己很难在战略、战术上作出正确的判断，虽然有关范增的谣言闹得沸沸扬扬，自己还亲眼目睹了范增偷窥春色的事实，但从项羽的内心深处来说，还是舍不得这位一向倚重的谋臣。

然而项羽生性多疑，一直担心范增是否对自己忠心，谣言一起，使得范增的问题已然成为他的一块心病，再加上他实在抹不过"虞妃"的面子与眼泪，才作出驱逐范增的决定。

他之所以派出流云斋中顶尖高手胖瘦使者赶赴枫叶店，是因为枫叶店地处交通要津，东通西楚，西连关中，正是古驿道的交汇处，他给胖瘦使者下了两道秘令：一是如果范增选择西进，则杀无赦；二是范增选择东行，则一路保护，负责范增的生命安全。

这两道秘令一正一反，其实是项羽的疑心作祟，但唯有如此，项羽才能真正试出范增是否对他忠心，所以胖瘦使者赶到枫叶店后，又会同流云斋插在枫叶店的耳目范锋，周密布置了两套计划，以备不测之需。

胖瘦使者最初接到项羽的秘令时，都以为项羽过于小题大做了，毕竟这里是西楚的地盘，就算有一些黑道人物见财起意，但以范增卫队的实力，完全可以摆平，可是当他们看到无名亮出那惊人的一剑时，他们才真正佩服起项羽对事态发展所表现出的前瞻性和预判能力。

既然范增就要到了，胖瘦使者眼见有人意欲行刺，当然不能袖手旁观。是以，当无名缓缓地站起身来时，海江笑嘻嘻地站起来道："各位说得这么热闹，听得我这老头子也动起心来，既然见者有份，何不也把我们三位也算进去呢？"

无名的眼锋一闪，道："原来三位也是同道中人，不知怎么称呼？"

"大家做的是动手不动口的买卖，称呼省了也罢！"海江说道。

"说得也是。"无名淡淡一笑，"但不知三位是冲着人来，还是冲着货来的！"

海江瞟了众人一眼，道："既是冲着人来，也是冲着货来。道上的朋友常言，杀人越货，当然只有先杀人后取货了！"

他说得越是轻松，连环五子听着就越是心里来气，本来一桩好好的买卖，他们跟了几天，一到枫叶店后，想不到先杀出一对黑白府的双无常，紧接着又多了一个剑术精湛的无名，几十万的财货已然平白失去过半，谁想这还不算，偏偏又多出一些人来横插一杠子，实在让他们心有不甘。

连环五子中的老四名曰火四，性情暴躁，当下站起来道："要想杀人越货，可不是嘴上说说就行的！"

海江冷笑一声："莫非你想考考老夫的武功不成？"

"正有此意！"火四眼见对方满脸不屑之色，哪里按捺得住，双掌一推，身前一只酒碗呈螺旋式平飞而出，直扑海江的面门。

这碗中盛满了胭脂红，在飞速旋动中居然滴水不漏，端的是又准又稳，这不仅需要有深厚的内力作为基础，还要有一个平衡的角度，的确颇有难度。

酒碗到了海江面门一丈处，突然变线加速，以一种弧线直撞向海江胸口，来势之猛，就连海江也不敢大意。

“铮……”他单手平推间，一个翻腕，手中顿时多了一把铁扇，铁扇张开的刹那，劲风由扇沿而生，正好托住了旋动不已的酒碗。

“轰……”就在此刻，突然酒碗中的酒水冒出尺余的青火，如蛇般扑向海江的眉间。

第九十八章　处心积虑

如此惊变，出乎了所有人的意料，即使如海江这种一等一的高手，脸色也变了一变。

然而他处惊不乱，手臂一振间，酒腕冒着青火竟照原路而回，眼见快到火四桌前，海江铁扇一扬，一股若狂飙般的劲风疾卷过去，青火倒噬而回。

火四显然没有想到海江的应变速度如此之快，那青火隐挟劲力，势头极猛，令火四几乎没有任何的反应。

“叮……”就在青火快要卷上火四的乱发之际，一道冰寒般的光芒横在火四与青火之间，“哧”地一响，火势顿灭。

海江一惊，这才看清出手之人竟是无名。

无名本不想出手，无论海江等人是友是敌，都已在他的考虑范围之列，他现在所关心的，是即将到来的范增车队，虽然双无常与连环五子的出现在他的计划之外，但有了这两批黑道煞星的襄助，无形中为他制造乱局提供了条件。

他心里十分清楚，要想取得范增首级，只有一个机会，那就是乱中取胜，形势越乱，刺杀成功的概率也就越大，但他绝不想在范增到来之前先乱了自己的阵脚。

“既然大家是为了同一个目的而来，又何必为了一点小事而大动干戈呢?”无名的脸上显得十分平静，但他刚才在出手之际，已然试出了对方的功力竟然不在自己之下，心里顿生疑意。

海江心中更是惊骇不已，他刚才催劲反击，用了八成功力，换作旁人，纵是竭力相抗，也未必能化解得了自己这一式借力打力。可无名不仅轻易化解了他这八成功力，而且立马就能开口说话，根本不用调匀内息，单凭这一点，就将自己比了下去。

“老夫也不想如此，但士可杀不可辱，有人想欺负到老夫头上，老夫当然要给他一点教训!”海江毫无息事宁人之心，说话挺冲，倒像是有意要将事态扩大一般。

连环五子闻言，霍然站起，纷纷亮出兵刃，便要扑前，眼看一场混战就要发生。

无名伸手一把拦住，眼睛却死死地盯住海江，冷然道：“你是谁我不管，但你要想在这里闹事，恐怕打错了算盘!”

海江避过无名那冷寒的眼芒，冷笑一声：“若是老夫不听呢?”

无名淡淡一笑，道：“你若不听殊属正常，你若听了反而不正常了。如果我没有猜错，你刚才所用的内功路数好像是流云斋一脉的，而你以铁扇为兵器，不是姓海，便是姓江!”

无名一语道破天机，海江霍然色变。

其实自范锋三人上得楼来，无名就对他们一直留意，虽然这三人都刻意压低嗓门说话，但无名内力深厚，早已一字不漏地听在耳中，也已识破了这三人的身份。

但他迟迟不想揭穿，是想稳住三人，以免打草惊蛇，惊动了范增的车队。然而海江刻意寻事，顿时让无名改变了主意，决定在范增到来之前先行将三人解决。

这似乎是不可能取胜的一战！无论是海江，还是江海，就功力而言，未必在无名之下，再加上一个范锋，无名想胜，根本是一种妄想!

但无名似乎丝毫不惧，脸上流露出一股自信，并不认为自己要做的事情是一种妄想，相反，他似乎有所依凭，竟似有十分的把握一般。

海江忍不住打了个寒噤："你既然知道老夫的身份，还敢如此狂妄，当真是活得不耐烦了吗?"

"我的确是活得有些不耐烦了。"无名淡淡而道，"如若不是，我也不会在今天赶到枫叶店来!"

这是他与海江的最后一句对话，话一落地，他的剑已然出手了。

这是无声无息的一剑，没有一点征兆，用一个字来形容，那就是快。仿佛他所刺出的不是剑，而是一阵风，融入空气中的一阵飓风。

正因为快，所以虚空中竟然没有绚丽的剑迹，当海江感觉到剑的实质的时候，一道慑人的杀气如天网般直罩而来。

如此快绝的一剑，端的是世间少有，但对海江来说，他的反应也绝对不慢，虽然他的心神在无名出剑的刹那的确出现了一丝震颤，但这并不影响他的出手。

"唰……"铁扇如孔雀开屏般张开，十三根扇骨就像十三把利刃，射向虚空，同时封住了对方攻击的十三种角度。

扇，是一种重守不重攻的武器。擅于用扇的人，一旦全力防守，可以滴水不漏，海江无疑是此道中的顶尖高手，是以铁扇一开，无名的剑陡然回收。

无名只是一个人的化名，不管这个无名究竟是谁，但此人对剑道的研究确已到了非常精深的地步。在铁扇张开的一瞬间，他已经洞察到了自己的剑路无法突破对方的防线，干脆以退为进，拉回气势，逼得对方的气机前移。

这种在强攻之时陡然撤力的方式本是武者大忌，所谓高手对决，气势为先，先机一失，处处受制。但无名却敢反其道而行之，这只因为他算准了海江必用全守的姿态来对付自己，毫无攻势可言，一旦自己因为海江催发的劲力必会失重前移，从而出现不应有的破绽。

唯有如此，才可能出现无名期望的那种速战速决的机会，无名当然不想放过，是以冒险一试，不想竟然成功。

海江只感到自己的劲力有一种不受控制的迹象，带动着自己整个身体向前滑移，便在此时，他蓦感寒芒一闪，无名的身体仿若一柄无形有质的巨剑，以摧枯拉朽之势正面扑来。

江海与范锋心中骇然，似乎没想到无名的剑道竟然达到了如斯境界，给人一种不可思议的感觉。海江的功力之深、招术之奇，是江海最了解不过的，但饶是如此，依然在无名的一剑之下逼得露出破绽，这实在是不可思议的事情。

但这是事实，千真万确的事实！

流光的异彩在剑身的周围闪跃，几乎凝成一道充满野性的毁灭力量，灌注着这虚空中的每一寸空间，铁扇所结成的气网被剑气拉开了一个口子，且迅速扩大，逼得海江“噔噔……”连退数步，显得手忙脚乱起来。

“他是龙赓，他真的是龙赓！”海江忍不住在心里惊叫道。他虽然与龙赓从未谋面，但对这位年青剑客几年来创下的赫赫战绩早有耳闻，在他的印象中，也只有龙赓，才能使得出这般又狠又准的剑法。

他不想被这漫天的杀气吞噬，就只有强行出手，虽然这一刻并不是什么最佳的出手时机，但对海江来说，他已别无选择。

海江绝对是一个一流的高手，在流云斋中的地位也极为尊崇，否则项羽也不会将他派到枫叶店来，担负保护范增的职责。可是今天他实在有些低估了无名，一旦受挫，心中在无形间多出了一丝惧意。

“呼……”海江在飞退间铁扇飞舞，用冷硬的扇骨与无名的剑锋在刹那之间点击了三十余下，两人都是以快打快，那种速度完全超出了人为想象。但无名的每一剑击出，都带着惊人的反震之力，让海江的手臂有一种遭到电击般的震痛，心中不由暗暗叫苦。

雷霆般的攻势突然一收，就在海江微感诧异之时，一抹异样的亮芒闪现，如苍穹中划过的强光，吸纳了这酒楼中所有的光线……

在所有人的眼里，在这一刹那，就只有这一道亮芒的存在，没有了无名的身影，也没有了海江的身影，更没有其他，没有人可以说出这是怎么回事，但都感觉到它的凄美。

喧嚣狂乱的虚空，涌动着沉闷而欲动的杀气，渲染着一种狂躁不安的情绪，强光闪现之前，虚空是一个整体，强光乍一出现，空气仿佛被被人撕裂，碎成片断。

是剑！这是无名的剑！剑中所带出的意境，充满着无穷的毁灭！

无名的剑居然有这么可怕，如此惊烈，这让在场的每一个人都感到不可思议！

一个人的剑法到了这样可怕的意境，这可能吗？每一个人的心里都产生出这样的疑问，但海江的回答是肯定的，因为他对这一幕并不陌生。

海江不知道这是一种什么剑法，却知道剑练到武道至极处，比刚才的这一幕还更可怕，因为他亲眼目睹过项羽的流云斋剑法。

剑锋在急剧地飞旋，迸射出疯狂而张扬的杀意，带着数十股变异的力道，将这虚空幻化成死亡的地狱。海江的脸色已变，眼神已变，明显地流露出一股绝望的情绪，强行提聚的劲气随着扇弧织起一道道气墙，企图阻止死神前进的脚步。

退，一退再退。海江的退并不是仓促的退，而是极具章法。即使如无名这等凌厉的剑气，要想突破他设置的每一道气墙，都绝非轻而易举。

眼看着海江连退十步之后，无名的心中突然产生一个不好的预感，以海江的功力，绝不是坐以待毙之辈，何以他总是在守，从来不攻，难道说他也在等待一个一击致命的机会？

他的这个念头还未消退，突然之间，他感到了一股劲风袭向自己的背心，其速之快，有如电闪，准头之精，似乎早有预备。

与此同时，海江反守为攻，铁扇一振，配合着这股劲风对无名形成了一个夹击之势。

七寸的距离，对蜗牛来说，是一个不短的距离，但对于一个优秀的剑客来说，七寸简直不是距离，一个抖腕，就可以让自己的剑锋横移。

纪空手不是剑客，却是一个超一流的刀客，虽然他所追求的是心中无刀的境界，但他的整个人已融入了一股刀的气质在其中，锋芒内敛，却无处不在。

换在平时，七寸的距离对他来说，的确不算距离，而此时此刻，他心里明白，这七寸的距离是由生到死的距离，生死存于一念之间，生死又何尝不是系于数寸之间呢？

他整个人飘飞丈余，刀锋一闪即灭，一连划出了七道气墙，这才稳稳地站住脚根，抬头看时，却见凤不败的身边已多出了一个老者的身影，模样清矍，眼芒冷寒，手握双剑，浑身透发着一股不可抑制的战意。

“双剑合璧凤栖山？”纪空手眉间一紧，惊叫道。

“不错！正是区区在下！”那人的脸上有一股说不出的傲意，眼神中更有一丝说不出来的诧异，“你能躲过老夫刚才的剑，的确有些本事，不过，老夫可以明确地告诉你，今日就是刀神再现，他也有来无回！”

“谁是刀神？”纪空手突然提出这么一个问题，显示他并未在意对方的恐吓，即使面对当世一流的两大剑手，他依然表现得十分镇定。

“你连刀神都没有听说过吗？”凤栖山吃了一惊，眼睛直瞪瞪地看着纪空手。

在当今江湖，“刀神”二字乃是一个名号，是武者对一个名叫聂政的人的尊称。据说聂政用刀，已到了出神入化的地步，纵然手中无刀，但他举手投足尽是刀气，往往可以杀人于无形，他与曹刿、专诸、要离、荆轲等人在历史上并称列国五大刺客，在江湖上的地位更是尊崇。但凡武者，无人不知，是以凤栖山根本不相信纪空手会连刀神也没有听说过。

但纪空手的确是没有听人提起过“刀神”二字，他原本只是一个市井混混，只因机缘巧合，才踏足江湖，是以对于许多江湖典故，竟是闻所未闻。但当他乍闻“刀神”二字时，心中似有触动，整个人顿时精神一振，似有神交一般。

“刀神是谁？本王的确不知，但本王可以确定的是，只要动起手来，你们就会看到一个真正的刀神出现在你们面前！”纪空手缓缓将刀横在胸前，十分自信地道。

这不是玩笑，至少对凤不败和凤栖山来说，绝对不是！

但凤不败和凤栖山丝毫不惧，两人联手，他们并不惧怕任何人，这同样不是一句玩笑。

绵绵细雨，在三人的头顶上化为虚无，那柔柔的雨丝在旋飞中构筑起宁静的基调。

静，真的很静，这种死一般的静寂，仿佛只存在于这段空间，存在于他们的心间。

弥漫在这一片静寂之中的，是杀机！无形无质，在不知不觉中酝酿出令人惊魂的战意。

纪空手心里明白，眼前的两人并不是今日出现的全部敌人，虽然他没有感觉到其他人的气息，但他坚信还有第三者的出现，抑或还有第四者，他不知道自己何以会有这种感觉，但这种感觉已真实地写入了他的心里，他确定！

这完全是一种高手的直觉，也是他的第六感官的反应，他只希望这隐身的高手暂时不要出现，只有这样，他或许可以为自己赢得一点时间，等到强援的到来。

“本王一直觉得奇怪，二十年前的冥雪宗，高手如云，凤阳及其弟子竟在一夜之间失踪，只留下一个凤五独撑门面，这究竟是怎么一回事情？”纪空手提起这样一个话题，就是想拖延时间，因为他明白，无论是人在明处的凤不败与凤栖山，还是躲在暗处的凤阳，必定会对这样的话题感兴趣。

果不其然，凤栖山淡淡一笑，道：“你现在才想起来，不觉得太晚了一些吗？”

“不晚！能在死前弄清这个疑团，本王就算死也甘心了！”纪空手故意这么说道。

“其实这只有一个原因，那就是保存实力等待机会!”凤栖山道，“我们凤家虽然是卫国四大家臣之一，但开创冥雪宗却有百年历史，以我们冥雪宗这些年来的声势，其实已有足够的实力与问天楼抗衡，却为了一个虚无的名分，偏偏要受人摆布，这种委屈实在是不足以对外人道也，如果我们脱离问天楼，公然与卫三公子为敌，却又违了祖训，也不是我们希望看到的结局，于是无奈之下，我们就选择了归隐，一切听天由命!”

纪空手冷哼一声，道：“说得好听，既然如此，何以今日你又敢公然与我问天楼为敌？你们弑主夺权，难道没有违背祖训吗?”

他以刘邦的身份说话，义正词严，原以为凤栖山必定哑口无言，想不到凤栖山竟然“哧”的一声轻笑：“自卫三公子死后，这问天楼便已名存实亡，你也算不上我们的主人了，你此刻却以我们的主人自居，岂不可笑?”

纪空手一怔，道：“本王身为问天楼阀主，有何可笑之处?”

凤栖山道：“我们凤家既是卫国四大家臣之一，效忠的主人当然是卫姓，所以刘姓入主问天楼，本就是名不正言不顺，难道还想要我们冥雪宗为你卖命吗?”

纪空手道：“这么说来，你们冥雪宗是要背叛问天楼，另立门户了?”

“你说对了!”凤栖山道，“若非如此，今日骊山之行，你也看不到我们了!”

“你们自信能杀得了本王吗?”纪空手冷笑道。

“不知道!”凤栖山道，“我们也不想知道，因为我们原本就不打算杀你!”

纪空手是何等聪明之人，顿时明白了今日冥雪宗的用意，冥雪宗之所以精英尽出，费尽心机，竟是想以自己为人质，追查到凤影的下落，同时若能要挟自己得到一些好处，也算是意外之喜。

但纪空手也同样看到了一线生机，祸兮福所倚，虽然此时实力对比悬殊，但只要对方心存顾忌，自己就未必没有机会。

“韩信来了吗?”纪空手淡淡地问了一句，似是无心却令凤栖山顿时色变。

这绝对是一个天大的秘密，淮阴侯潜入关中的消息，仅限于凤阳、凤栖山、凤不败三人知道，就连凤孤秦也不知情，眼前此人又何以得知这个消息呢?

“你怎么知道他来了?”他心中这么想着，嘴里已脱口而出，话一出口，他才大感不妥。

“你不必问，本王也不会告诉你!”纪空手的眼里闪出一丝寒光，“今日骊山之行，是你们替本王设下的一个杀局，但未必就不是本王替淮阴侯设下的死局，天外有天，局中有局，谁笑到最后，谁才是真正的胜者!”

这正是凤栖山他们所担心的，今日骊山一战，对他们来说，原以为势在必得，稳操胜券，但是纪空手的表现处处出人意料，并且至始至终充满自信，这反而让凤栖山他们未战先怯，有所猜疑。当纪空手这句话说出口时，凤栖山与凤不败的心神震颤了一下，气机中闪出一丝波动。

就这么一丝波动，淡若无形，稍纵即逝，但偏偏就被纪空手捕捉到了。对他来说，这无疑是千载难逢的战机，是以，他毫不犹豫地出手了。

刀在手，悬凝虚空，潜游在钢刀之上的杀气犹如决堤的潮水般狂泻而出。

流动的风，飞旋的雨，在刹那之间交汇一处，化作一匹奔马向凤栖山与凤不败二人身上飞撞而去。

凤栖山陡感自己的气机闪开一丝裂纹时，就知道有些不妙，因为他气机的外沿清晰地感应出纪空手的气势在逼近，出现这种现象，就只说明对方已经出手了。

高手相争，只争一线!凤栖山先机既失，却并未出现纪空手预想中的惊慌，而是显得非常沉着，双剑横于空中，全身的劲力提聚于剑锋之上，流转成一道道如烈焰般的气旋。

“哧……轰……”疯狂的劲气在高速旋动中相撞，引发惊人的爆炸，积成一团的雨球向虚空四散，仿若夜空中的礼花，美丽而富有动感。

凤栖山只觉得胸口一闷，冷哼一声，纪空手的刀气咄咄逼人，如流泻的水流无孔不入，有如这空气般无所不在，就连这流动的风，旋动的雨，仿佛也成了这刀气中的一分子，割体生痛，几乎让他的双剑脱手而飞。

他唯有退，退一步海阔天空！对凤栖山来说，退一步是为了等待，等待凤不败的剑来。

肃冷凄寒的雨雾中，一道剑芒划过，正横亘在凤栖山与纪空手对立的空间。

这是凤不败的剑，非常及时而有默契的一剑。在冥雪宗，凤栖山最好的朋友无疑是凤不败，因为他们是真正的兄弟，多年浸淫剑道使他们之间形成了一种无形的默契，是以，凤不败的剑出，总是能够出现在凤栖山最希望出现的位置上，从来没有错过。

这一次当然也不会例，刀剑在空中的一点交击，迸出一团火花，顿时阻缓了纪空手刀锋行进的速度。

纪空手冷笑一声，脚尖点地，纵上半空，掩起一路狂风，向凤不败掩杀而去。

他此刻以一敌二，丝毫不乱，显得沉着冷静，虽然面对的是当面两大高手的夹击，但他抢占了先机，是以应对从容，并未落得下风。

纪空手心里明白，这种抗衡的局势绝不会维系多久，最多在二十招内，自己所占的先机就会失尽，到那时，自己很难从这两人的夹击中全身而退，也就是说，自己要想有所作为，必须出奇方能制胜。

剑锋一震间，幻化万点寒芒，闪烁在这虚空之中，凤栖山与凤不败只感到呼吸一紧，顿感眼前一黑。

天未变色，地未变色，只是这天地间多出了一道耀眼的强光，将虚空中的光线尽数吸纳。

凤栖山不再犹豫，大喝一声，飞身抢进，剑芒迎着强光而去。

凤不败纵身跃起，如一只盘旋的鹰隼，逼近纪空手的头顶。

两人几乎是在同一时间起动，如电闪般扑向了自己的猎物。

“呼……轰……”一连串的震响，如隆隆雷声，在三人的周边处激荡，随之而来的是千万道汹涌狂猛的气流，向四方激撞扩散。

“哧……”一声剑的轻响，从纪空手的耳边划过，纪空手知道，这是凤栖山的剑锋从自己耳边擦过的声音，虽只差毫厘，已是险之又险。

“刺刺……”一串火星溅出，却是凤不败的剑尖与纪空手的刀锋在空中交错。

这些有声有形的东西对纪空手来说，并不可怕。可怕的是看不到的东西，是一种用感官才能发现的东西。当纪空手一旦出手时，他就感觉到在自己的周围，有两股如山般的压力正一点一点地向自己推进，一正一反，仿佛将自己推向旋涡的中心……

凤栖山与凤不败都是少有的用剑高手，功力深厚，临战的经验异常丰富，倘若是一对一的血战，纪空手还有几分胜算，但以一敌二，纪空手若不出奇兵，绝对难与之抗衡。

形势是如此的严峻，纪空手一退再退，就在凤栖山与凤不败三剑从不同的角度划弧而来时，纪空手突然不退反进，根本不顾敌人的攻击，而是钢刀一颤，点削向两人的咽喉。

这是一场豪赌！赌的就是对方不敢与己同归于尽，这种赌法风险极大，但对纪空手来说，已经别无选择，否则他只有在被动中受制于人，根本不可能有取胜的机会。

这场豪赌，不仅赌的是勇气，而且赌的是智慧。纪空手已从凤栖山的话中明白对方并不想置自己于死地，这对纪空手来说，就已足够，敌人对自己既然心存顾忌，以纪空手一贯的行事作风，当然不会轻易错过。

所以他必须赌这一把，不仅要赌，还要赌得坚决、果断。

他的钢刀一颤间，顿时让凤栖山与凤不败都猛地吃了一惊，谁也没有想到纪空手竟然不以常理出招，采取的竟是同归于尽的打法。

对凤栖山与凤不败来说，无论他们临战的经验有多么丰富，无论他们多么富于想象，他们都绝对没有想到纪空手会使出这样的一着险棋，因为他们不知道，这位位极人臣的汉王已不再是问天楼阀主刘邦，而是出身市井的纪空手。按照他们固有的逻辑，刘邦此时权柄在握，荣华富贵集于一身，绝不会舍得放弃这好不容易到手的一切，更不会求死！

这的确是人性的弱点，就算是顶天立地的英雄，也通常会出现这样的问题，凤栖山与凤不败的推断当然不会有错，错就错在他们并不知道此刘邦已非彼刘邦，心性恬淡的纪空手若会以常理行事，他就不是纪空手了。

如此惊变令凤栖山与凤不败都出现了一丝下意识的犹豫，犹豫的时间足够他们算计利弊。如果不出意外的话，他们的剑一旦到位，的确可以制服对手，但他们的速度再快，也无法再挡击纪空手那柄飘忽的钢刀，因为那所要付出的代价必是他们的身家性命。

没有人可以视生命如鸿毛，即使凤栖山见惯生死、历经沧桑，但当面临生死抉择之时，他也会义无反顾地求生忘死，更不想用自己的生命去换取别人的生命，即使此人的生命昂贵至极。

于是，他近乎出于本能地将剑一斜，整个人横移了三尺，带动着凤不败的剑去格挡钢刀的攻势。

纪空手心头一松，知道自己在这场豪赌上赢了对手。这个世上，有人可以将钱财视如粪土，却没有人将自己的生命视若无物，这个道理纪空手很小的时候就领会了，是以，他坚信这是一个不败的赌局。

就在凤栖山与凤不败出现刹那间的犹豫之时，他们的气机立刻出现了一道极小的裂缝，仿佛绷裂了一般，气势为之减弱。

这是一点破绽，虽然只有一点，而且稍纵即逝，但纪空手绝对不会轻易放过，这是他唯一取胜的机会。

“哧……”刀锋中突然喷出一道如烈焰般的精芒，以电闪之势迅速切入那道裂缝之中，虚空中顿时响起撕裂空气的爆响。

“呀……”喧嚣的虚空中，传来凤不败与凤栖山的两声闷哼。

纪空手一刀破了敌人夹击之势，身上承受的重压顿减，在未失先手的情况下，他的心境在刹那间一片空明，更将自己的意念融入刀气之中，仿佛普天之下，除了他手中的那柄钢刀之外，再无他物。

这是一种境界，一种可遇而不可求的境界。当纪空手进入到这种境界中时，他觉得这虚空竟然静寂无边，犹如鬼域。

任何气机都在他的掌握之中，灵知如千万条无形的触手，深深地感知着这虚空中的一切动静。

面对这一切，凤栖山与凤不败对望一眼，都感受到了一股如山般的压力迫顶而来，虽然他们的气血尚在浮动之中，握剑的虎口犹在滴血，可是他们心里已十分清楚，不动只能是坐以待毙。

于是，他们出手了，凝聚全力放手一搏，虚空中已是一片狂潮。

如潮水般的剑气滚滚而来，纵算纪空手占到先机，也只有一退再退。

纪空手的身形退得很快，如鬼魅般飘忽不定，退到第十七步时，他突然发觉，自己已是无路可退。

因为，他已退到了一段悬崖边上，悬崖之下，就是那水波不止、高深莫测的飞瀑潭。

同样是一把铁扇，摆出的却是全攻的架势，与海江的铁扇互为犄角，构筑起一连串让人窒息的攻势。

无名知道，江海出手了，这既是他意料之中的事，也是意料以外的事，他早就算到江海必定会出手，却想不到江海的出手会如此之快，如此的隐蔽，以致于他心生警兆之时，已身陷双扇的夹击之中。

满楼的人惊呼起来，火四更是叫骂了起来，谁都可以看出，无名的剑法虽高，未必就能躲过胖瘦使者这致命的一击。

骂声不足以让江海收手，事实上，他一直观望着无名与海江的交手，之所以迟迟不动，就是为了等待一个绝佳的时机，当机会来临之时，他没有理由放弃。

不仅如此，他甚至凝聚了自己全身的功力，大有一举毙敌的决心。铁扇漫天飞舞，杀气弥漫了整个虚空，无论从哪一种角度来看，无名似乎都死定了。

江海忍不住笑了，的确，眼看着猎物掉入自己早已设下的陷阱之中，他没有理由不笑，可是就在他笑得最灿烂的时刻，他蓦觉腰间一痛。

江海心惊之下，只觉得半边身子已经麻木，颓然跌倒地上。

偷袭来自于身后，而江海的身后，只有范锋。

这是谁也料不到的结局，出手的人竟是范锋，无论是江海，还是海江，都没有想到范锋是个奸细，是以，才会让范锋轻而易举地得手了。

海江骤闻惊变，大喝 声，铁扇一振，快若电闪。

范锋的心中虽惊，脸色却丝毫不变，手中的剑一旋，直指江海的咽喉，仅距三寸距离时，才戛然凝在虚空。

海江心里明白，只要自己再进一步，范锋的剑就会刺入江海的咽喉，他与江海情同手足，有着数十年的交情，在这生死攸关的一刻，难免投鼠忌器。

就这么一犹豫，他陡感背部一寒，无名的剑锋已然刺入他的肌肤之中。

海江情知大势已去，以无名的剑法之精，出手之快，无论他如何挣扎，都是徒劳，轻叹一声后，“当”的一声响，他的铁扇掉落地上。

这一切来得突然，去得同样突然，其间一波三折，充满悬念，看得双无常与连环五子目瞪口呆，心中骇然不止。

无名看了一眼范锋，淡淡地笑了。

范锋抱以同样的微笑。

“我来枫叶店前，有人告诉我说，五湖庄里有内应，所以我一上楼来，就刻意留意着楼上的每一个人，却万万没有想到竟会是你！”无名看着范锋犹在滴血的剑锋道。

范锋显得非常平静，淡淡而道：“所谓十年磨一剑，我只是略尽人事而已！”

海江无名火起，“呸”的一声道：“老子瞎了眼了，竟然没认出你是个卧底，想当年你只不过是一个混混出身，若非阀主抬举你，哪来今日的风光？”

范锋冷冷地看了海江一眼，道：“的确如此！如果不是阀主抬举，我范锋充其量只是个混混，哪来今日这般风光，但我所说的阀主，不是项羽，而是问天楼的卫三先生，承蒙他老人家教授武艺，又曾在当年救我一命，所以范锋无以为报，甘做卧底！”

海江这才知道范锋底细，想到他与江海竟然栽到一个无名小卒手里，不由气血攻心，差点晕了过去。

其时正值五阀相争，相互间互派卧底的事情层出不穷，海江身在流云斋数十年，所见的卧底不下百人，但他还从来没有见过像范锋这样的卧底。范锋其人，就像是棋局中高手所下的一着闲棋，看似无用，但一到关键时刻，就能发挥出他应有的功效。也往往是这样的人，不动则已，一动就给予敌人最致命的打击。

像这样的卧底，究竟还有多少呢？海江不知道，也不想知道，他只知道有范锋这样的一个卧底，已足以让他功亏一篑，命丧黄泉！

范锋并没有理会海江一脸丧气的模样，而是深深地向无名鞠了一躬：“我的剑法远不及公子，今日能够得手，纯属侥幸，是以接下来的事情我是有心无力，这就先行告辞了！”

“你要走吗？”无名关切地问了一句。

“我必须走，枫叶店已不是我久留之地了！”范锋淡淡一笑，突然剑光一闪，一道白光正从江海的咽喉中划过。

带着血珠的剑锋，带着杀气的范锋，都已飘然而去，没有带走的是满楼弥漫着的浓浓血腥，目睹着这一切，海江的心里已经多出了一种惊惧。

他知道，只要无名的剑锋再刺入三寸，自己必然与江海是一样的结局，虽然自他踏入江湖以来，就料定自己会有这样的结局，可是当这一天终于到来之时，他的心里还是有些承受不起。

袭人的寒气侵入肌肤，令他忍不住打了个寒噤。

“你是问天楼的人?”海江似乎心有不甘，他明知自己将死，却不愿意糊里糊涂地死去，是以问道。

“不!”无名的回答出乎所有人的意料。

“你莫非就是龙赓?”海江的眼睛陡然一亮，因为对他来说，如果死是一种别无选择的结果，他更愿意死在高手的剑下。

所有的人都将目光聚集在无名身上，因为有关龙赓的传说，他们都有所耳闻，即使海江不问，他们的心里也存在着同样的悬疑。

无名显得十分平静，缓缓而道：“不！我就是我，一个杀手而已!”

无名并没有回答他的话，只是低头倾听了一会儿，缓缓地抬起头来：“范增来了!”

楼上的众人无不一惊，便在这时，一阵马蹄车轮之声隐约传来，每一个人都听得清晰入耳。

“范增既然来了，你也该去了!”无名说这句话的时候，脸上分明有一种落寞。

血光飞溅之间，海江砰然倒在血泊之中。

第九十九章　将王之战

飞瀑潭就在百叶庙边，四面全是悬壁，高达百尺，猿猴都无法攀及，从上往下俯视，就仿佛一面圆圆的铜境，水波不兴，犹如一潭死水。

但它绝不是一潭死水，人站悬崖之边，可以隐约听到飞瀑下落的隆隆之声，那水雾弥漫水面，显得高深至极，让人根本无法测度，平生一股肃冷之意。

此时的纪空手，仿佛进入了一个两难的绝境，无论是进是退，对他来说，都显得十分困难。

远处不断传来金戈铁马之声与阵阵惨呼，令纪空手心急如焚，他知道，张良和陈平绝不会让他一人孤身作战，必然指挥着卫队，强行进攻，但他们所面对的是当世一流高手，实力之悬殊令他们根本无法与之抗衡，誓死一拼，也是徒然。

纪空手现在唯一指望的是吕雉与红颜的到来，虽然她们是女流之辈，但以她们本身的实力以及麾下众多的高手，当可解今日燃眉之急，问题在于，咸阳至骊山毕竟有些路程，纪空手真的能坚持到她们的到来吗？

这是一个连纪空手自己都无法回答的问题，然而，他的脸上不显一丝颓废神情，依然是那么沉着冷静，身居乱局而从容若定。

这并不是说纪空手有了应对凤栖山与凤不败的把握，恰恰相反，他已觉得自己的心脉之伤隐隐传来丝丝阵痛，似有发作的先兆，若非仗着纯厚的补天石异力护体，只怕根本无法坚持到现在。

钻心之痛令他的肌肤渗出点点冷汗，甚至湿透了背上的衣衫，这种生不如死的感觉，让纪空手的忍耐力几乎达到了一个极限，然而，他凭着顽强的意志，自始至终让自己的脸上流露出一丝平和的微笑。

其实，有的时候微笑也是一种武器，此时此刻，对凤栖山与凤不败来说，就是一种无形的震慑，他们搞不懂纪空手何以在这种情况之下还能笑得出来，难道说纪空手真的有所依恃，能从这绝境之中脱困而去？

凤栖山的双剑舞得呼呼生风，犹如两个活动的风车般，凤不败的剑锋拖起一路狂飙，与凤栖山互为犄角，一步一步向纪空手紧逼而去。

既然无路可退，纪空手自然停止了身形，他如山的身影挺立在悬崖之边，就像一株千年古松，迎八面来风依然屹立，顿生一股君临天下的霸气。

这是一种睥睨众生的豪气，更是一种俯视天地的大气，它与生俱来地潜藏于人的本能之中，只有当潜能升至极限之时，它才会自然而然地透发出来，给人以无形的震慑。

此刻的纪空手一动不动，但王者所具有的独特气质给了他特有的魅力，即使如凤栖山、凤不败这等桀骜不驯之辈，也戛然止步，不敢压迫过紧。

对立的空间只有三丈，对他们三人来说，无论是谁，要越过这三丈的距离都绝非难事，可此时此刻，这三丈的距离却形如天堑，成了一个谁也不敢逾越雷池半步的壕沟。

刀与剑都悬凝空中，如不动的雕塑，但从它们身上散发出来的杀气，却充斥了整个虚空。

如果这种对峙一直能够持续下去，对纪空手来说无疑是一个不错的结果，然而，纪空手的心始终紧绷，根本没有放松的迹象，因为就在他想放松一下神经的刹那，他又感到了那种似曾相识的气息。

自纪空手踏上千步梯始，他就一直感觉到有一股无形有质的气机紧锁着自己的心神，这股气机从何而来，纪空手不得而知，但他却感知到这股气机似乎与自己体内的补天石异力同出一脉，丝毫不显排斥的迹象。

这种异象不仅让纪空手感到困惑，而且让人感到吃惊，当他想起刚才与凤栖山的对话时，他的头脑突然间灵光一现。

——韩信！只有韩信才具有与他同属一脉的补天石异力！

也就是说，韩信人在暗处，其实一直在关注着自己。他想必与自己也有相同的直觉，不敢确定自己究竟是刘邦还是纪空手，是以才迟迟没有出手！

龙藏虎相，李代桃僵，这是一个亘古未有、计划缜密的惊人之作，以纪空手的智慧，若无五音先生的点拨，他也绝不敢策划实施，因为这实在是一个庞大的计划，一环紧扣一环，不能有半点疏漏，一旦有点失误，很可能通盘皆输，是以，唯有真正大勇大智者，才可以将之操纵自如。

以韩信的智计，也非寻常之人可比。也许他有这样的猜想，这样的困惑，但他绝对不敢相信这世上竟有这样的一个计划存在。

然而，不管对方是谁，韩信都必须出手，只有将此人擒下，他才有可能得到凤影的下落。

他此时身为数十万江淮军的统帅，辖数郡之地，竟然甘冒奇险，千里迢迢赶到关中，这只因为凤影是他的最爱，他不能容忍别人用他的女人来要挟自己，以至于让自己不能放手一搏，争霸天下。

凤影在他心中的地位，的确是任何女人都不可取代的，凤影长得很美，但绝不是最美，比她美的女人并非没有；凤影富有女人独有的魅力，但绝不是妖媚，比她风情万种的女人不在少数。但不知为什么，韩信就是不能将她忘却，越想忘却，越是思念，仿佛她的一颦一笑总在眼前。

以韩信的为人，为了权势利益，竟然连自己最好的兄弟也敢背叛，按理来说，他是很难对自己的感情始终如一，更不要说“忠诚”二字。然而，他独独对凤影的这段感情，却看得比自己的生命还重，难道这真的就是一个“缘”字吗？

这看上去无法解释，更无理可寻，其实细究起来，韩信认识凤影是在问天楼的刑狱地牢中。其时的他，不过是一个市井里的小混混，又身陷牢狱，正是人生最落魄的时候，突然遇上凤影这样一个美丽而高贵的少女，由不得他不情窦初开，萌生爱意，将自己全部的感情寄托在她的身上。是以，在他的心里，已经将凤影视作了自己情感的港湾，更将她看成了自己的另一半。

那是他的初恋，对任何一个人来说，初恋都是最美好的，韩信当然也不例外。也许正是他幼年失去父母之情，少年又失兄弟之义，所以他才会将自己对凤影的爱看得弥足珍贵，甚至是自己生命中的唯一。

这听起来似乎很可笑，但人性本就如此。人的思想往往是矛盾的结合体，有的时候无法用任何道理去解释，好比一个祸国殃民的大奸臣，坏事做尽，却偏偏是一个尽孝之子一般，谁又能测出这人心之深，人心的变化无常呢？

正因为凤影是他的最爱，是以他在等待，等待一个可以完全制服对手的机会，他才会出手。

因为，他不想给自己的生命留下遗憾。

当纪空手再一次用自己的灵觉去感知韩信的气机时，他的心开始往下沉，他不得不承认，今日的韩信，已不再是当年跟着自己骗吃混喝的韩信了，单是韩信这淡若无形却浑厚无比的气机，就已经进入了当世绝顶高手的行列，而且，韩信迟迟不动，说明他非常冷静，绝不冒失。

纪空手心里明白，高手相争，不动远比动更为可怕。动则有形，不动则静，让人根本无法测度他下一步的行径，而一旦行动，必是雷霆一击，绝对有着必胜的把握。

纪空手深深地吸了一口气，企图平缓一下自己的心情，然而就在此时，他再一次感到了从心脉上传来的钻心之痛，气机为之震动了一下。

就只一下，他已经感觉到那股气机同时动了。

他明白，韩信终于要出手了，虽然他不清楚韩信的藏身之地，但他已感觉到了那无处不在的剑气……

他强敛心神，将全身的劲气提聚于掌，等待着，等待着自己今生最大的强敌……

“呼……”一股龙卷风骤起，不知始于何处，迅速席卷了这片虚空，风过处，形成一段宽约七尺，长达数十丈的真空，没有雨丝，没有空气，只有那无形却有质的沉沉压力。

草叶连根拔起，残瓦碎石在旋动中激涌，使得这段空间朦朦胧胧，如海市蜃楼，显得一点都不真实，虚幻得犹如传说中的地狱。

纪空手的刀横在胸前，心动的一刹那，他突然感觉到自己脚下的地面在晃动，细微得让人几不可察。

他几乎要怀疑这只是自己紧张时产生的一种幻觉，然而他没有，因为此时他的心境就像是一口水波不兴的古井，一粒细微的尘土坠落其中，都会引起一道道涟漪。

心中无刀是武道一种至极的境界，心中无物则是佛家所追求的禅定境界，难道这一刻间，纪空手已经看破生死？

他不知道，他也无法知道。他只知道眼前的凤栖山和凤不败都只是一种幻象，一个幌子，真正的杀机其实就暗藏在他们身后的那段真空之中。

“哧……”一道旋风平地而起，聚卷着草叶瓦石，形成一个巨大的球体，在原地飞速旋转，它每转动一分，天色就渐暗一分，当它旋转到一个极限之时，陡听一声爆炸般的惊响，整个山峰都为之震颤。

“呼……”从球体中间跃出一道耀眼夺目的白光，划亮了这暗黑的天地，白光过处，大地两分，裂开一条深达数尺的巨缝，泥土如波浪翻卷，气旋若潮水漫涌，直涌向纪空手的立足之地。

一剑之威，竟然惊天动地，苍穹变色，纪空手的脸上的笑容也变了颜色。

他的心中一片骇然，根本没有想到韩信的剑法竟精湛如斯。剑道，其实就是天地之道，韩信的每一个动作都暗合天地的节奏，的确是领悟到了武道极致的境界，是以，一剑动，天地俱动，剑中已暗藏天地之威。

纪空手这才明白，即使自己不受心脉之伤，也未必是韩信的对手，虽然他与韩信都受益于补天石异力，但武道一向讲究专心，正因为自己心计奇高，智谋过人，所思所虑过于繁杂，不及韩信那么一心钻研武道，才会渐渐落了下风。

然而明知不敌，他也绝不放弃，因为他对韩信之恨，深可入骨，绝不容忍韩信当年对自己的背叛。他性本恬淡，一生豁达，可以容忍敌人对自己的无情，可以容忍部属对自己的不忠，却容不得自己最好的朋友对自己的不义。因为，这是一段他付出了太多的感情，这是一段他用真心铸就的友谊，一旦成空，竟成难以割舍的遗憾。

是以，他必须一战！

长刀斜立，如战旗飘扬，他的整个人如磐石般傲立不动，衣衫与长发飘飞，构成一幅极富动感、意境深远的画面。

纪空手的眼芒如电，锁定住愈逼愈近的滚滚气浪，漫天黄土遮迷不住他的双眼，透过这雾一般的虚空，他甚至看到了另一双咄咄逼人的眼睛。

那是韩信的眼睛，深沉得如夜幕下的苍穹，让人永远无法测度到他的内心，那眼睛里所带出的无情，犹如冰原上刮过的寒风，不仅冰寒，而且彻骨。

纪空手不再犹豫，大喝一声，迎前一步。

只踏出了一步，纪空手蓦觉天地乍变。风动，云动，风云在刹那间涌动，整个人仿佛置身于暴风雨之中，承受着四面八方呼啸而来的劲气。

“呀……”他怒啸一声，横刀斩下，迎着这气浪的最前端，挺身而去。

“轰隆……”

惊响骤起，爆炸连连，惊人的刀气如巨斧一一劈下，那气浪如水流般竟然斩截不断，气势不减半分，直向纪空手撞击而来。

纪空手避无可避，脚步一点，人已纵入半空。

他的速度之快，快逾电闪，人在空中盘旋，更如猎鹰般虎视眈眈，企图在乱局之中寻求一点稍纵即逝的反击时机。然而，他失望了，他所见的，依然是一片层层气浪，依然是一片漫漫黄沙。

气浪还是那股气浪，黄沙还是那些黄沙，当气浪裹挟着黄沙席卷到纪空手的脚下时，竟然形成了一个巨大的旋涡，如恶兽的大嘴，向空中飞扑而去。

纪空手大骇之下，强行提气，意欲在空中换位移形，同时刀气贯出，如山岳压下……

"轰……"

两股巨大的气流终于在半空中激撞，虚空变得喧嚣不堪，千万道劲气如洪流飞泻，撕扯得这天地间的一切不成模样。

纪空手只感到胸口一闷，一堵气墙仿若压在自己胸口一般，有一种窒息的感觉，当他正要俯冲而下时，只听得"咔……"的一声轻响，他体内的劲力顷刻间变得空荡荡的，身形顿时轻飘飘地倒栽而下。

他无奈地叹息一声，知道自己的心脉终于承受不了巨大的压力，断了！这已非人力可为，唯有认命！

坠下的身形已如柳絮，完全处于一种失重的状态，唯一清醒的，是纪空手的头脑，他正感觉到自己的生机一点一点地流失到体外……

在纪空手的这一生中，曾经有过不少的奇迹，他的名字就像是传奇的化身，上演着一次次让人不可思议的辉煌，然而，这一次，他已明白，纵算是再有奇迹发生，他也不可能生还于世。

"轰……"

气浪的余劲再一次撞向他的身体，他的整个人一弹而起，竟然向悬崖飘去。

人如断线的风筝般跌飞，但纪空手的脸上却露出了一丝淡淡的笑意，谁也不明白他为什么会笑，但每一个人都看到他的身影依然飘逸，仿若得道者飞升而去。

意识正渐渐远去，残存在纪空手头脑里的思想，也放飞于天地。然而，当他回光返照的那一刹那，他分明听到了吕雉与红颜撕心裂肺的惨呼声，还有一声响彻山谷的狼嚎。

身体在急剧地下沉，心也在急剧地下沉，天地仿佛在这一刻间沦陷，就像鸿蒙未开的宇宙荒原。

海江与江海去了，去了另外一个世界，范增来了，来到了赤红如海的枫叶店。

枫叶如诗，枫叶如画，换作平时，范增目睹车外这片迷人的风光，必定诗性大发，然而此时此刻，他已经没有了这等雅兴，只是拿着手里的一幅画，怔怔地出神。

画像中之人正是卓小圆，笑靥如鲜花绽放，有一种说不出的妖媚，虽然肌肤画得不如真人柔滑水灵，但线条精致，笔法柔美，与真人有着几分相似，可见画图的人颇费了几番苦心。

这是范增这些日子来凭着记忆所画的，虽然自己因为这个女人惨遭驱逐，丢掉了一世功名，但在他的心里，并没有半点记恨，反而对她更生刻骨铭心的思念。特别是想到卓小圆出浴时那动人的一幕，范增便痴了，醉了，心中忍不住长叹："如能拥佳人同眠，便让我立刻去死也心甘情愿，唉……"

得不到的东西才是最美的。这是男人通常的心理，何况卓小圆的美本就无可挑剔，这就难怪名士范增多风流了！

然而，范增虽然好色，却绝不沉迷于女色，这些日子以来，他想得更多的，还是当今天下的未来形势。

按理来说，他既遭项羽放逐，考虑这些大事未免多余，然而他从种种迹象中看来，自己未必失宠于项羽，此次放逐，也许只是项羽所用的攻心之计。是以，他一路东来，只是令自己的车队缓缓而行，竟将这次放逐当作一次游山玩水的旅行。

他的确是一个城府极深的人，以他的年龄与数十年修养而成的静心功夫，就算卓小圆施以暗香，他也绝不至于做出偷窥春色这等丑行。他之所以这样做，其实只是顺水推舟，以释项羽心头之疑罢了，这份良苦用心，只有他自己知晓。

事实上他早就听到有关自己的谣言，也知道项羽对自己起了戒心。范增表面上十分平静，其实心里早就开始盘算着如何应对项羽。当他那晚行至小院，听到卓小圆焚香沐浴之声时，一来他确实痴迷于卓小圆，二来他听到了项羽悄然而至的脚步声，当即灵机一动，这才干出了偷窥之事。

这样做的好处，可以尽去项羽对自己的戒备之心，范增知道项羽同样是一个心机深沉之人，自然懂得一个心怀叵测之徒必然不动声色，处处处心积虑，瞻前顾后，以防动机暴露。像这一类人，平日不喜张扬，行事藏头露尾，绝对不会因小失大，做出偷窥之事来。而自己一旦做了，虽然背负好色之名，却可以借机表明自己的清白，谣言也就不攻自破了。

这绝对是一个明智之举，而且绝无性命之忧，因为范增清楚，真正犯忌的事情是背主弃义，偷窥春色还不至于让项羽杀掉一个他所倚重的谋臣，就算将他放逐，也只是脸面上一时过不去，一旦前线军情紧急，项羽自然会急召他回军中效命。

想及此处，范增的脸上禁不住露出一丝得意的笑容，仿佛一切都还在他的掌握之中。

“嘚嘚……”马蹄声清脆起来，显然是进入了枫叶店，铁蹄与石板踏触，令长街似有些微震动。

“相爷，前面就是五湖居了，那里的厨子原是宫廷里的大厨，做得一手好菜，咱们是不是就在那里打尖歇息?”说话的人叫范同，是范府的管家，跟着范增十几年，是以并不拘谨。

范增沉吟了片刻，摇了摇头：“算了，老夫此次是以放逐之名回乡，不宜过于张扬，还是过了枫叶店寻个僻静小镇打尖吧!”

“是!”范同不再说话，指挥马队缓缓从长街而过。

范增坐在车中，悠然地闭上眼睛。

对他来说，这是他第三次来到枫叶店，是以他对枫叶店并不陌生，如果他没有记错的话，再走两百步，就是枫叶桥，五湖居就在桥的那一端，那里无疑是整个镇上最热闹的地方。

熙熙攘攘的人流，扑鼻而来的肉香，拉长嗓音的叫骂声……组成了一幅闹市图画，在范增的记忆里，一切犹在，让他的心里蓦然涌出一种亲切感。

然而，就在此时，“希聿聿……”一阵马嘶长鸣，整个马队戛然停下。

范增心头一紧，惊坐而起，喝道：“范同，出了什么事?”

范同人在车外，声音变得很紧张，显得有些惊慌：“相爷，桥上有人拦道!”

范增的心“咯噔”一下，暗叫道：“该来的还是来了！”当即掀帘来看。

但见百步之外，枫叶桥上，一个孤傲的身影昂然挺立，双手紧抱，衣袂飘飘，一把长剑抱在胸前，剑未出鞘，但周身散出一股无形的杀气，直透人心。

范增冷冷地盯注了半晌，眼芒一寒，又审视着长街上的情况，刚才热闹的长街，在一刹那间，变得静寂无声，人流纷退，如潮水般涌向长街的两边，使得车队与枫叶桥之间，腾出一段百步距离的空间。

对于范增来说，这种场面是他此次行程预料中的事情。以他的身份地位，的确是很多人心中的刺杀目标，为了防患于未然，他设计了不下三种应变方案，以确保安全。是以，当这种惊变骤起之时，他丝毫不慌。

让他感到有些诧异的是，对方只有一个人，而且人立桥上，竟然是公然行刺，出现这样的情况，只有两个原因，一是此人初出江湖，不知天高地厚；二是此人有所凭恃，浑然无惧。

远远望去，那人气势沉凝，如高山岳峙，的确有剑术名家之风范，但范增还是有一种莫名的预感，认为敌人的精锐主力其实正混迹于人流之中。

这才是让范增迟迟没有动手的原因，小隐隐于山水之间，大隐隐于市，但凡智者，谁都明白隐于人流之中才是最好的举措。真正的隐者，就如寻常百姓一样，锋芒内敛，纵然与你相对，你也根本识不破他的底细，身为名士的范增，当然明白这个道理。

但就算范增明白这个道理，要想在这成千上万的人中寻找到真正的敌人，也是白费心机，唯一的办法，就只有让敌人自己跳出来。

“范同！”范增的眼睛紧了一下，叫道。

“在！”范同趋近车前。

“通知车队继续前进！”范增冷然道：“老夫倒想看看，是谁敢拦老夫的车队！”

范同怔了一怔，赶紧点头道：“是！”当即站直身子，大手一挥，车队又缓缓地动了起来。

居高临下的无名看着重新蠕动的车队，神经开始一点一点地绷紧，他已经感受到了大战将临的那份紧张，更看出这绝不是一场寻常的狙击，而是真正的血战、恶战。

他之所以有这样的征兆，是因为那两辆紧随范增的车驾重帘紧闭，根本看不到里面的任何虚实，但他却感到在那重帘之后，有两双眼睛正盯视着自己的一举一动，包括无形却有质的气机。

这种感觉玄之又玄，让人觉得似乎不可思议，但对于每一个高手来说，只要能将自己体内的潜能激发出来，这并非不可办到，这其实就是高手特有的直觉。

无名当然是一个高手，而且是超一流的高手，是以，他的直觉不仅敏锐，而且准确，当他静心下来的刹那，周边一切动态的东西也相对静止，只有敌人若隐若现的杀机非常清晰地印入他的心中。

一百步，八十步，五十步……

车队在一步步地前移，杀气也在一步步地紧逼！虚空中充斥着不断加强的压力，密度之大，就连空气也难以挤入进去。

无形的敌人，无形的杀气，长街上，小桥头，一切看似无形，却充满着山雨欲来风满楼的紧张气息。

车队在三十步开外停下，再一次与无名形成相峙。

这一次轮到范增有一种失算的感觉，当车队行进在人流之中时，他的注意力高度集中，与自己的卫队随时作好了应对突发事件的准备，在他的预想中，敌人在百步之外，就开始出现，最大的可能就是为了吸引自己的注意力，从而为同伙创造可乘的机会。

然而，这一幕并没有发生，一切显得那么平静，反而让范增有手足无措的失落感，他已经意识到，自己所面对的敌人，并不是头脑简单之辈，宁静之下必定暗藏着更大的杀机。

他缓缓地把手伸出车窗之外，做出了一个奇怪的手势。

范同一脸肃然，当即翻身下马带着身边的三个人向桥上走去。

这三个人都是追随范增多年的家将，一个使锤，一个使刀，还有一个却是赤手空拳，三人年龄相近，身形剽悍，脚踏长街，发出“咚咚”之响，显得颇有气势，三人紧跟范同而行，所过之外，人流纷纷向后而退，

这使锤的名叫范十一，使刀的叫范九，空手的那位叫范五。范增门下的亲信，以数字排名，数字越大，排行也就越靠前，而不是以武功的高低来排名。这三人无疑是范氏门中的精英，与范同一起，并称范门四将！

这四人既出，范增的随行卫士们无不凛然，在他们的记忆中，很少看到这四人同时出手，一旦发生了这种情况，那就证明范增非常重视桥上的那名剑客，至少，已将他当作劲敌来看待。

昔日起事之初，范增受命入赵联络义军，半途遭大秦名将凌宁率三百勇士伏击，当时范增的身边，就只有四大天王随行，而凌宇本是当世一流剑客，手下三百勇士又尽是师门子弟，那一战拼杀下来，甚是惨烈，最终以凌宇战死、范增诸人全身而退而告终。事后，范增论功行赏，发现四人身上的伤痕共计一百七十三处，不禁叹曰：“这哪里是人，乃是真正的不死之神！”

能够得到范增如此评价，可见四大天王在范增心中的地位，同时亦看出这四人绝非江湖中的一般高手可比。

但无名似乎并没有将这四人放在眼里，甚至连看也没有看上一眼，只是半低着头，依旧双手抱剑，俯视脚尖，大有泰山崩于前而不色变的镇定。

眼见范同等人一步一步逼近他十步范围之内，无名这才缓缓地抬起头来，眼芒如利刃划过虚空。

范同心中陡生惊意，似乎没有想到无名的目光竟然如此锐利，精光乍现间，显示出纯厚无比的内力。他当即停步不前，双手抱拳，道：“在下范同，此地正是闹市长街，想请阁下借一步说话！”

“不必！”无名冷然道，“以你的身份，还不配与大爷说话。”

范同没想到对方竟会如此轻视自己，强压怒火道：“哦？这么说来，倒想请教阁下高姓大名了？”

“我这人最怕的是鬼魂缠身，是以杀人之时从不留名。今日你我是敌非友，这姓名不留也罢！”无名淡淡而道，依然是一脸傲意。

“看来你很自信。”范同冷笑一声，“你我之间还没有交上一招半式，你就自以为已稳操胜券，未免太托大了！你为什么就不问问大爷我姓甚名谁，再说这些狠话呢？”

“我不必问。”无名冷然而道，“你既是饭桶，想必也没有多大的能耐，还是识相一点，滚回去让范增来见我！”

他指名要范增出马，看来的确是来找麻烦的。范同明白了对方的来意，已知善者不来，当下“锵”的一声，拔剑而出。

“我这个人挺识相，可就是这剑不识相，偏偏要和你比个高低，我看你还是亮兵刃吧！”范同沉声道，向前踏出一步。

无名冷冷地看了他一眼，眼芒中透出一股无尽的寒意，令范同的心速顿时加快：“你用剑？”

“是！”范同几乎是硬着头皮答道，不知为什么，当他的目光接触到无名深沉无底的眸子时，心里竟生出一丝惧意。

这在范同的一生中并不多见，他自入江湖以来，出生入死，历大小战役一百二十七起，还从来没有未战先怯过，但今天他突然感觉到一种不祥的预兆，总觉得自己有些流年不利的味道。

“你不该用剑！”无名道。

“为什么？”范同仰起脸道。

“因为我用的是剑！”无名的声音很轻，却自然而然地流露出一股震慑力。

范同刚想笑，却听得一声清脆的龙吟之音骤起，无名已拔剑。

无名拔剑，人却未动。他拔剑只是传递一个信号，龙吟之音未灭，从人流中突然闪出五道鬼魅般的身影，却用不同的兵刃、从不同的角度构成一个联合的杀阵，向范同等人疾冲而来。

这杀阵有一个名目，叫“五子登科”，正是连环五子得享盛名的最大本钱，据说连环五子单对单的打法实在平常，而他们能在黑道中成为一流的人物，可以说与这套阵法有着莫大的关系。

连环五子以金、木、水、火、土这五行之名为姓，其实也是因为这套阵法暗合五行生克之理，无论在步法上，还是兵器配置上，都充分考虑到五行之间的关联，以期发挥出最大的功效。

是以，当连环五子对范同等人分而围之、形成夹击之势时，四大天王无不感到自己的周围有一股压力存在，迫得他们必须出手。

范五选择的对象是水三。水三是空手，范五用的是一双铁掌。两人以掌对拳，倒也般配。然而水三只接了一掌，身形一移，迅速与木二换位，还没等范五回过神来，木二的红木棍幻出万千棍影，已经扑天盖地而来。

五子登科，本就以步法见长，练至纯熟时，通过精妙的移形换位，可以让五个人形同一人出手，端的是妙不可言。无名看了片刻，心中却在叫糟，因为连环五子的身法固然精妙，以奇见长，可惜功力尚缺火候，一旦四大天王稳扎稳打，不被幻相所惑，那么连环五子落败就是迟早的事。

他与连环五子只是因为一时的利益走到一起，并无任何的交情，按理说，人为财死，纵算连环五子就此而死，无名也大可不必自责。但对无名来说，一旦连环五子过早落败，必会影响到双无常的出手，这样一来，仅凭自己一人之力要想制造乱局，实在有些勉为其难。

无名紧了紧手中之剑，心想："如果我亲自出手，再加了连环五子，当可在十招之内取敌首级，然而我的目标并不是眼前的这几个人，过早出手势必会暴露自己的实力，到时候难取出其不意之效。"

他此刻颇有些左右为难，无奈之下，只有静观其变。

双方交手到三十招后，战局大变。连环五子的身法虽然精妙，但在四大天王合力破解之下，已渐落下风。就在此时，范五又与水三照面，突听"哧"的一声，一口唾沫如飞弹般从水三的口中激射而出，距离太近范五已避无可避，"哎哟"一声，昔日曾力敌百人的战将顿倒地身亡。

一口唾沫竟然能够置人于死地，当真是骇人听闻，何况对方还是身经九死一生的范五？可谁又想到这唾沫之中，暗藏着一支黄豆大小的菱形镖，而镖身之中有一个空管，管中既有爆炸装置，又注有一滴丹顶红，一入人体，见血封喉。那范五纵有九条命，也敌不住这一口唾沫。

范同等人又惊又怒，又带着几分莫名其妙，同时发动新一轮的攻势。连环五子顿时被笼罩在刀光剑影之中，刀、剑、锤三者联手，疾卷起惊人的杀气，在这长街之上爆闪出无数个气旋，如潮水般汹涌，即使是站在十步之外的无名，衣袂与长发亦随风乱舞，两边的人流禁受不住这劲风的吹袭，再一次纷纷后退。

交击声不绝于耳，飘忽的身影交织蹿动，根本无法辨清哪是范同等人，哪是连环五子，只感到七八条如鬼魅般的影子在云团雾里狂舞。

激战正酣，但无名的目光始终盯住着数十步外的范增以及他身边那两辆重帘的车驾。

范增看着这一场恶战，脸上似乎是无动于衷，但心中却有几分疑惑。他人虽不在江湖，却对江湖上的人与事并不陌生，他已认出对方正是黑道中的连环五子。

“连环五子一向是独来独往，我行我素，从来没有听说过他们投靠了谁，然而看今天的这种形势，他们的行动颇有组织，难道说他们此次竟是有备而来?”范增心里这么想着，忍不住看了一眼身后的那两辆大车，心里稍微安定了一些。

这两辆大车之中，究竟有什么秘密呢？这只有范增才知道。

范增心里十分清楚，狭路相逢，双方比的就是实力，只有暂且隐藏实力，伺机而动，才有可能给予敌人的致命一击。所以，他不急，一点都不急，即使四大天王已折其一，他也只是隔岸观火、静观事态的发展。

“哎呀！打死人啦……”从不远处的人群中突然传出一个女人的惨呼声，范增循声望去，却见距离自己不过数步远的人流有一些骚动，一男一女撕扯着挤出人群，好像是夫妻之间的闹架般，甚是热闹。

范增哪有闲心观看热闹，手势一抬，当即有几名侍卫迎了上去。他眉头皱了一皱，刚刚回过头来，却突然感到有一滴湿漉漉的东西粘到了自己的脸上。

他顺手一抹，却闻到了一股淡淡的血腥味，心中不由得抽搐了一下。

血！是血！只有人血，才有如此浓重的腥味！

他猛然回头，只见刚才还在惨号的女人，浑如一头母夜叉般，手持木钩，旋飞了一名侍卫的头颅，她的脸上没有丝毫的泪水，有的只有浓浓的杀气。

范增心头一亮："黑白府的双无常！"他之所以敢如此肯定，不是因为他见过他们，而是从他们手中的兵器上作出的判断。

他不由得感到有几分诧异。连环五子与双无常都是江湖中独来独往之人，虽然武功精湛，但敢向流云斋挑战，未免太胆大了一些，除非他们的背后真的有人撑腰。

当今江湖之上，无论在声势上，还是在实力上，敢与流云斋抗衡的只有刘邦的问天楼，难道说那位静立桥上的剑客，真的是问天楼的高手？

范增缓缓地回过头来，不再理会双无常与侍卫间的厮杀，重新将目光盯视在无名的身上。

"此人既是问天楼的高手，那么他会是谁呢？"范增沉思片刻，蓦然想到了什么，惊道，"难道他就是龙赓？"

龙赓无疑是当今天下风头最劲的剑客，有关他的传说，实在不少，然而很少有人亲眼目睹过他的真容。范增也是在一个偶然的机会听到项羽提起过他的名字，以项羽的武学修为，尚且对此人钦服不已，范增自然也就留了个心眼，记住了这个名字。

如果此人确实是龙赓，那么眼前的这一切也就不难解释了，因为只有龙赓，才会自视清高，公然行刺。

"呼……"雄无常的银钩一闪，击毙了一名侍卫之后，几乎可以直面范增，而此时的雌无常木钩幻化数百道虚影，将飞涌而来的侍卫尽数拦在自己身后。

对双无常来说，这的确是一个诱人的机会，只要将范增制服，这笔买卖也就十拿九稳了！

他们身在江湖，当然知道流云斋的势力之大，根本不是他们这号人可以惹得起的。但对他们来说，范增此行所带的财物实在是非常的可观，是以他们不想错过。

俗话说，人为财死！双无常却不是这样要钱不要命的人，如果说范增此时还身居相位，又或者没有无名的出现，当他们知道这批货的主人就是范增时，他们也许会选择放弃。然而，当这两种情况都成为现实时，也就难怪他们要心生侥幸了。

既然已下决定，他们出手绝不留情，毕竟他们都是身经百战的高手。是以他们没有放过这稍纵即逝的战机。

此时的雄无常，距离范增最多不过两丈，而两丈的距离，正是雄无常手中的银钩攻击的最佳距离。雄无常当然不再犹豫，大喝一声，银钩如弯月升起，寒芒若月光倾洒整个虚空。

气旋在钩尖涌动，谁都可以看得出来，这绝对是致命的一击！

范增依然是背对着，脸上显得极为平静，他的神态似有几分悠然，仿若观花赏月，浑然不觉背后袭来的杀机。

杀机暴露于雄无常的眼神里，也暴露于他的银钩之上，他整个人就像一头出击的猎豹，面对猎物充满着势在必得的信心。

这一击的气势之烈，宛若横掠沙漠的风暴，似乎可以将眼前的一切吞噬毁灭，让人一见之下心生恐惧。

第一百章　初占上风

银钩以电芒之速划过虚空，越来越近，但范增似乎根本不知道自己身后发生了什么，毫不在意，反而脸上多出了一丝淡淡的笑意，是那般的宁静，那般的优雅，不失半点名士风范。

一丈五……一丈……五尺……距离在不可思议的速度下缩短，银钩上的血腥也愈来愈显得真实，但就在这一刻，一阵莫名的风生起，卷起了范增身边一辆马车的重帘。

换在平时，这只是一个再普通不过的小细节，风卷重帘，是诗人笔下的一幅画面，一般的人通常都不会去注意它，然而对雄无常来说，这不是一个细节，而是一种异变，一种绝不寻常的异变。

就在他心中一颤之间，那重帘卷起外，突然多出了一只手，沉稳有力、速度奇快的大手。

这只手出现得诡异而及时，仿佛一切都经过了严密的算计一般，就在银钩仅距范增背心不过七寸处，这只手已横在当中。

“啪……”大手拍在银钩之上，竟似成了一只黏性十足的铁钳，硬生生地将银钩悬在空中，纹丝不动。

雄无常心中大骇，几乎惊叫起来，似乎根本没想到这世上还有人仅凭肉掌就可破去自己的全力一击。

可是他还没有来得及叫出声来，蓦感手上一麻，一股如电流般的劲气透体而入，竟将他的身体震飞半空。

"呀……"雄无常闷哼一声，借着惯性弹身落地，只感到眼前一黑，一条如鬼魅般的人影抢到他的身前，大手一张，锁住了他的喉骨。

以他的功力，竟敌不过来人一招，这实在有些不可思议，就算来人攻其不备，但要想在一招之内将雄无常制服，普天之下这样的人实在不多。

雌无常陡见惊变，要想抢近已是迟了，她与雄无常毕竟夫妻情深，难免投鼠忌器，是以僵在当场，竟不知该如何是好。

"放下兵器!"来人是一个清瘦的老者，声音极冷，声调带有一种不可抗拒的威严。

雌无常情知兵器脱手，更是死路一条，正犹豫间，却听得"咔"的一声轻响，老者的手上稍微加了一点力，雄无常的脸憋得如枫叶般红，差点闭过气去。

"砰……"木钩脱手落地，雌无常只能从命。

那老者冷漠地横扫了雌无常一眼，道："老夫实在是搞不明白，凭你们夫妇的这点身手，不仅活到现在，而且还可以在江湖上成名立万，这是否也太容易了？难道真的是江湖岁月催人老，一代不如一代强吗?"

他一脸老气横秋，说起话来更是以前辈自居，但双无常夫妇却偏偏猜不出此人是谁，心中直犯嘀咕。

"你既是前辈，何不与我们夫妇公平一战？若是靠一些偷袭的手段取胜，我看你也算不了什么!"雌无常心中一动，淡淡而道。

她已看出此人的功力虽深，却自负得紧，是以想用激将法逼得他给自己一个机会。虽然此人出手不凡，但她自忖自己夫妇全力以赴，使出勾魂十式，未必就会输。

老者闻言，深深地看了雌无常一眼，淡淡而道："老夫本来不想取你二人性命，但既然你们刻意求死，那老夫就成全你们吧!"

他手臂一振，将雄无常推出数尺，同时大手向虚空一抓，竟将兵刃还到雌无常手中。

他亮出隔空取物这一绝活，顿令双无常脸色变了一变。以他们本身的功力，要做到这一点不难，难就难在要想在这么远的距离准确无误地送到别人手中，没有雄浑的内力根本不成。

“前辈果然身手不凡。”雌无常心中虽惊，但脸上显得十分平静，“能有这等身手之人，绝非无名之辈，小女子斗胆问上一句，不知前辈高姓大名?”

老者冷然而道：“老夫归隐十数年，对名利之心看得渐渐淡了，不提姓名也罢，但今日既是我复出的第一战，不想让你们二人死得糊里糊涂，还是告诉你们吧!”

他顿了一顿，傲然道：“老夫姓昊名法，想必你们不会陌生吧!”

他此言一出，纵是数十步外的无名听了，心中也大吃一惊，双无常更是浑身一震，禁不住后退一步。

十数年前的江湖之上，只要一提起“无法无天”这四个字，可谓是无人不知，无人不晓，因为这句话代表着两个人，两个绝世高手，他们的名字就叫昊法、昊天。

这两人是一对兄弟，其功力之高，据说已不在五阀之下，当年两人联手，闯入阿房宫中行刺秦始皇，事虽未遂，却面对数十名高手的合围得以全身而退。消息传出，轰动了整个江湖，然而他们却在名声最盛之际突然消失，成为当时江湖的一大悬疑。

若非他们今日现身于此，谁又想到如此叱咤风云的人物竟会藏身于范府之中，而且一待就是十数年，范增面对强敌犹能镇定自如，果然是有所依靠。

双无常相互对望了一眼，都似乎从对方的眼神中读出了一丝怯意，这并非是他们胆小，实在是对方来头太大，无形中给他们的心理造成了极大的震慑。

然而他们心里明白，今日一战，只能进不能退，进则还有一线生机，退则死无葬身之地，何况他们在江湖上多少有些名气，根本不容他们做出任何未战先怯的举动。

两人深深地吸了一口气，缓和了一下紧张的情绪，这才紧了紧手中的后器，同时将目光锁定在一丈之外的吴法身上。

风过处，长街一片肃杀。

吴法的身影不动如山，如高山岳峙般傲立，衣衫无风自动，在他身体的四周形成一股狂涌的气旋，动静相对间，只是增加了这气旋旋动的狂野，更显示出了这肃杀中的一丝凄寒。

雄无常站在雌无常身前，两人仅距一步之遥，却互为犄角，构筑起一道看似平常、实则精妙的防线，他最先感受到吴法身上透发而来的那股无形的压力，那种气闷的感觉，让他的心率跳动达到了一个极致，血管中涌动的血就像是一匹无羁的野马，似乎在要体内膨胀、爆炸。

他有一种似曾相识的感觉，心里突然产生一个奇怪的念头："这种仿若高山大海般的气势无名也有，如果此时站在这里的不是我，而是无名，这一战会是一个怎样的结局呢?"

这种想法十分幼稚，根本不像是一个行走江湖多年的人应该想到的事情，但雄无常的确是这么想的。当他站在吴法面前时，他的确感到自己就像是一个无知的孩童。

在他踏入江湖之时，就听说过"无法无天"的名头，也知道他们的可怕，但是他绝没有想到吴法的武功高到了这种层次，那种从精神上传出来的攻击力，如泛滥的洪流直接袭卷向自己的心头，如果自己心理承受能力稍弱一些，就很可能直接导致神经崩溃。

雄无常的脸色在这一刻间突然平静下来，平静得有些异常，就好像他根本不知道自己的面前所站之人是谁一般，平生一股强者的自信。

"置之死地而后生!"雄无常身经百战，当然知道这句话的意义，他更懂得，大战在即，任何想法都是多余的，不如全力一拼。

"你真的以为我们夫妇如你想象中的那么不堪一击吗?"雄无常淡淡地笑了起来，能在这个时候发笑的人，不论武功，单是这份心态就让人刮目相看。

吴法的神情明显地呆了一呆，似乎也没有想到雄无常还能发笑：“难道不是吗？对老夫来说，这不是想象，而是事实！”

“你太自信了！”雄无常此时最大的心理障碍，就是刚才被吴法一招制服，虽然吴法有偷袭暗算之嫌，但毕竟是一个事实。是以雄无常现在需要做的，就是一点一点地找回自己身为高手的信心，“想当年，我们夫妇踏入江湖，一连挫败十七人，对手无一不是武林中少有的高手，这同样也是一个不争的事实！”

吴法冷然一笑，似乎觉得雄无常有些可笑，一个人的实力并不是靠嘴说出来的，而是靠拼搏争取来的，如若是靠嘴，那么市井中的说书先生都可排名在天下前十了。

他实在是太自负了，是以没有注意到雄无常的幼稚可笑未免有些反常，其实，以雄无常的名声，他若是当真如此幼稚可笑，焉能活到现在。

这一切的反常只源于雄无常突然听到了一句话，一句用敛气束音之法传来的话。敛气束音的原理十分简单，就是以内力震动声带，将声音传递到一个人的耳鼓深处，使其能够清晰地听到原声，此法一施，除了此人之外，任何人无论离此人多近，都无法听到一点声音。

此法看似简单，却唯有拥有高深内力者方可施为，雄无常自问自己欠缺火候，但雄无常心里清楚，此时长街之上，可以敛气束音者并无几个，而无名应该是其中之一。

他与无名也只是今日才得以相识，甚至不知道无名真实的身份和姓名，但是不知为什么，他相信无名，更相信无名绝不会害他，因为那一句话是：“腋下三寸，是此人的破绽！”

是人都会有破绽，只是武功越高的人，他的破绽就会越少，出现的频率也自然不会太多，武道中人嘴上所说的抓住战机，其实就是抓住敌人的破绽，实施打击。因此，高手的破绽虽少，却大多都是致命的，只要你抓住一点，往往就可以得到意想不到的结果。

以雄无常的武功修为，是很难发现吴法武功上的破绽的。一来是因为两者之间对武道的理解有一定的差距；二来，以吴法的功力，纵有破绽，也是瞬间即逝，雄无常断难辨清。然而无名却不同，他本身就是一名超卓的剑术名家，有着超乎常人的洞察力，又加之他人在局外，头脑清晰，是以吴法的一举一动，都被他尽收眼底，从而判断出吴法的破绽来，倒也并非稀奇。

“嘿嘿！既然如此，那老夫是一定要领教贤伉俪的高招了！”吴法的脸上满是不屑之意，显然未将双无常放在眼里。

雄无常回过头来，瞟了一眼雌无常，似是不经意地皱了皱鼻子，雌无常的脸色却变了一变，心中惊道：“这老鬼竟然一出手就用勾魂十式，岂不正是犯了迎对强敌的大忌！”

但雌无常深知雄无常外表虽然粗鲁，却胆大心细，他若如此做，必然有这样做的道理，是以，一言不发，只是将劲气悉数提聚于掌心。

雄无常转过头来，与吴法正面相对，沉声道：“今日一战，你本已胜了，我夫妇二人的性命本就被你掌握，然而，你实在是太自负了，也小瞧了我们，只怕要吃到轻敌的苦头了！”

吴法不由一阵大笑，双手一拱，似有戏弄之意：“承蒙提醒，老夫一定领情，待会儿送二位上黄泉路时，不让二位感到痛苦就是了！”

“如果上黄泉路的人是你呢?”雄无常十分认真地问道。

“那老夫就只有认命了！”吴法看着雄无常的憨态，觉得实在有趣，忍不住笑了起来。

“那你就认命吧！”此话一出，雄无常的整个人都仿佛变了，眼神中暴射出无穷的杀机，飞身而动。

他动得很快，若一阵凄厉的寒风，在这喧嚣的长街之上，形成了一道狂野而无序的气旋，与刚才的他几乎判若两人。

吴法眼前突然感到一片迷茫，若行云流水的劲气袭卷而至，迫得他退后一步，这才合掌拍出。

“轰……”无形的掌力如潮水般飞涌而出，震得虚空一片混乱。

虚空的确很乱，乱得无序，乱得毫无章法，就像是鸿蒙未开的天地一般，一切都显得那么混沌，但最乱的还不是这些，而是钩影，是掌迹，漫天飘忽着万千影迹，充斥着每一寸空间，便连空气也在刹那间绞成片断。

三条扭曲的人影在交错，在旋动，完全是以一种极速的方式在运动。杀气如风，在鼓动中显示出惊人的活力，当这种活力达到极限时，三条人影竟然凭空消失在这段朦胧的虚空中。

没有人可以凭空消失，人就是人，不可能如空气一般不着一丝痕迹，出现这种现象，或许只是人的一种幻象。

但银钩与木钩俱在，在疯狂地跳动，掌影亦在，与钩影共舞，如果说这也是人的幻觉，何以又显得这般真实？

没有人能够解答这个问题，就像没有人看到吴法与双无常一样。人既不见，那么人在哪里？是不是这漫天的杀气已将人的身躯尽灭，化成了一片虚无？

长街上的人流显得那么沉寂，似乎被眼前的这一切惊得目瞪口呆，没有任何反应，如果说他们所见到的是一幕神话，他们就不会感到那几欲让人窒息的沉沉压力，但如果不是神话，那是什么？

这个问题就连范增也无法回答，他只知道，双无常并非如所有人想象的那般脆弱，他们的实力已具备与吴法相抗衡的能力，一旦吴法心存轻敌之心，这一战的胜负就是未定之数，谁也无法预料到最终的结局。

天地之间已是一片苍茫，就像这未知的结局揪紧了每一个人的心，就在这时，虚空中突生一声炸响，那无形的风暴消失了，消失得干干净净，三条人影隐而复现，静立于长街，竟然一动不动。

这是否说明，这一战已经结束？

长街之上，一动一静。静则静极，动则惊天。

范同与范十一、范九面对连环五子布下的五行阵，都有一种置身旋涡的感觉，仿佛被一股无形的力量影响，不能杀得尽兴。

范同显得有些讶然，更有几分吃惊。他的确没有想到这几个江湖二流角色一经配合，竟会拥有如此强大的杀伤力，身法步法如此精妙，让人根本无法事先预判出他们下一个动作。最让人防不胜防的是，这几人似乎每个人都有一套阴损的绝活，一旦使出，总能出其不意，范五便是一个很好的例子。

不过，范同在数十招之后，已经清楚，这连环五子招式阵法虽奇，但内力似有不足，百招过后，己方三人必可稳操胜券，然而这必须要有一个前提，那就是不出任何意外。

这种担心绝不是多余的。范同混迹江湖多年，临战经验之丰，少有人及，他一直就有一种预感，认定今日的长街形势复杂，敌人绝不仅仅只有现身出来的这几位，甚至连一动未动的无名，也不是敌方真正的主力。

如果连无名都不是敌方真正的主力，那么谁才是真正的主力呢？

没有人知道，就连范同也无法回答这个问题，他希望这只是自己杞人忧天的想法，他只希望但愿如此！

范同的剑再一次展开，大开大阖，剑速却慢了下来。随着这剑缓缓地游动空中，浓浓的杀气正一点一点地扩张开来，涌动的压力如山岳般推移而去。

他已看出，无论自己的剑有多快，都难以对付连环五子这变幻莫测的阵法，与其如此，不如以己之长，攻敌之短，用内力渗透的方式，控制缩小连环五子活动的范围。

他的剑风一变，范十九、范九的攻势也随之而动，三人互为犄角之势，顿使这段空间的压力剧增。

这边的厮杀正酣，那边却静寂得让人心慌，就在一声炸响过后，范增的心头一跳，似有一种不祥的预兆。

他相信吴法的实力，就像相信他自己一样，他也坚信凭吴法的实力，完全可以摆平眼前的敌人，是以，他的注意力始终放在无名的身上，不敢有半点的懈怠，根本没有注意到自己身后发生了什么。

等到他蓦然回头之时，他所看到的双无常双钩在手，脸上显露出无比惊诧的神色，直直的目光紧盯住人在四五步外的吴法，如同见到了鬼魅一般。

钩上无血，吴法的衣衫也无血。但在吴法的脚下，却有一串血渍。当范增的目光移向吴法的脸上时，他所看到的吴法，双目之中充满了惊异，脸上也渐渐失去应有的红润与光泽。

范增的心里一紧，如一块大石急剧下沉。

吴法竟然死了！这的确是出乎每一个人意料之外的结果，至少这个结果对于范增来说，简直不可思议。

他的眼芒极冷，缓缓地从双无常夫妇的脸上划过，似乎想从他们的脸上读出事情的真相，然而，他失望了，因为他已看出，就连双无常自己也未必知道吴法的死因。

这绝不是范增的臆想，事实上，双无常的确不知道刚才的虚空里究竟发生了什么。因为不明白，所以他们才会感觉到恐惧和惊诧，而且僵立当场。

在双无常出手之际，他们的确抱着必胜的信心。是以，甫一出手，就用了勾魂十式，专攻吴法腋下三寸处，他们之所以如此大胆，是因为他们的心里十分清楚，这是他们唯一求生的机会，只要这腋下三寸的确是吴法的弱点，那么他们就还有活下来的希望。

然而事情并非如此简单，他们的勾魂十式非常霸烈，也确实在一眨间攻到了吴法腋下三寸的空间，但是一入此处，两人顿时感到一股惊人的杀气飙出，气势之盛，双钩竟然无法再进一寸。

“不好！”雄无常大惊之下，已然明白这腋下三寸处绝非吴法的破绽，不仅不是，而且还是吴法气机的最盛处，凭他夫妇二人之力，恐怕难以摆脱这股杀气的袭杀。

以双无常的武功，纵是面对吴法这样的强敌，没有百招之数绝不至于落败，然而雄无常既有先入为主的思想，是以，一上来就全力抢攻，这样反而没有给自己留有一点余地，等到他感到情形不妙时，已经难以脱身了。

陡遇险情，雄无常又惊又怒。他惊的是吴法的功力之高，竟然能在瞬息间抢到先机，给予自己致命的打击；他怒的是无名以束音之法传来的消息，竟是假的，以至于让自己夫妇二人身陷万劫不复之地。

他在仓促之间，已经没有思辨的能力，其实他若用心去想，就应该明白无名绝对没有害他的理由，问题在于，刚才那敛气束音的人，真的就是无名吗?

他无法知道，只知道一股浓浓的死亡气息直罩其身，仿佛被一只无形的大手扼住了脖子，几欲窒息一般，吴法那惊人的掌力如利刃般穿透双无常所布下的气机，正疾奔雄无常的胸口而来。

雄无常的心中涌出几分苦涩，刹那间万念俱灰，他心里似乎已然明白，自己若能活下来，就绝对是一个奇迹。

奇迹的出现，通常都只有十万分之一的概率，寄希望于如此细微的概率，只不过是人心中一种聊胜于无的心理。

但这一次，奇迹真的出现了，就在吴法的巨掌仅距自己的胸前不过七寸处时，雄无常陡觉压力一减，竟有一种龙出浅滩的轻松感觉。

惊魂未定间，雄无常出于本能地向吴法望去，他实在搞不明白，吴法何以会在关键时刻放过自己，直到他看到地上溅着一串血渍，他才晓得另有原因。

“你是谁?”范增对着死去的吴法问了一句，他看上去显得非常平静，但谁都可以听出范增的声音里有一腔悲愤之情，毕竟他与吴法兄弟相识多年，乍见吴法因为自己而丢了性命，心中着实难过得紧。

他这一问令双无常夫妇都吃了一惊，心中暗想：“此人和死人说话，不是神经，就是有病!”两人相望一眼，顿时意识到此时动手，正是制服范增的一个机会。

不过，幸好他们没有动手，因为，范增的问话居然有人回应，而且就在吴法的身后。

“我这人对名利不感兴趣，是以杀人之后，从不留名，但既然是范相问起，我若不说，岂不大不恭敬？”一个人随着吴法的尸体缓缓倒下之后显露出来，脸上带着一丝淡淡的笑意，紧握的长剑拖地，剑锋之上，赫然染上了血渍，“我姓李，名世九，对范相来说，原本是一个陌生的名字，但相信过了今天之后，范相这一生一世都很难忘记了！”

范增的眼中暴闪出一股凌厉的杀意，冷冷地盯着李世九，打量良久，才摇了摇头：“你认为你还能活得过今天吗？”

李世九淡淡而道：“我不知道，虽然我是一个无名之辈，但别人若想杀我似乎并不容易！”他显然十分自信，这不仅是因为他是龙赓的剑庐童子，而且他知道龙赓既然来了，就绝对不会坐看自己死去。

一个默默无闻的剑庐童子，竟然能够一剑击杀名满天下的吴法，这实在让人不可思议。且不说二者在武功上的差距，单是吴法在江湖中的名气李世九就无法望其项背，难道这真的是一个奇迹，又抑或只是一种侥幸？

这世上绝对没有太多的奇迹，也不会总有侥幸存在，李世九之所以能够一剑击杀吴法，其实全是龙赓在幕后一手策划。

以龙赓的眼力，当然可以看出吴法武功中的真正破绽，他故意将吴法气机最强处说成破绽，是希望双无常能够全力出手，吸引吴法的注意力，与此同时，他却将吴法真正的破绽用敛气束音的方法告诉李世九，让他在最佳的时机以最快的速度出手。

所以可以这样说，真正杀吴法的人，不仅仅只有李世九，它还需要龙赓的眼力和预判能力、双无常的掩护加上吴法的轻敌之心，有了这几样因素的存在，吴法想不死都不行。

范增的眼里跳出一丝疑惑，他原以为，能够杀掉吴法的人，纵算不是绝顶高手，也应该与吴法的功力在伯仲之间，然而眼前此人，无论在气势上，还是在名气上，都不足以对吴法构成威胁，但他杀了吴法，这不得不让范增产生一种匪夷所思的感觉。

范增的眼芒缓缓从李世九身后的人群中划过，并没有洞察到任何的异样，有一个人的相貌似有相识之感，但范增却没有太多的留意，因为他认得此人正是五湖居的老板王二麻子。

他两过枫叶店，都在五湖居中吃饭打尖，是以对此人还有一点印象，当下也不以为意，重新将目光盯注在李世九的身上。

“你真的这么认为吗?”范增看着一脸自信的李世九，冷哼一声。

“你难道不这么认为吗?”李世九不答反问，淡淡而道。

范增摇了摇头，道：“老夫真的想相信你的话，可惜……”他的话只说到一半，突然“砰”的一声巨响，碎木横飞，杀气四溢，一条人影如鬼魅般闪出车厢，直向李世九扑来。

旋风骤起，不是因为来人，而是因为此人手中的刀，此刀一出，天地为之一暗，气息因此而森然。

明晃晃的刀，挟带着一股悲愤惨烈的情绪，划破距离，划破虚空，连闪十三道杀气，以不同的角度袭向李世九。

此刀已有必杀之势，如一头神话中的幻兽，意欲吞噬一切。

“砰……”一声炸雷般的惊响，震动了整个长街，仿若地动山摇一般，李世九闷哼一声“蹬蹬……”连退了十数步，脸色瞬息数变，显然遭到重创。

尘土飞扬，阴风惨烈。飙扬的劲气犹似暴风般狂烈，吹得众人几乎睁不开眼睛，但李世九却感觉到一把刀横在虚空，刀已出鞘，锋芒毕现，犹如地府中勾魂的旗幡。

刀形只在空中如昙花一现，好似一道撕裂乌云的闪电，刀芒一闪间，天地仿佛又变成了一个巨大的黑洞，包容着世间万物，吞没了每一个人的视线。

如此惊天动地的刀，压得所有人都喘不过气来，双无常脸色一变，抢在来人再次出刀之前横在了李世九面前。

他们夫妇做出如此的举动绝不是因为讲义气，认识双无常的人都知道，“义气”二字，对他们夫妇来说只是一记响屁，从来没有当真放在心上。他们之所以要这么做，只是因为他们都是老江湖了，看出目前的形势十分严峻，他们如果还想活着回去，唯一的选择就是与李世九联手一搏，这样还有一线生机。

“滚开！”来人的声音很冷，冷得就像他手中的刀，让双无常禁不住都打了个寒噤，下意识地后退一步。

此人个子不高，身材矮瘦，整个人就像是一块寒冰，冷得足以拒人于千里之外，他的脸上涌动出一股悲愤的情绪，眼中更是冒出三尺怒火，让每一个见了他的人都以为见着一座火山，随时都有爆发的可能。

“吴天——”雄无常的心里“格登”一下，终于明白了来人是谁！

因为只有吴天，才会在此时如此悲愤，才会对李世九恨之入骨，因为死去的人是他的兄弟。

江湖传言，“无法无天”能够得以名扬天下，很大程度上应该归功于吴法，因为吴法所干下的大事，远比吴天要多，然而当吴天真的现身人前时，许多人才真的知道，传言并不可靠，吴天远比吴法更为可怕。

吴天的可怕之外，就在于他拥有超乎于常人的冷静，面对自己兄弟的死，他虽惊，虽怒，但不乱方寸，至始至终不失大家风范。正因为他始终保持低调，头脑异常清晰，是以他从不轻敌。

尊重对手，其实就是尊重自己，而尊重每一个对手，正是一个武道高手得以成功的因素。吴天无疑是在这一方面做得很好的人，是以，当双无常夫妇拦在自己面前时，他压制下心中的怒火，习惯性地止住了前行的脚步。

“滚开，否则老夫不在乎多杀两个人！”吴天的眼芒一闪，射出咄咄逼人的气势。虽然双无常也是置吴法于死地的祸首之一，但吴天一眼就看出情势十分严峻，他只有采取惩办首凶、余者不究的方针，争取速战速决。

双无常迫于吴天的威势，禁不住再退一步，他们此时进退维艰，都同时瞟了一眼身后的李世九。

李世九迫于无奈之下硬接了吴天惊天动地的一刀，饶是他内力高深，还是感觉到体内的气血翻涌不断，难受异常，喉头一热，吐出一大口乌血来，然而，经双无常这么缓上一缓，他已迅速调匀了气息，剑横胸前，脸上分明又多出了几分自信。

“两位退开吧，他还杀不了我!”李世九显然看出双无常尴尬的处境，朗声道。

双无常的目光又回望吴天，却见吴天的眼神依旧冷寒逼人，死死地盯在李世九的脸上，显得异常专注，而他们堂堂黑白府的双无常，在吴天的眼里竟有如无物。

双无常不由心灰意冷之下，黯然退开，想到自己夫妇二人行走江湖这么多年，名头也挣得不少，却在今日连逢高手，受人轻视，当真连归隐之心都有了。

“你很自信!”吴天冷冷地看了李世九一眼，“通常一个自信的人，都必定有所依凭，然而你剑术虽高，还不足以对老夫构成威胁，是以老夫想问一句，你凭什么这般自信?”

“我不凭什么，只凭一句话!”李世九面对吴天慑人的气势，怡然不惧，“这句话就是邪不压正!”

吴天一怔之下，冷然笑道：“什么是邪？什么是正？正邪之间如何区分？凭什么你就是正，而我就是邪呢？其实这些问题俱在人心一念之间，由你自己怎么说罢了!”

李世九淡淡一笑，道：“你云我云，人云亦云，并不足以掩盖事情的真相，公道自在人心，绝不是某一个人就可决定得了的。我记得当年有兄弟二人，不惜冒着生命危险，夜闯阿房宫行刺大秦始皇，这等英雄行径，江湖人听了无不翘起拇指，连口称赞二人乃侠义之士，请问阁下，他们是正是邪?”

吴天没想到李世九竟然提起他兄弟二人最辉煌的一段往事，心中顿生出一股豪气，道：“当时大秦暴政，百姓如置水深火热之中，但凡是血性的汉子，理应站将出来，义无反顾地去做这件事情，我兄弟二人只不过是比别人先走了一步，也算不了什么壮举！”

“不！”李世九摇了摇头，“侠之大者，为国为民，那时的‘无法无天’，一身正气，无愧于大侠之称，唉！可惜的是，只不过短短十数年间，他们却由道入魔，助纣为虐，让人好不痛心！”

吴天没想到今日一战，竟然引出一个大是大非的问题，不由呆了一呆，怒声斥道：“你放屁！老夫一生行事光明磊落，这十数年更是隐退江湖，不问世事，何来的由道入魔，何来的助纣为虐，你这将死之人竟敢乱放厥词，且看老夫如何收拾你！”

李世九冷笑一声，音调不轻不重，神情不卑不亢：“你若没有做过这些事情，又何怕别人评说。我且问你，你说你没有由道入魔，助纣为虐，那么你这十几年来都干了些什么？”

吴天自踏足江湖以来，便以侠义自居，当年更是凭着一腔血性，干出了那件惊天动地的大事来，今日陡闻李世九如此讥讽自己，甚至将自己归类于邪魔一类，心里的怒火早已腾升三尺，若非他静心功夫了得，恐怕早就当场发作起来。

“老夫这十几年来藏身范府，未出江湖一步，每日都是过着谈剑论道的闲适日子，这难道也有错吗？”吴天深深地吸了一口气，平缓了一下自己激动的情绪，然后才反问道。

“这当然没错。”李世九淡淡一笑，“可是范增是何许人也？你与他为友，这就大错特错了！”

吴天望了一眼范增，道：“老夫交友，讲究情趣相投，性情相合，我与范相多年交情，情同手足，难道这还有错吗？”

“就因为他是范相，是西楚项羽的范相，所以你才错了！”李世九的口齿犀利，款款而道，“项羽此人，天性残暴，善喜杀戮，自起事以来，每攻一城，必屠城三日。当年破关中，更是杀了无数无辜百姓，掠走许多民间财富，其行径实与大秦始皇无异。你不但不将他除之，为天下百姓除害，反而全力襄助他手下的重臣，这不是助纣为虐又是什么？”

这一席话说得有理有节，饶是吴天如此聪明之人，也被问得哑口无言，半天说不出一句话来。

范增情知若是任李世九继续说下去，虽不至让吴天反戈相击，但吴天的心里必生芥蒂，终究会为日后种下隐患，是以冷笑一声，道：“好一个伶牙俐齿之徒，莫非凭你这一席谎言，就能让吴兄放你一马吗？你实在太幼稚了，须知杀弟之仇，不共戴天！”

他这一句话顿时提醒了吴天，毕竟他与吴法是亲兄弟，两人自小相依为命，偶得上古秘笈，修炼十年始有所成，后又同出江湖，出生入死，方才挣得偌大的名头，如今名头犹在，人却去了，吴天焉有不报仇之理。

他的眼芒一寒，冷冷地看了李世九一眼，喝道：“你拔剑吧！就算是助纣为虐，老夫今日也要杀了你，以报杀弟之仇！”

李世九浑然不惧，拱手道：“既然如此，请！请出招！”

谁都没有想到李世九竟会如此悠然，在人们的想象之中，李世九与吴天的功力根本就不在一个档次上，他面对吴天，就算不躲，也应该自然而然地心生怯意，然而李世九没有，没有丝毫的怯意，反而有一种不可思议的自信。

吴天的脸上流露出一丝惊诧，一闪即没，然后，缓缓地向前跨出一步，只跨出一步，整个空间顿时一暗，杀气已弥漫了每一寸虚空。

风动，云涌，不在天上，却在吴天刀锋所向处。

森寒的杀意在长街上空激动，慑人心魂的风声如一曲丧钟回荡在每一个人的耳畔。

双无常心中暗自庆幸，庆幸面对吴天的人不是自己，如此强烈的杀机绝不是寻常之人可以匹敌的，至少双无常自问不敌。此时尚未出招，吴天的气势已是这般强盛，一旦出手，将会是一幕怎样可怕的景象？

吴天的眼芒愈发显得冷寒，似乎正吸纳着这天地间的一切阴气，脸色一连数变，苍白得愈发诡异。

吴天握刀的手，很稳，稳得就像一座山岳，停悬在半空之中，长街上的每一个人都将目光投聚在这只手上，因为，他们心里都十分清楚，手动的那一刻，就是这一战的开始，这绝对是毋庸置疑的。

这的确是一只握刀的手，不大，亦不小，刚刚能够握住刀柄，认得这只手的人都知道，这只手足可值十万黄金，当年大秦始皇张榜天下，开出天价要买十只手，此手便名列第七。

能入这张皇榜之人，都是名动天下的人物，吴天的手能够位列其中，堪称是一件极为荣耀的事情，由此可见，吴天的手绝对可怕。

没有人知道这只手会在什么时候动作，所以，所有的人都在等待，并且默默地承受着这只手所带来的压力，唯一不能等待的人，就是李世九，他身在局中，等待下去，只能是坐以待毙。

所以，他必须动，在这只手还未动作之前而动。

他人未动，衣衫已无风自动，“呼呼”作响，鼓胀得犹如气球一般。

然后，他的身体由左至右开始摆动，如晃动的钟摆，以一种颇有节奏的规律加快摆动的速度……

吴天的眉间一紧，看不懂李世九想干什么，像这样古怪的出手方式，吴天还是生平仅见。

然而他很快就看出了一点苗头，随着李世九的身影越动越快，每一个人的眼里都开始出现幻影的现象，一个，两个……仿佛有七八个李世九同时出现长街的那端。

这并不玄奇，只是属于武道中极寻常的移形换位，利用虚虚实实的假象来干扰对手的视线，用在一般的高手身上确有奇效，但李世九将之用到吴天身上，就显得太幼稚了。

吴天冷然一笑，已经无心与李世九再纠缠下去，准备出手了。

然而就在此刻，风停，李世九幻动的身影也顿时停住，幻影虽灭，但在李世九的身边却多出了三个人来，每一个人都显得异常剽悍，神情间都有一种恰然不惧的凛然，就如从李世九本身中衍生的三个化身一般。

没有人看到他们从何处而来，也没有人知道他们从何处而来，他们就像是一缕清风，飘忽而至，更似传说中的神魔，凭空而生，令吴天的心头如大石压下，沉至极底。

他终于明白李世九何以显得这般自信，原来李世九竟是有备而来，这四人站到一起，或站或蹲，或前或后，竟在一瞬间结成了一个进退有度的剑阵。饶是吴天这老江湖的目力，也不能在一时之间看出剑阵的破绽来，同时他意识到，这四人同出一门，单是这份心有灵犀的默契配合，就足以让自己感到头痛。

风，动了，动得十分突然，就像是从一个空间跳到另一层空间！

风动，是因为有人出手了，对吴天来说，这种如死一般的寂静实在让人难以忍受，他更愿意轰轰烈烈地拼杀一场，于是，他终于出手了。

静，其实就是一种压力，压力越大，就越是静寂无声，让人在心理上产生奇异的幻想，从而影响自己对事物的判断能力。但这只是吴天出手的原因之一，他真正的目的，是想攻其不备，打敌人一个措手不及，从而在气势上占尽先机。

气势，是一种抽象而奇妙的东西，它无形，却有质，没有人真正看见过它，却能用自己的感官去感知它的存在。就像是一条不大的河流，假如它从一块平坦而荒芜的原野穿过，你可以欣赏到落日余晖洒满河面的静谧，也可以欣赏到小桥流水人家那种恬适的诗意，却永远感受不到那种动态的激情、动态的美；假如这条河流是从高山峡谷中穿过，你所受感染的是一种激情的跳跃，声响的迸裂，以及热血的沸腾，气势也正从那一泻千里的流态动感之美中产生。

高山的岩石，假如不动，它就只是一块岩石，不构成任何的威胁，一旦它动了，从高山之巅滚落而下，其势之烈，试问天下有谁敢挡其锋？

没有人可以挡击高山滚石之势，吴天深谙这一点，是以，他出手了！

高手的出手，讲究的是一种感觉，一种朦胧且实在的感觉！李世九分明看到吴天手中的刀悬凝于空中，一动不动，却已经感觉到了那凛然的刀锋。

所以，他没有犹豫，也不敢犹豫，脚步迅速前移。在移动中其他三人互为犄角，形成一个完美的整体。

他们都是龙赓的剑庐童子，能够被五音先生选为剑庐童子的人，他们对武学的天赋自是不言而喻的。他们自幼进入剑庐，追随龙赓已有十数年之久，每日耳濡目染的全是有关剑道的学说，久而久之，也就练成了一套高深的剑术，再加上五音先生与龙赓的点拨，使得他们终于研究出一套剑阵，合四人之力，取长补短，进退自如，浑如一人，故名曰一元阵！

这一元阵威力之大，绝不在任何剑术名家之下，就连龙赓闯入阵中，若无百招之数也休想脱困而出，也就难怪李世九面对吴天能够怡然不惧，从容不迫。

然而，就在李世九发动剑阵的那一刻间，惊变发生了！

惊变之所以称之为惊变，就在于这种变化产生于顷刻之间，更出乎所有人的意料之外，这惊变的源头并非来自李世九，也非来自吴天，而是那伫立桥上不动的无名。

长街之战，始于无名，但无名自现身以来，就如一尊雕塑般伫立桥头之上，一动未动，仿佛所发生的一连串激战都与他无关。然而，就在所有人都渐渐忘记了他的存在之时，他却动了，如雷霆电闪般动了。

他不动，是因为他在等待，等待一个出手的最佳时机，他动了，是因为这个机会终于被他等到了。

他的目标是范增，李世九他们发动剑阵之时，范增出于本能地心神一分，而分神的这一瞬间，就是无名出手的机会。

剑出，双手微推，剑锋自双手中分处而出，积聚良久的气机透过这三尺剑体，如电芒般吞吐而出，化作一股若有若无的烟云，萦绕在整个剑体的周周，朦胧得有些诡异。

无名与范增只距五丈，五丈的空间顿时被一股狂潮般的压力所充斥，挤压得这空间扭曲变形，空气也停止了流动，变得似乎越来越干燥，让人有一种几欲窒息的感觉。

而这一切的发生，只有一个原因，那就是无名手中的剑已经进入了这段虚空。

在这一刻间，距离已不再是距离，时间也已不是问题，然而这一剑的气势，在这幻灭无常的虚空里奔泻，涌动的是这剑中绝美的风情。

剑锋一闪一灭，再现之时，已在范增面门三尺之内，这一剑之快，已经超出了所有人的想象。

面对这一剑，名士范增的脸上只有一丝诧异，却未惊，不乱，他赖以成名的是智谋，而不是武学，何以他还能如此镇定？

从来就没有人看过范增使用过一招半式，也没有人听说过范增对武道有过研究，在所有认识范增的人当中，都认定范增只是一个智者，一个名士，而绝非武者，就算他曾经踏足武学领域，也只是学些皮毛而已，高明不到哪里去。

无名最初也有这样认为，而且非常肯定，可是当他剑出的一刹那，他才发现自己错了，而且错得要命。

剑锋挤入那三尺的空间，陡然一滞，速度明显地减缓。无名只感到自己握剑的手竟然像是遭到了电击一般，出现了绝不该有的震颤现象，惊骇之下，他这才发现，这三尺的空间看似宁静，里面却涌动着万千气流，密度之大，如磐石紧密，带出一股强大的黏力，紧紧地钻住了自己整个剑体，限制着自己剑锋的发挥。

如此浑厚的内力，若非绝世高手，谁能拥有？

差之毫厘，谬以千里！对无名来说，就这么一点微不足道的错误，已经足以要命！

范增的脸上流出一丝淡淡的笑意，似乎早已料到会有这个结局，事实上他从无名出手的刹那，就知道自己已经稳操胜券。

楚国范家一直是楚国的望族之一，自楚国立国以来，数百年间屹立不倒，不可谓不是一个惊人的奇迹。但是谁又知道，在这个奇迹的背后，凝集了范家多少代人的心血与汗水，这才铸就了这个不可思议的辉煌。

纵观楚国数百年历史，遭遇内乱外患不下百起，在这百起祸乱之中，不难看到范家保驾勤王的影子，如果真的是书香门第，范家子弟凭什么在祸乱之中屡立奇功呢?

其实，这一切只因为范家还有一门不为世人所知的道家绝学——紫气东来，这门绝学练到极致，足可跻身天下高手前十之列。

正因为有了这紫气东来，范增才可以做到心若止水，才可以在无名的剑锋挤入面门三尺处时犹能从容镇定，也正因为有了紫气东来，范增才可以成为深藏不露的绝世高手，令无名的剑锋再难寸进。

无名震惊之下，只感到自己置身于一个气流的旋涡中心，万千道强势的劲气以不规则的路线拉扯着这虚空中的一切，仿佛要将这虚空也撕裂粉碎。

无名握剑的手心渗出了丝丝冷汗，非常清楚范增内力的狂野，正因为他心里清楚，所以正丧失着内心那原本不可动摇的自信。

“轰……”无名就是无名，当然不会坐以待毙，他在瞬息间提聚起自己浑身的劲力，手臂一振，剑锋竟然再次挺进。

“哧……”虚空中顿时响起裂帛之音，仿佛空气被利刃割裂一般。

然而剑锋只挺进了一尺有三，便再难寸进，这对无名来说，绝对是一个不祥的预兆。

他几乎已将自己的功力发挥到了极致，却依然不能最终突破范增的气机，这只能说明，范增的内力之深，已在他之上，若想出现奇迹，他就唯有施展——大雪崩定式!

“呼……轰……”天地间蓦然一变，变得煞白耀眼，剑已不在，虚空中仿佛多了一片无边的雪原，长街上的每一个人都神情一滞，感到了一股刺骨的冰寒。

此际乃秋季，正是枫叶赤红的时候，怎么会有冰?又从哪来的雪?

冰雪来自于无名的剑，剑锋一闪，已是严冬，巍巍雪峰为之崩裂，积雪若飞瀑疾泻，涌动出毁灭的力量，意欲吞噬这天地中的一切。

即使守心如一的范增，乍见这一剑的气势，也无法无动于衷。他对剑道并不陌生，却还是第一次目睹有人竟然可以将剑式演化得如此精妙，如此霸烈，于是他出手了！

他的确用的是手，但既不是摊开为掌，也不是紧握成拳，而是十分优雅地将手指一搭，构成了一个十分优美的莲花指，那神态之从容，仿若佳人拈花，但举轻若重，仿佛他的每一个动作都足以撼动山岳。

一团淡淡的紫气自指间而出，衬得这虚空一片诡异，它游动的速度非常缓慢，就像是蜗牛爬行一般，但谁都已经看出，这紫气中蕴含着一股无形的力量，一旦爆发，纵是神仙也不可挡。

紫气化作了一道坚不可摧的山梁，将那飞泻的杀势挡在了三尺之外。

无名唯有退，也必须退，他的剑势虽然与那团紫气一触即分，却感觉到自己的剑势如决堤之洪水突然流失，虽然只有一瞬的时间，却让无名感到了异常的骇异。

如此强大的内力的确是无名生平仅见，他之所以心中骇异，更在于他的无知。在此之前，他根本不知道范增的武功竟然如此高绝，一时之间，根本无法适应。

平心而论，无名算得上是第一流的剑客。首先，他善于等待机会，不到最佳时机，绝不出手；其次，他的剑法的确精妙，辅之以强大的内力，可以对任何人都构成威胁。可惜的是，他遇上的是范增，是深藏不露的范增，面对如此强大的敌人，无名几乎没有什么机会。

他一连退了七步，将好不容易抢得的先机拱手相让，面对步步紧逼的范增，他的气机甚至出现了一丝波动。

这一丝波动若在平时，完全可以忽略不计，然而高手相争，只争一线，范增当然不想错失这个机会。对他来说，一直在等待，等待一个可以置对方于死地的机会，当这种机会突然降临时，他虽然觉得有些意外，却已决定绝不放弃。

是以，他在最短的时间内爆发出所有的潜能，倾尽全力，对准无名所显露的破绽出击而去。

天变了，地变了，因范增的这一击而变。然而，就在他倾尽全力出手的刹那，忽然发现无名的脸色也变了，不是变得铁青，也不是因恐惧而扭曲，而是脸上泛出了一丝淡淡的笑意，笑得那么诡异，那般让人寒心，竟让范增的心倏然一沉，仿佛意识到自己坠入一个缜密而有效的杀局。

他下意识地向后飞退，完全是出于一种本能。然而他只退了不过三尺的距离，蓦感背肌一阵抽痛，一个如利刃般的物体竟竟然突破了他紧密无间的气机，直插入他的体内，随着这个物体涌入的是一股如潮水般的寒流，在瞬息之间凝固了他身上的所有经脉。

范增大惊之下，只感到自己所有的劲力在顷刻间流失，化为无形，那流泻于体外的真气也黯然消失。但他绝不甘心，意欲借着最后一口真气作垂死挣扎，却感到一把冰凉的剑锋抵在了自己的咽喉之上。

剑，是无名的剑，此剑既然架在了范增的咽喉上，那么刺入范增体内的那一剑，又是谁的？

范增绝对没有想到，如无名这样的高手也只是一个幌子，而真正的杀招却隐藏于后。这样的杀局，实在让人防不胜防，也就难怪范增会坠入局中。

那么这位高手究竟是谁？这是范增此刻最想知道的答案。

可是当范增缓缓扭过头来时，他吃了一惊，根本不敢相信自己的眼睛，因为无论他的想象力多么丰富，都不会想到刺出这致命一剑的人，竟是五湖居的老板王二麻子。

他两次光临五湖居，以他的洞察力，当然知道王二麻子只是一个不会武功的生意人而已。是以，此刻他的眼中多了一丝疑惑，几疑这只是一场恶梦。

王二麻子笑了，轻轻地笑了，然后才轻轻地道：“我不姓王，当然就不会是王二麻子，真正的王二麻子早在三天前就离开了枫叶店。”

范增的神情中多了一丝苦涩，望了一下无名，道："你既是龙赓，他是谁?"

王二麻子淡淡一笑，道："这也许就是你最终失败的原因吧。"顿了一下，与无名相对一眼，缓缓接着道，"他并不是龙赓，而我才是!"

范增心里一惊，摇了摇头："不可能，老夫相信在汉王府中，将剑道修至如此境界的人，除了龙赓之外已再无他人!"

"对一个将死的人说谎，是一件非常残酷的事情，我当然不会做。"龙赓悠然笑道："我的确没有骗你，他不是汉王府中的人，只是我的一个朋友，因为这个杀局需要这样一个角色，所以我才请他出手襄助。"

范增只感到自己的心肌一阵抽搐，生机正一点一点地流出自己的体内，强撑一口气，勉力道："你们布下如此周密的一个杀局，目的就是要老夫死，既然这个目的已经达到，你能否答应老夫一个请求?"

"我本不想答应，可是面对一个将死的老者，我又怎能忍心不答应呢?"龙赓的心情不错，看到自己这么多天的努力最终没有白费，谁的心情也会变得不错的。

"多——谢!"范增凄然一笑，道，"老夫所求，是想让你们放过吴天。"

他虽然已不能动，却能听，知道以吴天之力，或许再过百招，可以胜过李世九等人，但一旦龙赓与无名加入战团，吴天根本不可能全身而退，唯有战死一途。

龙赓看了一眼长街上尚在进行的激战，半晌才点了点头："我答应你!这并非是因为你的请求，而是因为他曾经也是一个侠义之人。"

范增的嘴角已经渗出了一丝乌血，一张老脸显得极为狰狞，突然长叹一声："老夫今日落得如此下场，实是未遇明主之故，今日灭范增，明日呢……"

长叹声未落，他已砰然倒地，一代名士范增，就此结束了自己的生命。

第一百零一章　人心涣散

范增之死，震惊了整条长街，无论是吴天，还是范同几人，都被这样的结局所惊呆。

龙赓缓缓地将剑入鞘，眼芒从每一个人的脸上缓缓划过，这才似有几分落寞地道：“今天死的人够多了，你们请便吧！”

他的声音虽轻，却带着一股不可抗拒的力量，就连桀骜不驯如吴天者也已看出，再战只能是自取其辱，与其如此，不如君子报仇，十年不晚，日后再寻机会卷土重来。

于是，吴天去了，范同也走了，剩下的数十名侍卫在顷刻间消失得一干二净。长街上，除了那十数辆大车外，还有双无常和连环五子瞪大着眼睛，心里正兀自盘算着自己能否分得这一笔横财。

龙赓转过头来望向他们，拱手道：“君子一言，驷马难追，各位方才尽力襄助，理应得到这些钱财。”

他连马车也未看一眼，与无名齐肩而行，向镇外走去，李世九等人随即跟上。

“今日若无阿兄相助，要杀范增未必容易。”龙赓一路前行，望着满山如血一般赤红的枫叶，想起刚才那惊心动魄的一战，兀自心有余悸地道。

无名淡淡一笑，道：“龙兄过谦了，以龙兄之剑术，就算没有我阿方卓相助，范增也难逃一死！”

此人竟然是当年在登高厅中的阿方卓，难怪他能使出大雪崩定式。当年他败在扶沧海的枪下，从此远走西域，在一个十分偶然的机会下认识了龙赓，两人以剑道为媒，结为朋友，并在龙赓的点拨下，回到大雪山，重新领悟大雪崩定式，将之融入剑道中，这才再入中原，寻扶沧海一战。

中原一行，阿方卓没有找到扶沧海，却听到了扶沧海的死讯，正感慨间，竟然又逢龙赓，得知龙赓的计划之后，当下自告奋勇，非要助龙赓一臂之力不可，这才使得龙赓得此强援。

龙赓深深地看了阿方卓一眼，道："范增的武功，与我在伯仲之间，如果两人一对一决战，胜负殊难预料，所以我绝不是与阿兄客套。若非今日有阿兄相助，只怕刚才死的人就不是范增了。"

阿方卓道："我不过是尽朋友之谊罢了，再说这些，龙兄就是不把阿方卓当朋友了。"

龙赓笑了，"朋友"二字，的确是让人倍感亲切的东西，对龙赓而言，尤其如此，因为他想到了纪空手。

其实，他此行行刺范增，最担心的就是纪空手的伤势。心脉之伤，对任何一个武者来说都是不容轻忽的，随时都有可能致命。以纪空手此刻的身份与地位，完全有可能再遇上凤孤秦事件的翻版。

对许多人来说，纪空手就是他们心中一个梦想的实现者，在纪空手的身上，寄托了太多人的期望。一旦纪空手有什么不测，梦想自然随之破灭，这种结局当然不是他们愿意看到的。

所以一想到纪空手，龙赓顿有一种归心似箭的感觉，望着阿方卓道："刚才长街之上，看到阿兄的那一剑，显然已经领悟到了剑道中的精髓，不知阿兄对今后有什么打算？"

阿方卓长年漂泊江湖，一听龙赓问起，不由有了几分茫然："如今正逢乱世，闯荡江湖并非长久之计，我想再回雪山，希望于剑道之上再有寸进。"

"阿兄既把我当作朋友，有一句话不知当讲不当讲？"龙赓淡淡地道。

"但讲无妨。"阿方卓道。

龙赓神色一肃，道："所谓乱世出英雄，以阿兄的本性和剑法，完全可以创出一番大事，又何必蜗居于雪山一地，空耗岁月呢？如果阿兄信得过我，不如随我同行，待我替你引见一位真正的英雄。”

阿方卓心中一动，问道：“龙兄所指是谁？”

龙赓听过阿方卓在登高厅时的那段往事，压低嗓音道：“你可知道当今汉王是谁？”

阿方卓见龙赓如此神秘，心生疑惑：“难道不是刘邦吗？”

“此刘邦绝非彼刘邦！”龙赓的声音一沉，“他乃纪空手所扮，只要他在，这天下既不姓刘，也不姓项！”

阿方卓浑身一震，没想到龙赓竟将这天大的秘密告诉自己，显然不将自己视作外人，当下十分感动：“既然龙兄这般信得过我，我还有什么话可说呢？这便随你去吧！”

龙赓闻言大喜，他深知以阿方卓此时的功力以及对剑道独树一帜的理解，完全可以大有作为。最难得的是，像阿方卓这种人，单看外表似乎是桀骜不驯之徒，然而却最是重情重义，只要他把你当作朋友，可以一诺千金，甚至为你付出生命。

龙赓之所以能够读懂阿方卓，是因为他本身也正是这一种人。

一片枫叶随风飘飞，翻舞在龙赓的眉间，看着这如蝴蝶翩然起舞的枫叶，看着这赤红如血的枫叶，不知为什么，龙赓的心里涌动出一股躁动不安的感觉，忍不住抬头望向咸阳方向的那片天空。

咸阳依然平静，至少从表面上看，确是如此，虽然有关汉王刘邦已故的消息已经传得沸沸扬扬，但谁都无法证实这一说法的可靠性。因为，那一天发生在骊山北峰的一切情形，凡是当日在场者，都被张良下了戒口令，倘若有人胆敢泄漏一句，杀——无赦！

张良这么做，也是迫不得已，因为他深知，纪空手能够借刘邦之名崛起天下，震慑群雄，很大程度上应该归功于两次造神事件，将刘邦之名神化，这样做的利弊就在于荣辱系于一人之身，一旦纪空手略有闪失，就有可能导致他们这些人多年来的努力付之东流。

因为在人们看来，刘邦既是真命天子，就绝不会死，至少在大功未成之前不能死。他若死了，就不是真命天子，人心将在顷刻间涣散一空。

这样的局面当然不是张良所希望看到的，是以他的心中虽然悲痛，却殚精竭虑，希望能够凭着自己的智慧和红颜、吕雉的力量将目前这种局面支撑下去。他心里清楚，到底能够维持多久，已不是他可以决定的，他只能是尽人事而已。

骊山北峰已经全面封锁，陈平亲自率领三万人马着手准备。在没有见到纪空手的尸体之前，无论是张良、陈平，还是红颜、吕雉等人，心中都存在着最后的一丝侥幸。

纪空手生还的概率究竟会有多大？没有人知道，大家都觉得实在渺茫。之所以每一个人的心中尚存在着一丝侥幸，是因为纪空手这一生中创下过太多的奇迹。

此刻张良一个人孤零零地坐在汉王府中的议事厅中，泡了一壶香茗。他需要静心，让自己胸中的那股悲伤慢慢淡去，可是他一闭上眼睛，那天发生在骊山北峰的一幕便如一幅幅画般在眼前浮现。

他没有想到纪空手会置自己的心脉之伤而不顾，孤身犯险，登上百叶庙。按照当时的情形，如果纪空手选择后退，未必就不行，可是当时他们正在千步梯的中段，地势险峻，一旦敌人趁势袭击，就会有全军覆灭之虞。纪空手显然看到了这一点，是以才会反其道而行之，置个人安危于不顾，希望能保住数百部属的性命。

以当时的形势，如果张良与陈平能够组织卫队跟进，纪空手未必就是这样的结局。然而千步梯之险，可谓是一夫当关，万夫莫开，就在张良与陈平跟进之时，却遭到了一个无名高手的狙击，从而使得他们与纪空手拉开了距离。

直到红颜与吕雉率领数十高手匆匆赶到，那位无名高手才隐入山林。等到他们冲上百叶庙遗址时，触目所见，正是纪空手坠崖时的揪心一幕，而敌人却趁着众人失神之际，以最快的速度消失在众人的眼前。

事后想来，这无疑是敌人布下的一个精妙杀局，策划者显然料算到了纪空手当日的行程，考虑到了每一种可能，然后才利用几名绝世高手实施这次行动。敌人在整个行动之中静若处子，动如脱兔，来去如风，行事从容，绝不是寻常之辈可以为之。那么，这些敌人会是什么来历呢？

张良轻轻地叹息了一声，突然心头一沉："敌人何以知道我们会在那个时间上山？难道在汉王府中还有内奸不成?!"

当时纪空手决定上山之时，除了自己，就只有陈平知道，但张良想都没想就将陈平否定了，因为他与陈平都是五音先生的弟子，深受师恩，奉师命襄助纪空手，尽力报答还唯恐不及，又怎会背叛于他？

既然不是陈平，那会是谁？

张良冥思苦想，始终没有一个确切的答案。此际正值乱世，群雄并起，欲置纪空手于死地的人绝不会少，在尢根尢据的情况卜，要张良从十数人间作出一个判断，实在是勉为其难了。

一阵脚步声传来，打断了张良的沉思，抬头一看，只见萧何一脸肃然来到了自己身前，手上拿着一叠公函，眉间似有几分焦急。

"此时已至二更，萧相匆匆而来，不知所为何事？"张良很少看到萧何也有着急的时候，心中"咯噔"了一下。

萧何冷冷地看了张良一眼，道："本相此时前来，是想听先生一句实话。"

张良诧异地道："萧相此言让张良有些听不懂了，难道在萧相的眼中，张某竟是满口谎言？"

"那好！"萧何断然问道，"我且问你，如今市面上有关汉王的消息，究竟是真是假？如果是假，又何以这七天来汉王竟然未露一面？"

张良深知以萧何之精明，真相终究隐瞒不了，当下便将骊山北峰发生的一切悉数相告，听得萧何脸色大变，目瞪口呆，半晌说不出话来。

"此事暂时还需保密，不能有半点泄露，否则大汉王朝将倾于一夕之间，你我都将是千古罪人！"张良深深的看了萧何一眼，正色道。

萧何深深地吸了口气，将心中的震惊平复下去，颤声道："先生一向以智计闻名，照先生所见，我们该当如何行事？"

张良没有说话，只是以茶水在桌面上写了一个"拖"字，随即缓缓而道：“当今首要事务，是要政局稳定，军心稳定，要做到这一点，就必须隐瞒汉王已死的真相，然后再从长计议！”

萧何这才明白张良的苦心，脸上不由露出一丝苦涩：“一个‘拖’字，未尝不是我们此刻最佳的选择，但问题在于有一件事已经无法再拖下去了。”

“什么事这么重要？”张良惊问道。

“先生这段时间真是忙糊涂了。”萧何急道，“当日汉王与你我三人密议，约定明年三月在城父与韩信、彭越、周殷、英布四路人马会盟，共同讨伐项羽，难道先生忘了吗？”

张良心生诧异：“此事距明年三月还有大半年时间，何以拖不下去？”

萧何将手上的公函一扬，道：“但这四路人马的信使已经到了咸阳，就会盟之事作出了回应，同时他们还要就行军路线、粮草供需等问题与我们作进一步的协商。此事若无汉王主持，只怕难以取信天下，这才是本相感到头痛的地方。”

张良一怔之下，问道，“这四路人马的信使是几时到达咸阳的？”

“就在今日，而且是同时到达。”萧何苦笑道。

“来得这般齐整？这可有些奇了！”张良嘴上嘀咕了一句，突然脑中灵光一闪，问道：“这四个信使莫非一并提出要见汉王？”

萧何惊奇地望了张良一眼，道：“正是，不过此乃人之常情，礼仪所需，难道还有什么蹊跷不成？”

张良冷笑一声，淡淡地道：“这实在是太巧合了，有的时候，巧合一多，就现出了人为的痕迹，如果我所料不错，杀汉王者，这四人中必有其一！”

萧何浑身一震，惊道：“先生敢如此断言，莫非已经知道了真凶是谁？”

张良缓缓地道：“萧相只要静下心来，就不难从中看到对方的破绽。首先，这四个信使异口同声要见汉王，必定是事先有人怂恿，是以话语才能如此一致；其次，他们提出要见汉王，是有人知道汉王已死的真相，故意给我们难堪。只要汉王不现，关中可在顷刻之间大乱。而最让我感到不解的是，韩信地处江淮，彭越地处江北，周殷地处江南，英布地处九江，这四人天各一方，相距何止千里？何以他们的信使竟在同一天到达？这些问题连在一起，就只能说明一个事实，这一切都是有人在背后操纵，利用其他三路人马，企图趁机夺权！”

萧何本是一个聪明之人，听到这里，心中已一片空明：“此人难道就是韩信?!”

张良点了点头：“唯有韩信，这一切才会变得合情合理。”

萧何不禁咬牙切齿道：“此人背信弃义，如此狠毒，当真该杀，我这就带人前往江淮，行刺于他！”

张良摇了摇头，深深吸了口气：“韩信未必人在江淮，十之八九他的人已在咸阳，但就算我们知道了他的下落，无凭无据，也难以对他兴师问罪，何况我们当务之急，是要应付这四大信使的晋见，一旦汉王不见，就必然会动摇军心民心，到那时，别说隐瞒真相，就连我们自己都难独善其身。”

萧何心里明白，张良所言的确不是危言耸听，他所担心的是一旦汉王已死的消息传出，必然有人别有用心栽赃嫁祸，说是他们谋杀了汉王，到时他们纵是有千张嘴也难以说清。

“我倒想起了一件事来，或许可以助我们渡过难关。”萧何沉吟片刻，突然道。

“哦?”张良拱手道，“倒要请教！”

“先生饱读诗书，博古通今，应该不会忘了前朝的一段往事吧?”萧何提起的前朝，所指自然是大秦王朝，张良想了一想，却不知萧何指的是哪一件事。

“始皇嬴政登基之时，不过是个七八岁的孩童……”萧何说到这里，张良眼睛一亮，已然明白了萧何的语意。

萧何的构想是子承父业，刘邦与吕翥生有一子一女，其子已有十一二岁，长得聪明伶俐，被纪空手安置于距汉王府不远的长清宫读书。张良既知刘邦已被纪空手所替代，也就没有想到这一层，倒是萧何的一句话提醒了他。

张良默然不语，兀自沉思，良久方道："此计只怕不妥。"

萧何问道："何以见得?"

"我有三大理由。"张良一字一句地道，"一是如今正逢乱世，楚汉相争刚刚开始，以汉王之威，或许可以震慑人心，号令三军，但若是以一个孩童坐镇咸阳，只怕令行不通，也是枉然；二是奉一个孩童为主，无法安定民心，民心不安则生乱，一旦关中政局不稳，争霸天下只是一句空谈；三是韩信既然有心发难，当然是有备而来，一旦汉王的死讯传开，他正可趁乱起事，我们恰恰是授人以柄，自食其果。"

萧何细细一想，觉得张良的分析颇有道理，然而此计不通，又从何再想万全之策？萧何只感到自已头大欲裂，已是无计可施。

张良咬了咬牙，狠声道："看来我们就只有一条路，找个人扮成汉王！不管韩信会怎样，我们都一口咬定死者只是汉王的替身，真正的汉王其实安然无恙。"

萧何吃了一惊："此计虽妙，但一时之间，从哪里去找与汉王相像的人呢?"

张良拿定主意，脸上顿时多出了一丝淡淡的笑意："这个你就不用操心了，我自有安排，你只要通知四大信使明日午时入汉王府晋见即可。总而言之，这是一场豪赌，是输是赢，就看天意了。"

对张良来说，这的确是一场豪赌。既然是赌，就无法预料输赢，而没有把握的仗，在他这一生中几乎没有打过。

萧何去时，夜已深了，但张良没有丝毫的睡意，他的眼睛微闭，心中想的却是明日的晋见仪式。他知道，只要出现一点纰漏或闪失，自己就将彻底前功尽弃，这种结局是任何人都不愿看到的。

韩信的信使住在咸阳北城的畅水亭，这里是大汉王朝接待各国使节所用的官驿。建筑宏大气派，设施豪华，可以同时容纳上千宾客，四大信使进驻其中，显得宽绰有余。

此时，在专供韩信的信使居住的红楼里，烛光飘摇，几个人影正在灯下密议。除了韩信的信使之外，韩信、凤阳、凤栖山、凤不败赫然在列，韩信双手背负，站于窗前，正在倾听信使的汇报。

“小人带着侯爷的亲笔信，与其他三位信使在宁秦见面，然后才一并来到咸阳，他们并未起疑，后来见到萧何，小人遵照侯爷吩咐，向他提出要晋见汉王，他也满口答应。”

韩信眉锋一跳，冷然道：“他真的是满口答应？没有半点迟疑？”

“是的。”信使道，“小人当时还觉得有些奇怪，心中猜想萧何未必知情，说不定连他也被人蒙在鼓里，然而刚才萧何又派人前来，说明日午时，汉王将在汉工府中接见四大信使，这岂不是活见鬼了？”

韩信的眼芒缓缓地从凤阳等人脸上划过，沉吟半晌，道：“这可奇了，骊山北峰之上，本侯明明看到刘邦坠崖身亡，怎么又钻出一个活的刘邦来？通常出现这种情况，就只有两种可能，一是死的是真刘邦，那么明天出现的刘邦就是假的；反之，死的是刘邦的替身，那么明天出现的就是刘邦本人。三位都是武学大师，以你们的目力，能否有一个准确的判断？”

凤阳身为冥雪宗宗主，辈分远在韩信之上，但此时韩信身为数十万江淮军的统帅，又贵为淮阴侯，他倒也不敢过分托大，当下微微一笑，道：“虚实真假之间，本就只隔一线，是以要想辨明还须静心。心静下来，方可从一些蛛丝马迹中识破玄机。君侯本是一个聪明之人，以君侯对刘邦的了解，应该不难作出判断。”

凤阳的声音虽轻，却自有一派宗师的威仪。韩信心头一震，随即淡淡地笑了起来：“宗主所言极是，本侯当年栖身于问天楼时，的确对刘邦作过深入的了解，特别是对他在剑道上的成就更是多方试探，从而对他的剑法并不陌生。不过，刘邦在骊山北峰出手时，似乎已经受了极重的伤，这就影响了本侯的判断。如果真要本侯来下一次定论，本侯倒觉得他更像一个人，一个突然在江湖中消失的人。”

他的话顿时让凤阳等人吃了一惊，因为他们都是宗师级人物，深知此时韩信的功力深不可测，似有超越凤阳之势，如果连韩信都不敢确定，那么死者是否就是刘邦，看来还大有商榷的余地。

“谁？如果那人不是刘邦，他会是谁？”凤阳眉间一紧，问道。

“纪空手！”韩信的眼芒显得异常冰寒，“他更像是纪空手，因为有一刹那，本侯感觉到自己的气机似乎与他的气机有过一触的迹象，产生出一股莫名的水乳交融般的吸力。出现这样的情况，只能说明一个问题，那就是他与本侯的内力同属一脉，是以并不排斥。”

凤阳等人的脸色无不一变，虽然他们归隐江湖，但人不在江湖，心却在江湖，是以他们对这些年来江湖上出现的人物并不陌生，当然知道纪空手的大名。

纪空手无疑是当今江湖中最神秘的人物，他功成名就于一夜之间，谁也不知他师出何门何派，谁也不晓他练过什么武艺，然而他一踏足江湖，就敢与流云斋叫板，与问天楼为敌，戏弄入世阁阀主赵高于股掌之间，直面三大豪门的挑战，风头之劲，一时无二。更让人觉得不可思议的是，像他这样瞩目的江湖名人，竟又在一夜之间突然消失得无影无踪，宛如神仙般飘逸。

这是一个谜，是当今江湖上最大的一个悬案，非人力可以为之，正因如此，江湖上谣传纷起，更有人说纪空手乃是武神下凡，是以才如神龙一般，见首不见尾。

凤阳当然不相信这世上真有武神，以他的智慧和阅历来洞察这桩悬案，得出的结论是：纪空手如此做，其背后一定隐藏着一个更大的目的！

什么目的？凤阳无法揣测，但他相信，这个目的一旦公诸于众，必将惊天动地！

韩信的话引起了他的深思，沉吟半晌，若有所悟：“如果此人真是纪空手，那就太可怕了。这至少说明，纪空手的归隐只是将自己隐藏起来，暗中却与刘邦联手，组成当今江湖最强大的组合。”

韩信看着凤阳一脸紧张的表情，摇了摇头：“不！本侯绝不相信纪空手会与刘邦联手。此人自幼孤苦，独身一人活于世间，是以对朋友情谊看得甚重。他最憎恨的事情，就是被朋友出卖，一旦此事发生，就绝不轻易放弃，必杀此人雪恨，这也是本侯一定要将他置于死地的原因。”

凤阳听说过韩信与纪空手之间的恩怨，是以对韩信的话并不感到吃惊，只是默默地听着韩信继续说道："刘邦曾经是他的朋友，也曾经将他出卖，他不杀刘邦已是让本侯觉得奇怪，又怎会再与之联手？所以，虽然本侯觉得他像纪空手，却绝对不是，也许是本侯多疑罢了。"

韩信的思路非常缜密，更相信自己对纪、刘二人的了解，如果他再往深处去想，也许就能识破纪空手龙藏虎相，李代桃僵之计。然而，他没有这么想，这倒不是因为他的智慧不够，实是纪空手这个计划创前人所不敢想，亘古未有，也就难怪韩信料算不到了。

"可惜的是凤孤秦已经死了，如果他在，这个问题也许会迎刃而解。"凤阳的语气中流露出 丝伤感。凤孤秦卧底汉王府，是由凤阳亲手策划的，这些日子来，凤孤秦再无消息，凤阳预感到已经出事了。

韩信的眼神中透出一股坚决，冷然道："其实，死在骊山北峰之上的人是不是刘邦，已经显得不那么重要了，只要明日午时，我们能够好好地把握住机会，这天下将牢牢掌握在我们手中！"

他说得如此自信，引得众人无不注目，韩信冷静地道："从这几日的咸阳来看，有关刘邦已死的消息闹得满城风雨，人心惶惶，就连汉王朝中的大臣将军也在纷纷揣度，谣言四起，这无疑是我们动手的最佳时机。按理说市井中谣传一起，刘邦如果真的无事，就应该站到人前，使谣言不攻自破，但汉王府中却毫无动静，这只能说明，即使刘邦未死，他的人也不在咸阳，我们正好可以借此发难！"

韩信的算计并非没有道理，此时的汉王朝，正面临着生死存亡的处境，楚汉争霸已经开始，在武关、宁秦两地，已有迹象表明数十万西楚大军完成集结，正在虎视眈眈，伺机而动。而关中一地免赋政策才实施数月，百废待兴，正是内外交患之时，若非纪空手以个人的威望支撑着全局，只怕形势已经不堪设想。

如果在接见四大信使时，当着满朝文武之面，发现坐在王座之上的汉王只是一个替身，可想而知，这种乱局绝对是任何人都无法控制的，只要韩信登高一呼，凤阳、凤栖山、凤不败立时诛杀假刘邦，自然就可以取到震慑人心的效果。到那时，就算韩信不登上汉王宝座，只要随便拥立一个人出来称王，他就可以权柄在手，威镇满朝。

想到这里，凤阳与凤栖山、凤不败相视一眼，兴奋之情溢于脸上。在凤阳的心中，有一个最大的心愿，就是有朝一日，让冥雪宗成为凌驾于五阀之上的江湖第一豪门。要想实现这个目标，就必须襄助韩信夺得天下，是以当凤阳听了韩信的计划之后，心中的确兴奋异常。

“但是……”韩信顿了一顿，话锋一转，继续说道，“刘邦身边的张良、萧何等人，绝非等闲之辈，只要我们的计划稍有疏漏，就很有可能是另外一种结局。是以，明日晋见的事情我们必须从长计议，反复斟酌，万不得已时，还要先发制人，大开杀戒。”

“这么说来，明日我们都要扮成信使的亲从，前往汉王府?”凤阳问道。

韩信的眼中寒光暴闪，杀气顿现，冷然道：“不错，本侯也将亲自前往，成败就在此一举了!”

九月十一，天上下起了绵绵细雨，偶尔有风吹过，天地顿现一片肃寒。

韩信、彭越、周殷、英布所派的四大信使各自带领一队亲从驾车乘马，在萧何的带领下，向汉王府驰去。

一路所过之处，戒备森严，三步一岗，五步一哨，显示着今天并不是一个平静的日子。

韩信在刘邦手下待过一段时间，为了防止有人认出，特意装扮成一名随行军士。他将一切看在眼中，心中只是冷笑，却丝毫不惧。对他来说，没有冒险，哪来成功？自己能够登上今天的地位，正是险中求胜。

他在心里再次将今天要实施的行动盘算了一遍，确认无误之后，这才放松了一下紧绷的神经，开始打量起同路而来的几个信使。

彭越派来的信使名为彭超，原本是彭越手下的谋臣之一，个子不高，却显得精明强干；周殷派来的信使名为蔡元，此人乃周殷军中的一名大将；而英布所派之人叫吕政，嗓门极大，手长脚粗，一看便知是一员猛将，却被英布支来作信使，倒也出人意料。

韩信对这三人了解不深，只知他们此行都带了一支上百人的随从，前来咸阳会商明年三月在城父会盟一事，但对他们的主子，韩信却并不陌生，知道这三路诸侯与自己一样，或多或少与刘邦有些渊源，更是抗击西楚的中坚人士，所以才会接到刘邦会盟的邀请，共商灭楚大计。

比之这三路诸侯，韩信的江淮军无疑是实力最强、占地最广的，他的军力已经超出了这三路诸侯的总和，是以在无形之中，韩信的信使自然成了这三路诸侯所派信使的头领。然而韩信更知道这三路诸侯都有一个共同的心理，就是害怕刘邦以会盟为幌子，趁机兼并他们手中的军队。

当今这个乱世，谁都知道一个事实，那就是谁的手中拥有军队，谁就拥有真正的实力。无论是彭越、周殷，还是英布，对他们来说，虽然手中的兵力不过数万，毕竟是一方诸侯，他们之所以亲刘邦而远项羽，就是想借助刘邦的力量防止项羽的兼并，如果此行咸阳反被刘邦兼并，那才真是刚出虎口，又入狼窝。

这当然不是彭越、周殷、英布三人愿意看到的结果，是以他们更愿意借助韩信的力量防范刘邦用上这么一手，而韩信恰恰是利用了他们的这一心理，使事态的发展一步一步地进入到他自己的掌握之中。

想到这里，韩信禁不住想笑，颇为自己的聪明而感到得意，然而他最终还是没有笑出来，因为他的心里突然多出了一个影子，是凤影的倩影！

“凤儿，你在哪里?”韩信在心里问着，心中似乎生起一份绝望的情绪，他不敢继续深思下去，生怕一个可怕的念头浮出脑海，乱了自己的方寸。

自刑狱一别之后，两人就再也没有见面，三四年间，韩信虽然从种种迹象中分析，确认凤影的确是在刘邦的手中，可就是无法寻到她的下落，致使营救一事无法谈起。

这次潜入关中，韩信根据凤孤秦的情报，几乎认定凤影就在汉王府中，因为凤孤秦说过：“汉王府中分内、外两院，内院戒备之森严，令人不可想象，就连问天楼的一干高手，也不能逾雷池半步，是以我对内院的情形一概不知。”

韩信的推断并没有错，在汉王府的内院中的确是另有玄机，然而他绝对没有想到，里面所藏的女人并不是凤影，却是红颜和虞姬。

“各位信使请下车。”萧何的喊声惊醒了沉思中的韩信，抬头看时，已到了汉王府的正门前。

正门两侧，列队而立有上千军士，刀枪如林，异常整齐，韩信本是带兵的好手，一见之下，也无从挑剔，心中暗道：“看来汉军能够夺取关中，与西楚军正面抗衡，靠的全是实力呀！”

面对如此阵仗，韩信心中一凛，不敢有任何大意。他心里清楚从现在开始，容不得自己有半点闪失，汉王府如同龙潭虎穴，自己要想在龙嘴上捋须，虎口拔牙，就必须打起十二分精神。

四大信使纷纷下车，正要率队鱼贯而入，萧何双手一拦，道：“汉王有令，让四大信使入内晋见，其余随从可在偏院等候。”

这本在韩信的意料之中，是以丝毫不慌，只是给自己的信使韩立递了个眼色，韩立顿时会意，站出来道：“本人此行咸阳，乃奉淮阴侯之命，同时带来不少礼物要当面敬献汉王，能否请萧相代我通禀一声，允许我带十名人手入内，以成全淮阴侯对汉王的孝敬之心？”

他的要求合情合理，并不过分，引起其他三位信使的附和，萧何找不出反驳的理由，如果硬要驳回，反而露出痕迹，当下微微一笑，道：“淮阴侯与几位将军既然有此美意，萧何岂有不成全之理？各位请稍候片刻，我这就入内通禀一声！”

“有劳萧相了。”韩立显得十分客气，拱手道。

萧何进入正门，未行几十步远，正好遇上张良与陈平站在一株古槐树下，往这边张望，一见萧何过来，两人迎上几步。

“一切是否准备就绪？”萧何心急如焚，匆匆问道。

“我已经调集了三千精兵，布防于汉王府外，同时命一百二十七名高手暗藏府中，加上汉王府原有的护卫，可以在顷刻间平息一切祸乱，萧相大可放心。”陈平显得十分沉稳，很是自信地道。

“如果情况到了万不得已之时，我们还可以请吕王后出面坐镇。”张良补充了一句。

萧何点点头，知道就是让自己部署，也未必能如张、陈二人这般周全，于是轻缓了口气，将韩立的要求说了出来。

“韩立此举，无非是黄鼠狼给鸡拜年，一看便知其动机。不过，他的话于情于理都让人无法反驳，唯有允许，只是他仅带区区十人就想兴风作浪，未免也太小瞧了汉王府！”萧何道。

张良与陈平却心中一凛，他们都亲身经历过骊山北峰的那一战，假如那一战真的是韩信所为，那么在韩立随行的十人中就必定有几个非常恐怖的高手，一旦他们进入汉王府，就极有可能会给府中制造出更大的乱局。

然而正如萧何所说，韩立的要求并不过分，一旦不准，反而更让四大信使心生狐疑，暴露了形迹，事已至此，也只有走一步看一步了。

“让他们来吧！”张良沉声道，“命令所有护卫高手全神戒备，注意韩立及其随从的动向，稍有不对劲，即可先发制人！”

萧何点头而去，张良与陈平回到了王府中的议事厅，巡视了一圈防卫之后，来到议事厅后的一间暗室之中。

里面早有一人坐着，听到脚步声响，蓦然回头，打了一个照面后，陈平吃了一惊，脸色骤变。

“你，你……”陈平指着那人，激动得几乎说不出话来。

“他只不过是一个替身。”张良见人思情，心中涌出一丝悲伤，缓缓道，“其实早在半年前，公子就感到自己的心脉之伤有加重的趋势，为了不因他个人而影响大局，就开始寻找他的替身，加以整容之后，还专门进行了一系列的训练。”

“这也太逼真了！”陈平仔细地打量着纪空手的替身，简直不敢相信自己的眼睛，如果不是张良一语道破了玄机，他还以为站在自己面前的就是纪空手所扮的刘邦本人。

张良却显得忧心忡忡，因为他有一块心病，暂时还不能对任何人说，那就是此人所扮的刘邦，虽然形神兼备，却有一个致命的破绽，以韩信之精明，根本难以逃过他的眼睛。

“蔡胡，今日的晋见仪式上，不容你有半点闪失，你可准备妥当了？”张良深深地盯着那位名为蔡胡的替身，一脸肃然。

“小人已经准备好了。”蔡胡谨慎地道。

“这半年来，我对你如何？”张良问道。

“先生对小人恩重如山，小人纵是变牛做马，也难以报答先生之万一！”蔡胡甚是感激地道。

“所谓养兵千日，用在一时，我不求你为我舍生忘死，但要你牢记，不管今日的晋见仪式上发生了什么，你一定要镇定，因为你已不是蔡胡，而是堂堂的汉王刘邦！”张良再三叮嘱，可见连他也无法预料事态的发展将会如何。

蔡胡望向张良，心中凛然。这半年来，在他的印象中，张良既有智者的从容，又有名士的大度，行事作风从来都是不紧不慢，始终一副胸有成竹的模样，然而今天的张良，虽然还是如往日般镇定，但蔡胡仍是自其眉宇之间读到了一丝紧张。

他深深地吸了口气，昂首与张良相对，一字一句道：“是的，我不再是蔡胡，而是叱咤天下的汉王！试问天下，还有谁能够让本王心慌？”

他的举止语气与刘邦如出一辙，就算纪空手在世，也未必能似他这般活灵活现。陈平一见之下，拍掌道：“你前生一定是唱戏的戏子，要不然也不会装谁像谁！”

蔡胡刚要说话，却听得一声鼓响，外面热闹喧哗起来，竟是有上百人涌入了议事厅中。

蔡胡的脸色霍然一变，身子不经意地战栗了一下，一只大手稳稳地伸了过来，轻轻地在他的肩头拍了一下：“别慌，一切有我！”说话之人正是张良。

一阵喧闹之后，外面突然变得静寂起来，静得落针可闻，蔡胡虽然勉强使自己静下心来，但是一想到外面竟有上百名地位显赫的文武大臣期待着他一个人的出现，双腿忍不住还是哆嗦了一下。

张良目睹着这一切，心不由一颤："不管蔡胡的演技多么出色，面对这样的大场面终究不行，看来，今日的议事厅中，定是凶多吉少。"

以往有纪空手在，无论遇上多大的风险，张良的心里总是非常踏实，坚信可以化险为夷。而这一次，张良心中却第一次少了底气，总觉得一旦纪空手不在了，自己就像是抽去了主心骨一般，有一种茫然感。

一阵礼乐奏起，从议事厅中传来，张良明白，躲是躲不过的，面对困境，唯有迎头面对。

"走，该你出场了。"张良淡淡地笑道，似乎十分平静。

蔡胡看着张良镇定自若的表情，心中稍安了一些，咬咬牙道："是骡子是马，只有拉出去遛遛才知道，老子今天豁出去了！"

当下长袖一摆，率先而行。

此时的议事厅中，汉王朝中的大臣将军分列两班站立。在这些人中，既有追随刘邦拼杀多年的战将，亦有从巴、蜀、汉中各郡荣升的官员，随便哪一个人，都是足以威镇一方的重臣。然而今天，他们脸上固有的矜持与威仪已然不见，更多的却是一种期待。

他们期待汉王刘邦的到来，因为他们已经将个人的荣辱与刘邦的安危紧紧地系在了一起，更与汉王朝共存亡。刘邦在，则他们就是战绩显赫的开国功臣；刘邦亡，他们就将沦为败寇。是以，在刘邦没有出现之前，他们的心情始终忐忑不安，就像是获罪的重犯等待判决一般。

这些天来，他们中的每一个人都或多或少地听到了一些有关刘邦的谣传。最初的几天，并没有人相信这种谣传的真实性，甚至认为这只是一个无稽之谈，毕竟这些年来，他们亲眼目睹过刘邦所创下的种种奇迹，更坚信刘邦是赤龙之子，乃真正的真命天子。然而接下来的几天，汉王不仅没有如人所愿出现在众人面前，就连例行的朝会也未参加，这使得这些大臣将军们无不意识到，流传于市井之中的谣言并非空穴来风，而是确有实据。

但在今天早晨，他们中的每一个人都无一例外地接到了朝会的通知，其中有一个重大的消息，那就是汉王刘邦将在今天的朝会上接见四大信使。

这无疑是一个极好的消息，让这些大臣将军们感到既兴奋，又疑惑。当他们陆续来到汉王府门前，看到四大信使的车队之时，才确定这不是玩笑，而是事实。

第一百零二章　鱼肠再现

议事厅占地足有百亩，大臣将军们按文武划分两班，垂手肃立。萧何居文职之首，曹参居武职之首，自他们以下，大臣将军依照职位高低排列。而文武两班之间，设有四席，专供四大信使入座，每名信使之后，又站十人，每人手中捧有托盘，托盘上装有敬献汉王的礼物。而他们面对的一方，则是一个高高的平台，相距文武百官足有三十步之遥，平台上有一张以大理石所筑的座椅，用紫鲨皮铺就，显得富丽堂皇，极具气派，正是汉王刘邦所坐之位。

"汉王驾到!"随着一阵喧天鼓乐响起，几名侍卫整齐划一地高喊道，此声一出，众人的目光全都聚焦在平台后的一道垂帘之上。

垂帘两分，蔡胡踏步而出，举手投足间，显得雍容大气，张良、陈平紧跟而出，护着蔡胡登上了汉王宝座。

就在这行进的刹那间，张良的目光极速向韩立身后十人的脸上划过。他企图认出韩信，可是却失望了，因为这十人看上去的确非常普通，普通得根本就不起眼。

张良的心陡然一沉，以韩信的身份地位，已经很难掩饰他那种身为王者独具的气质，如果连自己也分辨不出，就只有两个原因，一是韩信根本就不在这十人之中，二是韩信的武功之高，已达到了收放自如的境界。

张良相信韩信来了，而且就在这十人之中。正因为如此，他才真正意识到了韩信的可怕。似是不经意间，他的目光划过平台前的两座香鼎，心神这才稳定了许多。

“这些日子来，汉王身体一直不适，就连朝会这样的大事也不曾参加，今日亲临议事厅，一来是因为四大信使不远千里远道而来，汉王理应尽地主之谊；二是想借此机会澄清一些谣言，以便稳定军心民心，不为敌人所乘，所以希望今日的朝会简洁明快，无须繁琐。”张良深吸了一口气，这才一字一句地道，他这一番话显然是经过深思熟虑的，既言汉王身体不适，一旦蔡胡露出些许破绽，就可以此搪塞，不至于让人生疑。

他话音刚落，萧何便站了出来，道：“汉王既然身体不适，还是应该静养才是，国中大事，有缓有急，也不是一日就可办理妥当的。”

他与张良一唱一合，煞有其事，韩立看在眼中，岂会善罢甘休？当下站起身来，拱手行礼道：“微臣一到咸阳，就听到了一些有关汉王的谣传。今日一见，才知谣传毕竟只是谣传，此刻拨开云雾，真相大白，汉王不过是身染微恙而已，微臣也就放心了。”顿了一下，随即话锋一转，“微臣此行奉我家侯爷之命，是来商谈城父会盟事宜的。因为此事关系重大，是以我家侯爷再三叮嘱，要微臣向汉王转达一句话，不知微臣能否上前一步叙说？”

张良眉头微微一皱，感到韩立的话虽然是以征询的口气，却有一种让人不好拒绝的味道夹于其中，沉思片刻后，他微微一笑，道：“在座的诸君都是我朝文武重臣，即使各位信使，既然是因会盟而来，一旦会盟之后，也就不是外人，所以韩信使大可不必担心，尽管将淮阴侯的话说出来就是了。”

“张先生此言未免差矣，须知害人之心不可有，防人之心不可无。何况此事事关大体，微臣焉敢当作儿戏？”韩立不慌不忙地道，“此时正值多事之秋，我们共同的敌人并非别人，而是项羽。以项羽从来不败的盛名，就足以证明他的厉害之处，微臣可不想为了一点疏忽而误了我家侯爷与汉王之大计！”

韩立话意所指，不无道理，谁也不敢保证，在这满朝文武之中，就没有项羽的卧底，就算张良对这些大臣将军们知根知底，在这乱世之中，人心便如风中的芦苇，擅长见风使舵者亦是大有人在，谁能拍着胸脯说，其中就一定没有变节者？

“既然事关机密，那就等汉王病体痊愈时再说也不迟。到时由汉王单独接见信使，岂不更为慎重？”张良所用的还是一个拖字诀，他已经意识到，虽然汉王府中高手如云，但真正有实力与韩信等人抗衡的，恐怕只有龙赓，一旦龙赓回到咸阳，虽说不至于平息一切风波，但至少可以对稳定朝局起到十分关键的作用。

“嘿嘿……”韩立突然冷笑起来，冷冷地看了张良一眼，道，“张先生所言未尝不可，但是微臣却有一事不明，天下尽知，张先生虽然无官无爵，却是汉王最为倚重的谋臣之一，身份极为显赫，然而无论你身受多少荣宠，终究是为人臣者，今日汉王在上，你却事事越俎代疱，莫非真是事出有因？”

他一句话就将所有人的目光聚集在张良的身上，引发出每一个人心中原有的猜疑。张良今日的举止的确有些反常，换在平时，这似乎算不了什么，也不会有人过多地留意，但有了谣传在先，每一个人的心里都禁不住“咯噔”了一下：“是呀，以张良一贯低调的个性，怎会在今日的朝议之上如此张扬？难道汉王真的不幸而亡，而眼前的这个汉王只是一个替身而已？”

满场顿时一片寂然，仿佛在刹那间多出了一道沉沉的压力，令所有人都有一种呼吸不畅的感觉。

张良在众人的目光聚焦之下有一种饱受煎熬的难受，恨不得一刀将韩立击毙当场，以免自己身陷危境，倍觉尴尬。然而，他心里清楚，越是在这个时候，自己就越是不能冲动，只有冷静下来，或许才是自己唯一的选择。

“咳咳……”一阵咳嗽声响起，惊破了这瞬间的沉寂，听在张良耳中，更有一种解脱之感，蔡胡竟然在这最关键的时刻说话了。

“你算什么东西？竟敢在朝会之上以质疑的口吻对待我大汉的国之栋梁！淮阴侯治兵之严，天下闻名，哪里容得下你这等放肆之徒！”蔡胡的声音极低，像是一个积弱的病夫，但他的话一出口，韩立禁不住打了个寒噤，几欲跪地。

“微臣只不过是一时情急，以至于冒犯了张先生，还请汉王恕罪！”韩立这才意识到自己的确有些失礼，气焰一减，却将余光瞟向了身后的韩信。

“你冒犯的岂止是张先生？简直就没有将本王放在眼里！”蔡胡故意喘了一口气，将脸憋得通红，停顿了一下，“若非念在淮阴侯的面子上，今日本王必将你开刀问斩！”

韩立哆嗦了一下，已经难以辨明眼前的汉王究竟是真是假，当下磕头道：“多谢汉王不杀之恩，微臣谨记了！”

张良这才舒缓了一口气，将悬着的心放了下来，他没有想到蔡胡竟会在自己最尴尬的时候出口讲话，而且语气犀利，充满分量，活脱脱地显示出一个王者独有的霸道与专横。

更让张良没有想到的是，蔡胡缓缓地站了起来，晃了一晃，道：“本王近些日子一直在静心调养，身体多有不适，只因四大信使的到来，这才勉强出来一见。这样吧，传本王的旨意，让四大信使暂留咸阳，就会盟一事与张先生协商，至于今日的朝会，如果各位没事的话，依本王看就早点散了吧！”

张良心中叫道：“说得好！”当下站前一步，眼光盯向韩立：“刚才汉王的旨意，想必各位已经听明白了。韩信使，你还有什么要问的吗？”

韩立的神情呆了一呆，突然间又似来了精神般，拱手道：“微臣谨遵汉王旨意，已经无事可奏了，只是微臣此行受我家侯爷之托，献上薄礼，还请汉王一一过目！”

“礼单何在？”张良眼见韩立耳根微动，心中一震，知道有人正以束气传音的方式指挥着韩立的一举一动。

韩信果然在这随行的十人当中，对于这样的一个结果，张良并不感到意外，他更想知道韩信将会采取何种形式发难，在什么时候发难，唯有如此，他才可以做到先发制人。

韩立没有立即回答张良的问话，只是大手一摆，他身后的十人一字排开，托起手中的长盘，向前踏了一步。

“这就是淮阴侯献给汉王的全部礼物！”韩立微微一笑，“汉王身体不适，不宜走动，微臣这就命他们上前，由汉王近观。”

韩立话一出口张良已知此人用的是以退为进之计，借献宝之机，企图接近蔡胡。

“不必了！”蔡胡淡淡一笑，“待会儿朝会散后，让他们直接送进内院，留待本王慢慢赏玩。”

“汉王可知这些礼物中有何奇珍吗？”韩立故作神秘地道，“有一件宝物，乃是我家侯爷费尽心思才从别人手中得到的，他在微臣临行之前言道：此物乃是人间罕物，汉王见了，必定欢喜。是以，一定要微臣亲自交到汉王手中。”

“哦，有这等事情？”蔡胡不禁好奇心起，抬眼与张良相望，却见张良摇了摇头，只好淡淡地道，“本王身体有些倦了，这些礼物还是待本王病体痊愈之后再一并观玩吧。”

“难道汉王就不问问这是何等宝物吗？”韩立道。

“那就说来听听。”蔡胡怎知是计，想来听听并无大碍，便一口答应了。

韩立等的就是蔡胡这句话，不慌不忙地道：“此物名鱼肠，乃是天下绝世名器，列十大宝剑第五位。专诸能够号称天下第一刺客，此剑功不可没，但凡剑客，无不觊觎已久，意欲占为己有，如汉王这等绝世用剑高手，难道面对此物，还能忍心而不顾吗？”

汉王用剑，满朝文武无一不知。对于任何一个一流的剑客来说，若欲善其事，必先利其器。剑在有的时候，甚至超过了剑客的生命，所以真正的剑客总是嗜剑如命，一听到有宝剑现世，哪还能按捺得住？

韩立显然正是利用了这一点，是以才会献出鱼肠剑，以试探这个汉王的真伪：如果汉王见到鱼肠而喜形于色，则证明韩信的判断有所偏差。今日的朝会之上，就唯有按兵不动，以待时机。如果汉王见到鱼肠剑而无动于衷，那么，别说自己，就连满朝文武也应该觉察到这其中必定另有玄机。

然而让韩立感到奇怪的是，汉王听了他的话后，竟然没有任何的表示，只是淡淡地道："鱼肠剑得以扬名天下，在于专诸以此为杀人之器，击杀吴王僚于酒宴之上。自此之后数百年里，各地都出现了鱼肠剑，无一不是赝品，而真正的鱼肠剑，反而音讯全无。是以，本王几乎肯定，这鱼肠剑只怕也是后人仿制的东西，不看也罢，免得本王又是空欢喜一场。"

他说起话来井井有条，拒人于千里之外而不留一丝痕迹，顿让张良又惊又喜，不由对身旁这个"汉王"另眼相看。平心而论，张良让蔡胡作为汉王的替身，纯粹是事急从权，迫不得已。即使蔡胡在"形似"二字上下足了功夫，但若神不似，依然难逃韩信等人的法眼，这是张良一直担心的原因之一，不曾想蔡胡应对得当，竟然超出了自己的想象，这对张良来说，无疑是意外之喜。

以张良对蔡胡的了解，蔡胡是不可能有这等机灵的。张良将这一切归于天意，更相信是五音先生与纪空手的在天之灵在暗中保佑，为的是让好不容易开创出来的大好局面不至于崩塌于一时。

"也许汉王以前所见的鱼肠剑的确都是赝品，但这一次却有所不同，因为它的确是专诸曾经用过的那把鱼肠剑。"韩立似乎早算到了蔡胡会有这种说辞一般，双手一拍，一名随从踏前一步，高举托盘，那托盘之上所盖的红绸十分鲜艳，衬得所遮之物更添神秘。

"呼……"韩立猛然一掀红绸，红绸飘飞间，一柄仅有八寸来长的短剑藏锋于紫鲨皮鞘中，赫然出现在众人眼前。

韩立淡淡地笑了，带着三分得意："请汉王允许微臣拔剑亮锋，唯有如此，才可以证明微臣所言句句是真。"

吕政“哧”的一声笑道：“我看大可不必了，如此短剑，如果用于杀鸡宰鸭可勉强凑合，若是称之为神剑利器，恐怕也太牵强了些。”

他的话刚一出口，稍知历史的人无不笑了，知道吕政是英布手下的一员名将，行军作战犹可，谈到读书识字倒不敢恭维，韩立更是冷笑道：“吕信使有所不知，当年专诸刺杀吴王僚，就是以此剑藏于鱼腹之中，才得以成功。如果剑长一尺有三，要寻到这般大的鱼儿岂不太难?”

众人哄堂大笑起来。

“既然如此，那就不妨一试。”蔡胡咳了几声道。

“遵命!”韩立拱手作了个揖，突然双手一分，手过处一道耀眼的寒光闪跃空中，顿让厅中生出三分肃寒。

寒气如此逼人，可见其锋芒锐利非常。众人惊讶声中，韩立左手挥动红绸，右手握剑一振，只见红绸翻舞，寒光隐现，顷刻间一截大好的红绸被绞成碎片，犹如残败的枫叶洒落一地。

满朝文武中，不乏有真正识货者，自然认出此剑非神剑利器莫属，因为红绸虽有形，却是至轻之物，飘动中更是不粘力道。韩立能够将之绞成寸断，这固然与他拥有一定的内力有关，却还在于鱼肠剑之锋，可以吹发立断。

“请汉王恩准微臣上前献剑!”韩立双手捧剑，高声道，目光如电芒犀利，紧紧地锁定在蔡胡的脸上。

张良冷冷地看着韩立，脸上毫无表情，心中却十分明白，如果此时再不让韩立献剑，只怕顷刻间就有乱子发生。

“好，本王就恩准你上前献剑!”蔡胡说这句话时，眼睛竟然没有望向张良，好像心中已有把握一般。

张良与陈平交换了一个眼色，同时向蔡胡靠近了一步，以防不测。随即将目光盯在了韩立身上，注视着他的一举一动，不敢眨半下眼睛。

在不知情的人看来，这仅仅是献剑而已，但对熟知内情的人来说，这是一场关系到大汉王朝气数的生死较量，天下大势的最终走向甚至就取决于这数十步间。

韩立心中清楚，在这数十步间，其实杀机重重，虽然他还无法确定这高台之上的机关，但他相信一定有高手暗藏其间，随时应对一切惊变，而他必须成功地靠近汉王，在最短的时间内将其制服，唯有如此，方可把握住一切事态的进程。

韩立深深地吸了一口气，平缓了一下自己略显兴奋的情绪，然后才双手抬剑向前。

这无疑是漫长的三十步，至少对韩立而言，的确是一个漫长的距离。他的步履很稳，每跨出一步，不仅传来了一声略显沉闷的回音，而且还感受到了那几欲让人窒息的压力。

三十步、二十五步、二十步……

韩立并没有细数自己跨出了多少步，只是觉得汉王那张清瘦而略显病态的脸距自己越来越近。当他踏上高台之时，突然看到汉王的嘴动了，咳了几声之后，便开口了，声音平缓得不起一点波折。

“你不是韩立!”这一句话传入韩立的耳中，韩立的身体明显一震，整个人顿时站定。

他感到自己的手心渗出了一股冷汗。

“因为本王从来没有见过韩立，是以，即使有人冒充他，本王也无法辨清。”蔡胡淡淡地笑了，就像是开了一个玩笑，接着道，“但本王相信，还没有人敢在本王的面前冒充，所以刚才的那句话不过是一句戏言罢了。”

韩立轻轻地舒了一口气，笑了起来：“汉王的一句戏言，已足以让微臣吓得胆战心惊，所以像这种玩笑还是少开一点为好。”

“本王只不过是想试试你的胆量。”蔡胡盯着他道，“淮阴侯敢将信使一职交于你，可见你必有过人之处，如果连一句戏言也消受不起，那么本王就看错了淮阴侯，淮阴侯也看错了你。”

“所幸微臣的胆子一向很大，没有当场软瘫于地，否则汉王与淮阴侯的英名，就栽在了微臣身上。”韩立缓缓而道，随即又继续向前走动。

张良将这一切看在眼中，心中生出一丝讶异。他之所以讶异，不在于韩立的镇定，而是蔡胡的冷静。此时的蔡胡，竟然与刚才自密室中步入议事厅时的蔡胡完全判若两人，那种从容不迫的气度，便是与真正的王者相较也不遑多让。

他的心中顿时涌出一股狐疑，不过并未深思下去，因为韩立已踏入五步之内。

五步，只有五步，而惊变骤起于韩立踏入这五步之内的瞬间。

惊变不是来自于韩立，却是来自于韩立带来的随从，两条如鬼魅般的身影从人群中掠出，人在半空，两道寒芒已若电闪般分击向汉王身前的那两座香鼎。

满朝文武无不色变，震惊之余，竟然无人上前拦阻。

“呼……”就在寒芒掠空之时，那两座重逾千斤的香鼎也拔地而起，飞旋着向寒芒撞去。

“轰……”劲气撞击在用青铜铸就的香鼎之上，传来令人心惊的瓮音，香灰弥漫空中，如雾般迷离，遮挡住了所有人的视线。

张良的脸色变了，陈平的脸色也变了，他们的脸色之所以变，不是因为这两人的剑气之凌厉，竟然突破了香鼎之下四大高手的狙击，而是因为韩立出手了，就在众人分神的刹那，他以又快又准的方式出手了。

韩立的剑的确很快，快得连陈平也来不及作出任何反应，冰寒的剑锋就已经抵在了蔡胡的咽喉之上。

一切的惊变都只是在刹那间完成，完成的速度之快，让人咋舌瞠目，更没有留给对手任何反击的机会。

这种杀局堪称完美，更是心理战中的典范。它先以韩立献剑为名，将对方所有的注意力集中在韩立一人身上，然后两名高手出击，借此引开对方的注意力，最后才由韩立击出了这决定性的一剑。这种声东击西的战术，原本也算不上什么经典，但这三人拿捏的火候恰到好处，配合得又是天衣无缝，再加上一个“快”字，已足以让这场杀局列入江湖刺杀篇之中。

韩立一招得手，迅即喝道：“汉王已在我的手中，任何妄动者，就是害死汉王的元凶！”

议事厅中顿时一片寂然，没有人敢再动半分，只是呆立当场，将目光全部投在了韩立与蔡胡的身上。

“韩立，你想干什么？”彭超、蔡元、吕政三人显然没有料到韩立竟敢挟持汉王，同时惊怒道。他们身为各路诸侯的信使，眼见惊变发生，却根本不想卷入这场是非圈中。

“我想干什么，你们耐着性子看下去就知道了。”韩立狞笑一声，将手中的鱼肠剑轻轻一送，立时在蔡胡的颈上留下一道淡淡的血痕。

“你若杀了汉王，今日这议事厅上，就是你的葬身之地！”张良的声音极冷，但谁都听出了话中带出的一丝惊慌。在他的这一生中，这种现象殊为少见，可到了这种地步，他也已是无计可施了。

“张先生，你虽然精明，但也太低估我们了。你用一个假的汉王蒙蔽我们，以为我就不知道吗？”韩立冷冷地看了张良一眼，不屑地道。

满朝文武中除了萧何、陈平等几个知情者之外，无不大吃一惊，同时将目光望了过去，不明所以。

“你如此大放厥词，不过是想混淆视听罢了，这点小人行径，岂能瞒得过在座诸位的法眼？”张良心知愈到这个时候，就愈是需要镇定，是以淡淡地一笑，从容说道。

“究竟是谁在瞒天过海，到时就可水落石出！”韩立冷笑一声，“众所周知，汉王乃问天楼阀主，剑术之精，世间罕有，纵是抱有积弱之身，别人要想轻易近得他身亦是不能，然而今日何以我能得手？这只能用一个原因来解释，那就是此人并不是真正的汉王！这几日流传于咸阳城中的谣言也许并不是谣言，而是事实！”

这的确是一个破绽，也是张良一直担忧的心病，但事已至此，张良确实无话可说。

“我不是汉王，你猜对了。”有人却说话了，此言一出，众人一时哗然，因为说话者竟是蔡胡，谁也没有料到他会如此平静，更没有人想到他会直承其事。

“但是，你同样不是韩立。虽然我不知道你是谁，却知道无论韩立的剑有多快，都绝对比不上你。”蔡胡淡淡而道，脸上竟然没有一丝惊慌之色。

韩立眉间一紧，不由重新打量了一眼蔡胡，似有刮目相看之意。

不错，他的确不是韩立，而是凤阳，那两名出击的高手，正是凤栖山与凤不败。他们三人都是第一流的剑客，加上多年来形成的默契，很少有人挡得住三人的联手一击，是以才能构成这个近乎完美的杀局。

在韩信原来的计划里，扮成韩立晋见汉王的人不是凤阳，而是韩信自己。但不知出于什么原因，韩信临时改变了主意，而是让凤阳充当这次击杀的主力，他自己却与韩立留在了驿馆。

但凤阳确定韩信来了，而且就在议事厅中，只是其易容术十分高明，是以连凤阳也无法认定到底谁才是韩信。以凤阳之精明，虽然觉得韩信这么做有些奇怪，却始终无法看破其深意。

“看来你的眼力不差。”凤阳缓缓说道，“其实，我是谁已不是很重要，只要你不是汉王，那么，今日犯下谋逆大罪的人就不是我，而是你与张先生了！”

张良的脸色如死灰一般黯然无光，不得不承认自己大势已去，无论他如何辩白，今日议事厅中的每一个人见到这一幕，都会认定是他害死了汉王，以便有所图谋。

“这么说来，我岂非死定了？”蔡胡在这个时候还能笑得出来，简直让张良感到不可思议。

“是的，你的确死定了！”凤阳得意一笑，“没有人会让一个乱臣贼子活着走出去，就连我手中的剑也不会答应！”

“那么我只有恭喜你了，只要我一死，这除逆平叛之功就自然落在了你的头上。然而我有一件事始终想不明白，你何以敢如此确定汉王已经死了？是你亲眼所见，还是亲手所为？如果你既非亲眼所见，又非亲手所为，何以敢当着满朝文武的面贸然出手？”蔡胡一字一句地道。

凤阳一怔之下道：“这就叫天网恢恢，疏而不漏。”

“还有一句话，叫欲加之罪，何患无辞！”蔡胡冷然道。

凤阳大笑起来，横扫了众人一眼，道：“事实胜于雄辩，今日之事，在座的大臣将军无不是亲眼目睹，我倒想问上一句，似这等乱臣贼子，当杀不当杀？”

他的话音刚落，群臣还没有作出反应，突然有一个声音悠悠传来：“杀与不杀，你应该问问本王。”

这个声音来得非常突然，听似极远，又似极近，声波飘忽不定，犹如幽灵一般，但每一个人都听得异常清晰，心里无不惊道：“这声音何以这般熟悉？”

张良的眼睛一亮，几乎不敢相信自己的耳朵，因为这声音像极了一个人，不！一个鬼！

凤阳浑身一震，猛然回头，却没有发现有任何的异样，几疑这是自己的错觉，然而，在突然间，他感到自己的背后凭空多出了一股惊人的压力，如山岳般缓缓推移，将他不疾不徐地卷入到一股气流旋涡之中。

“你是谁？”凤阳的脸色骤变，情不自禁地高声叫道。

凤栖山与凤不败挥剑抢上，与凤阳站成犄角之势，随时准备应付一切攻击。他们心中其实已明白对方是谁，只是这样的结果实在让人匪夷所思，他们几乎承受不起。

“你真笨，既然你手中的汉王是假的，我当然就是真正的汉王！”那声音又起，却或东或西，或南或北，根本让人无法确定其方位。若非凤阳知道内力深厚者可以气驭音，不断地改变声波的方向，他几乎要认为自己真的撞见鬼了。

满朝文武无不色变，都被眼前所发生的一幕惊呆了，谁也弄不清楚到底谁是真的汉王，谁又是假的，抑或这两者都是假的，每个人都似乎陷入一团迷雾之中，无法识破内中的玄虚。

“你若是真的汉王，又何必装神弄鬼?”凤阳大声喝道。

“装神弄鬼的是你，而本王却是勾魂的无常。”那声音陡升八度，如惊雷滚地，声过处，那两尊不动的香鼎突然旋飞起来，快若疾电般冲向凤阳等人构筑的防御圈中。

这绝对是一个意外，谁也不会想到那两尊香鼎会自己转动起来，而且速度之快，角度之精，都已达到了一个极致。如果说这是人为的，那么来者的武功简直达到了骇人听闻的地步；如果不是，那它就是神之手笔。

最先感到气旋袭击的是凤不败，凤不败无疑是三人中最弱的一个，但比起许多人来，他的剑招绝对不弱。

“哧……”长剑划出了一道曼妙的弧迹，对着气旋袭来的方向迎去。这一剑几乎用尽了凤不败的全力，是以虚空中所充斥的不仅仅只有压力，还有势在必得的杀气。

“轰……”让凤不败感到诧异的是，当他的剑逼入香鼎三尺处时，香鼎旋动之力陡然消失，剑破鼎身，无数泛着异彩的铜渣碎片若万千针刺爆散开来，透着一股莫名的诡异。

一剑竟能将青铜铸成的香鼎击得粉碎，这等功夫，如果不是亲眼所见，谁能相信?

更让人难以置信的是在那铜渣碎片中，一道形如弯月的弧迹冉冉升起，灿烂的弧光犹如划过夜空的流星，不仅耀眼，而且辉煌，仿若宇宙中永不消逝的光芒。

伴着这道光芒而生的，是一连串形同爆竹的爆裂声，每一寸虚空仿佛都在这一刻裂变，形成了一个巨大的磁场，或者是黑洞。

所有人都为之色变，所有人都为之惊呼，站在数十步外的大臣将军们纷纷后退，却依然能够清晰地感受到那电芒带来的如潮压力，那疯狂而具有毁灭性的杀意几乎吞噬了所有人的灵魂与肉体。

凤不败绝对没有想到自己这一剑带来的竟是如斯可怕的结果，他唯有一退再退，退到凤阳与凤栖山中间的位置，剑芒再次振出，幻化成一道剑帘光幕，横断虚空。

他在这个位置上出手，依然不失犄角之势，一旦没有了后顾之忧，他将自己剑式中的意境演绎得淋漓尽致。

剑帘闪现，可以格风挡雨，亦能挡住那一道弧迹的光芒侵入，但恰在这一刻间，凤不败看到了一幕可怕的画面，他怎么也没有想到，在这道弧迹的背后，竟然又衍生出另一道光弧。

他的心中陡然一沉，似乎明白了什么，又似什么也不明白，唯一清楚的是自己已经不可能将这道光弧挡在剑帘之外。

“哧……”他听到了一串清脆的裂帛之音，空气犹如一块布帛一分为二。

接着他便看到了一柄剑，一柄带着凛凛寒芒的剑锋沿着光弧的外沿暴闪而出，奇准无比地穿向自己的咽喉。

凤阳与凤栖山都非常清楚地看到了这一剑，脸色在刹那间变得煞白，就在凤栖山跃出的同时，凤阳扣住蔡胡的手一紧，另一只手已划剑而出。

剑一出手，凤阳就猛然感到了一缕强劲的杀气向他扣住蔡胡的手腕上传来，这缕杀气来得如此突然，又恰恰出现在他心神一分的刹那，一切都像是经过了周密计算一般，饶是凤阳这等一等一的高手，也只有松手放人一途，否则就是刃锋断腕的结果。

惊惧之间，他不由意识到来人的心智与武功都非常可怕。

“难道他是真的汉王？”凤阳心里这么想着，整个人向后飞退了十步，这才朝来人张望。

剑光尽敛，在蔡胡的身边，的确站立着一个人，与蔡胡长得竟是一模一样，唯一的不同，是两人身上透发出来的那种气质。如果说蔡胡像是一株生长在荒原上的小草的话，那么这个人就像是挺立于高峰之巅的傲松，那种君临天下的气度，唯有王者才能拥有。

当此人现身之时，议事厅中所有的人都几乎认定——他，才是真正的汉王！也只有真正的汉王，方可在一招之间从凤阳的手中夺回蔡胡。

这实在是太不可思议了，纪空手明明已坠入了那深不可测的飞瀑潭中，又怎能站到今日的议事厅前？这除非又是一个奇迹！

张良与陈平简直不敢相信自己的眼睛，惊喜之中，更几疑自己置身于梦境，正因为他们确定此人正是纪空手，所以明白纪空手的确又用他自己的智慧和运道书写了一段不可思议的神话。

而击杀凤不败于剑下之人，正是龙赓，当他与纪空手同时出现时，凤阳就感到了自己大势已去，同时也明白了韩信何以要临时改变主意。

“难道他早已料到汉王未死，是以才将我推出来当这个替罪羔羊？”凤阳的脑海中闪出一个可怕的念头，随即否定之后，已经感受到纪空手与龙赓对自己所施加的压力。

他之所以要否定，是因为如果韩信这么做，并没有任何的好处。唯一的解释就是韩信的城府太深，没有十足的把握从不轻易冒险；抑或是他事先灵光一现，预感到危机罢了。

不管出于什么原因，凤阳还是觉得自己并没有身陷绝境，虽然这里是汉王府的议事厅，虽然凤不败死在了龙赓剑下，但是凭着他与凤栖山的实力，加上韩信的剑法，三人联手，这一战未必就没有胜算。

他确定韩信就在这议事厅中，尽管不能确定谁才是真正的韩信。现在他最大的疑问就是，假如动起手来，韩信会加入战团吗？

也许会，也许不会，对凤阳来说，这是一件不由他来决定的事情。

所以他得靠自己！

当凤阳的剑一点一点地横于胸前时，空气中的密度似乎陡增了十倍，仿佛在他的面前树起了一堵形同实体的坚墙。

“你没事吧？”纪空手似乎并没有感受到空气中越来越浓的杀气，也没有向张良、陈平望上一眼，只是拍了拍蔡胡有些惨白的脸，关切地问道。

“没事是假的。”蔡胡苦笑道，“小人怕得要命，如果不是听到了汉王的声音，小人只怕早已吓得尿裤子了。”

张良微微一笑，这才明白蔡胡刚才何以表现得如此镇定，敢情是纪空手在暗中以束气传音之法实施遥控。

纪空手眼芒横扫全场，缓缓而道："各位看了刚才的一幕，一定会觉得非常奇怪，为什么本王会用一个替身出现在各位面前，而自己却隐身暗处？这个问题其实很简单，因为这些日子来有一些别有用心之徒到处散播有关本王身死的谣言，其用心之险恶，无非是想在楚汉争霸之际，扰乱我大汉的军心民心，于是本王才和张先生制订了这个引蛇出洞的计划，使这些跳梁小丑自动现身。现在看来，这个计划果然奏效，这帮人竟然以除逆平叛之名，公然当着满朝文武大臣的面，企图作乱，若非本王早有准备，只怕他们的阴谋就要得逞了。"

他的声音徐缓而有力，听在每一个人的耳中，都有一股信服之力，谁都确信这是汉王事先安排好的一个布局，就连凤阳也不例外。他唯一感到不可思议的是，当日在骊山北峰之上，自己明明看到这位汉王坠崖身亡，何以数日之后，他又活生生地出现在自己面前？而且，凤阳感到，眼前此人的气机之霸烈，似乎较之先前，又有一次质的飞跃，难道说在这几日之中，他又有奇遇不成？

但满场人中，只有张良知道，这绝对不是一个事先安排好的布局。这一切看上去的确像是一个完美的布局，一环紧扣一环，按照一种节奏在进行。然而，它却不是，这更多的是一种巧合，仿佛有一只无形的大手，秉承上天的旨意在操纵着这一切，所以这更像是一种天意。

张良望着纪空手那刚毅的脸，不禁有些痴了。难道纪空手真的成了不死的神仙，总可让一些不可能发生的事情成为奇迹？

那一日的骊山北峰，就在纪空手坠崖的一刻，他浑沌的意识中的确听到了一声撕心裂肺的狼嚎，在银色的闪电射出后，狼嚎声更凄厉而高昂，犹如一首挽歌，回荡于深不见底的飞瀑潭中。

纪空手只感到自己在飘，如柳絮般飘飞于空中，没有了躯体，没有了质体，只有一种淡淡若有若无的意识存在于这广袤的天地之间，飘忽不定。

也不知过了多长时间，或者只是一瞬，他感到自己的躯体突然沉沦于冰寒的水中，那刺骨的寒冷刺激了一下那本已浑沌的灵觉，如将死之人的回光返照一般，使他的意识出现了一刹那的清醒。

这一刹那的清醒，让他感到自己的身体正置于两股撕扯的力量中，一上一下，仿佛欲将那本已散架的躯体分成两半，那剧烈的痛感从神经传至大脑，“轰”的一声，将他最后的这点意识也卷袭得杳然无迹。

又过了不知多长时间，纪空手只感到自己的灵魂正游荡于漫无边际的黑暗中，很冷，冷得让人近乎麻木，就仿佛进入了一个永无光明的涵洞中，阴森得让人无法忍受。他唯一可以确定的，就是自己的灵魂在作不间断的飘游，从一个空间跳跃至另一个空间，每一个空间都是那么恐怖。

静与冷成为这里每一寸空间的基调，纪空手的心里突然闪出一个非常可怕的念头：难道这就是所谓的地狱？

他从坠崖的那一刻起，就十分清楚自己几乎没有任何生还的可能，悬崖之高并不是决定他必死的真正因素，其致命伤在于心脉既断，生机也就消失殆尽，人无生机，与朽木无异。

“既然自己没有生还的可能，那么毫无疑问，自己此刻已经完成了生命的轮回，就是一个孤魂野鬼了。”纪空手这么想着，他忽然觉得做鬼也并非如想象中那么糟糕，至少，做鬼可以思想。

他的确想了很多，想红颜、吕雉、虞姬；纪无施、张良、龙赓……他甚至想到了五音先生。如果说自己置身之地就是地狱的话，那么，自己应该可以见到五音先生、卫三公子这些人的亡魂，何以又是这般冷冷清清？

他不知道，他真的不知道这是怎么回事，只觉得自己一个人行走在没有尽头的广袤空间里，漫无目的，永无方向……

他也不知自己走了多久，只感很累，累得不想再走下去，可是在他的背后却有一股无形的力量推着他，根本不让他有任何停留的动机。当他的精神即将崩溃的刹那，那暗黑的虚空中突然多出了两道光源，绿幽幽的，仿若地狱恶兽的眼芒，顿将他的灵魂打回了自身的躯体。

他的意识为之一振，因为就在这一刹那，他听到了流水的声音，清风的声音，鸟雀的声音……这声音显得那么富有生气，让纪空手感到了一种活力又在自己的体内一点一点凝聚。

他缓缓地睁开了眼睛，第一眼看到的正是那绿幽幽的光源。他笑了，笑得十分开心，因为，他明白，这不是地狱恶兽的眼睛，地狱恶兽的眼睛绝对不会这么亲切。

如果说自己能够生还是一个奇迹，那么，创造这个奇迹的，不是自己，而是狼兄。纪空手终于明白，自己坠崖时听到的那一声狼嚎，不是错觉。

狼兄是他的朋友，是他绝对忠实的朋友。自从他与狼兄从洞殿相识以来，它就一直伴随在他的左近，从来没有走出百里的范围。在这个范围之内，它可以凭着野兽特有的敏锐与嗅觉洞察纪空手体内的气机，感应补天石异力在纪空手体内的流动，一旦发现异样，它总是可以在最短的时间内出现在纪空手的身边。

第一百零三章　天人合一

这看上去似乎有些玄乎，但是世间有关灵兽的传说却佐证了这一点。世间之禽兽，虽然具有天生野性与兽性，但它们的身体架构与人并无太大的区别。或者说，它们与人有着太多的共同点，只是一直不为人类所发现，一旦为人驯服，就往往禀承了人类的感情与思想，表现出超乎常人想象的举动，人们通常将之称作灵性。

狼兄无疑是这其中的佼佼者，它之所以被纪空手所驯服，并不是因为纪空手对它有过长时间的驯化，而是在纪空手的体内，有来自于天地的补天石异力，这股无形的力量来源于天地之灵气，自然而然就会对狼兄的意识产生一种驾驭的力量，使之驯服，并且产生出心灵相通的感应。

但无论狼兄是如何地通灵，它终究只是一头野兽，怎么能够将纪空手从死亡的边缘拉回来？毕竟纪空手的心脉已断，毕竟他坠落的是万丈深渊，人力尚不可为之，一头野狼又哪来的这般神通？

这看上去就像是一个谜，对纪空手来说，至少在这一刻是如此。

更让纪空手感到惊奇的是，当他睁开眼的一刹那，感到自己的心脉之上仿佛有一股暖流在来回流动，整个人的精神有一种质的变化。他不明白到底在自己的身上发生过什么，却真切地体会到补天石异力已融入了自己体内的每一条经脉，每一处穴道，甚至完全融入了自己的血肉之中，浑为一体，根本无法分出彼此。

难道在无意之中，纪空手竟然步入了武道的极巅，真正悟透了天人合一的境界？

这简直太不可思议了，莫非在纪空手的身上，真的存在着不老的神话？

纪空手无法解答这些玄奥的问题，对他来说，没有答案的问题，他绝不去多想。他只是伸出手来，轻轻地拍了一下偎在自己身边的狼兄的头，以示谢意。

狼兄伸出舌头，在纪空手的手上舔了一下，神情中既有几分倦意，又有几分惊喜，绿幽幽的眼神中泛出一丝异样的色彩，显得极是亲昵。

纪空手显然被狼兄对自己的真情所感染，眼中有些微湿润，想到自己坠崖的始作俑者就是韩信，心中不由多出了几分唏嘘。

对纪空手来说，如果他这一生还有朋友，那就非韩信莫属。因为在他的内心深处，一直把韩信当作是自己最要好的兄弟，若非当年大王庄的那一剑，他们之间绝不会决裂。

也许正是因为纪空手用情之深，所以才不能容忍韩信对他的背叛，所谓爱之深，恨之切，原本说的就是这个道理。

经过了骊山北峰的这一战，纪空手不得不重新估量起韩信来。在他的心中此时只有两大心愿，一是不负五音先生的重托，一统天下，开创一个亘古未有的开明盛世；二是诛杀韩信，不容自己的感情受到半点玷污。

这两个心愿看上去有些矛盾：一统天下者，就必须有海纳百川的胸怀，何以不能容下一个韩信？但在纪空手看来，这实是再正常不过了，因为韩信是他心中的一个结，死结！

为了诛杀韩信，他这些年来一直关注着韩信的动向，更对其武功多加留意。韩信的内力与他同属一脉，又师承冥雪宗，按理在剑术上的造诣很难超越龙赓，但是当韩信在百叶庙前出手的刹那间，纪空手突然感觉到韩信的剑术并非如自己想象中的那么平常，而是将自身的补天石异力融入到了剑体之中，形成了一种全新的风格。

这种风格的形成，标志着韩信的剑术已达到了一个剑道的极致，就算纪空手不受心脉之伤，也根本无法挡住韩信那惊天动地的一剑。

纪空手的心头一震，几乎有些丧气。他本可以和龙赓联手，未必就不能与韩信一拼，但是他连想都没想过这种做法。在他的潜意识里，始终认为这既是自己与韩信之间个人的恩怨，就绝不假手于人，唯有如此，方才不留遗憾。

他的眼芒缓缓划动，所见到的是一块蓝天，天上白云悠悠，有一种说不出的惬意，然而他的心情却沉了一沉：自己能否逃出这里尚是未知之数，却想得这般深远，这崖壁如此陡峭，只怕连飞鸟也飞不上去，何况是一个人？

直到这时，纪空手才发现自己竟躺在一块深入水面的岩石之上，水面不大，却是幽幽的，深不见底，四周全是高达百尺的崖壁，斜立而上，天空就像是一个圆盘挂在崖壁极处，让人一见，心中生寒。

他的身体动了一下，“哎呀……”禁不住呻吟了一声，感到浑身有一股剧痛袭来。他这才明白，自己从高崖坠下，虽然未受内伤，但肌肤无一完好，还是受到了极为严重的外伤。

狼兄撑起身体，十分关注纪空手脸上的表情，见状摇头晃脑地踱到纪空手身后，一点一点地将纪空手的上半身拱将起来。

“狼兄，虽然蒙你相助，但我还是难逃劫难。”纪空手坐起来，苦涩一笑。他已经感到肚中空空如也，就算没有其他危险的袭击，一个“饿”字就足以让他毙命于此。

狼兄盯了他一眼，晃了晃头，将身子倒趴在岩石上，然后将尾巴伸入水中，冲着纪空手眨了一下眼睛。

纪空手怔了一下，道：“你在干什么？”

狼兄狠狠地瞪他一眼，其意是要纪空手噤声，静观好戏。

纪空手顿时来了兴趣，当下再不言语，只是看着狼兄，倒要看看它弄什么玄虚。

这深水潭面积不过百亩，在东南方向的崖壁处挂出一帘飞瀑，激起团团水雾，这潭水显得十分的清幽，水面与崖壁交接处生出厚厚的青苔，与水下森森的水草相映，构成一种阴森的氛围。

“飞瀑潭有水流入，却能不满不溢，说明这潭底必有暗沟经过，如果说从水上离开这里没有可能，那么能否自这水底出去呢？”纪空手的心里跳出一个念头，然而，他很快就否定了。

他已经看出这潭水之深，不可见底，凭人的身体，别说是潜水而逃，就是潜入水底，那种莫大的压力也无法承受，看来这法子行不通。

纪空手不由抬头向上而望，比起他刚才的想法，倒觉得从崖壁上攀援而上更为现实一点，尽管这同样显得不太可能。

“哗……”水面突然闪出一道裂纹，狼兄的尾巴猛然一甩，一条六七寸长的鱼儿跳水而出，正落到纪空手的身前。

纪空手没想到狼兄玩的竟是钓鱼的把戏，不由又惊又喜，一手将鱼儿按住，送入嘴中，连血带刺生嚼起来。

一条鱼下肚，纪空手顿觉精神一振，不仅饿感大减，而且气血回流丹田，一股暖流开始蔓延全身。

“狼兄，想不到你还有这手绝活。”纪空手舔了舔嘴角处的鱼血，拱了拱手，“拜托你再钓一条。”

狼兄得意地摇了摇尾巴，如法炮制，果然又钓上了一条鱼儿。

纪空手吃罢笑道：“古有姜太公钓鱼，不用鱼饵，今有狼兄钓鱼，不用鱼钩，这聪明人人都有，倒也罢了，倒是你这份忠心，实在难得，不愧是我纪空手的一大挚友！”

狼兄似乎看出了纪空手在夸赞自己，不由仰首轻啸一声，踱步过来，与纪空手的脸挨了一下。

接连三天，纪空手凭着狼兄这一手钓鱼绝技，不仅解决了肚腹之饥，而且渐渐恢复了元气。让他感到惊异的是，在这三天中，外伤竟以奇迹般的速度结痂愈合，重生新皮，体内的经脉也无不适之感，较之坠崖前好了数倍。

面对这奇异的变化，纪空手心里明白，这绝非自己吃了狼兄钓来的鲜鱼之故，虽然他无法找到答案，却明白在这中间一定发生了什么事情，只是自己不知道罢了。

“狼兄，你虽然只是一头狼，但我从来都把你当作朋友，你能否告诉我，我们要怎样才能从这里走出去呢？”纪空手茫然地问道。

这些日子来，他想得最多的是红颜、虞姬她们。他一直觉得自己对不起她们，为了完成五音先生的遗愿，一统这个乱世，他常年奔波于外，很少有相聚的日子，如果不是因为这一次坠入深渊而陷入绝境，他也未必有时间去考虑她们的感受。

只有到了此时此刻，他才真正感到她们在自己心中的分量，才深深体会到她们对自己的用情之深。

“我一直不能理解韩信对凤影的那份痴爱，现在想来，似乎有了几分明白，敢情一个人愈是孤独寂寞之时，就愈是会将心中的那份真爱看得很重很重。得到时不知珍惜，而一旦失去，才会感到它的珍贵。”纪空手这么想道，不由对韩信有了几分同情，但想到自己之所以落难于此，全拜韩信所赐，心中不免又对韩信之恨加重三分。

他绝不是一个无情之人，而是一个真正的男人，所以他才没有沉湎于男女情爱之中，而是着手于天下大计。然而，当他真正孤独寂寞之时，才豁然明白，爱与被爱，其实都是一种幸运，因为，只有当你拥有了这份感情时，才会拥有博爱，也只有拥有了博爱，才会有一统天下的动力，而一个心中无爱之人，他凭什么赢得天下？

“五音先生也许正是这样的一种人，他的心胸之广，不仅胸怀天下，更是兼爱天下，这才让他赢得了天下人的尊敬。而以项羽之能，武冠天下，实力雄厚，却不能号令天下，实是因为他的心中只有杀戮，没有真爱之故。这两者都是绝顶聪明之人，都有一统天下的才能，但是他们最终都不能如愿。难道说要夺天下，就必须做到有情与无情之间？”面对狼兄，纪空手喃喃而道，明知狼兄不会回答他的任何一个问题，却愿意将狼兄视作老朋友般对它倾诉自己心中的迷茫。

狼兄摇了摇尾巴，站将起来，又来到水边施展起它的钓鱼绝技。也许它认为，自己不能为纪空手解惑，至少还可以解其肚腹之饥。

纪空手不由淡淡地笑了，心中想道：“就算到了斯时斯地，我也并不孤独寂寞，至少还有狼兄为伴。”

他望向这深黑幽蓝的水面，看着狼兄的尾巴伸入水中的姿态，心里仿佛多出了一丝恬静。他想到了无施，此时的无施也许正在母亲的呵护下跑到鱼池边戏水，那模样岂非与狼兄有几分相似？想到此处，不由归心似箭，心忖："狼兄既能来，也就能出去！"

当纪空手赶到咸阳之时，议事厅的晋见仪式已经开始。

他已经意识到这是一场危机，一场敌人蓄谋已久的危机，只要自己处理得稍有不慎，就有可能引发一场更大的风暴。

危机的始作俑者就是韩信，以韩信之精明，当然不会不懂得按照目前的形势，江淮军只有与汉军联手，才有可能击败不可一世的西楚军。一旦汉军发生内乱，毁于一旦，则唇亡齿寒，江淮军根本就无法与西楚军抗衡。

韩信甘冒奇险，这么做的目的只有一个，那就是凤影。纪空手太了解韩信了，以韩信的个性，根本无法容忍别人用自己心爱的人来要挟自己。

但纪空手心里清楚，以目前的形势，自己要想争霸天下，就绝不能击杀韩信。虽然他很想将韩信置于死地，却不得不以韩信制约自己的另一大敌——项羽！如果他忍不下这口气，就无法取得楚汉争霸的胜利。

但不杀韩信，并不意味着纪空手就毫无动作，相反，经过了骊山北峰一战后，他已经意识到了在韩信的背后又出现了冥雪宗这股势力，这是他绝不能容忍的，就像当年对付李秀树一样，无论付出多大的代价，他都必须将之铲除！

所以纪空手一回到汉王府，顾不上与爱妻娇子亲热，即命吕雉调动听香榭所有的精英，与他一道赶往议事厅。途中，遇上了从枫叶店赶回的龙赓与阿方卓，纪空手当机立断，决定由他们三人潜入议事厅。

他这样做的目的，一来是不想大动干戈，引起不必要的混乱，使得彭越等人的信使产生疑忌；二来他相信以他们三人的实力，完全可以应对一切强敌。自飞瀑潭出来之后，他对自己的武功很有自信。

然而，进入议事厅后，他并没有马上动手，而是静观其变，尽管他一眼就认出了凤阳等人，但要在这种隆重的朝会之上下手，就必须做到师出有名。

不仅如此，行动的最关键处，是要把握出手的时机。纪空手虽然不能确定韩信的方位，却可以肯定韩信的人就在议事厅中，一旦凤阳等人作乱，自己必须抢在韩信出手之前先行出手，而且不能出现一丝偏差。

唯有如此，他才可以在不惊动韩信的情况下诛杀凤阳等人。

事态的发展一切都如他所料，将全场牢牢控制手中。他此刻最大的担心就是韩信，如果韩信出手，即使自己可以与之抗衡，但在自己与韩信之间的那层纸就被捅破了，结盟之事必将告吹，这绝不是纪空手愿意看到的场面。

此时的议事厅中，静寂无声，每一个人都将目光注视着纪空手，表情各有不同，但他们心中所引起的震撼却是一致的。这些日子以来，有关汉王身亡的谣传闹得满朝风雨，这就为纪空手的出现营造出一种非常神秘的氛围，紧接着纪空手又以人未到而声先至的出场方式，首先在心理上造成了先声夺人之势，再加上他刚才的那一番话，使得纪空手甫一出场，就在气势上与风度上高出一头，将凤阳等人营造出来的杀势压了下去。

高手相争，气势为先，凤阳身为冥雪宗的一代宗师，岂会不明白这么简单的武学原理？然而，他心里明白，也无力挽回，因为纪空手的出现完全出乎他的意料之外，他根本没有任何心理准备。

他已经认出了那位站在纪空手身边的剑客就是龙赓，这显然也不在他的意料之中。在他所得到的情报中，确定龙赓已经不在咸阳，而是深入楚地，行刺范增。正是基于这一点，凤阳和韩信才企图趁机作乱，浑水摸鱼。

当两个本不该出现的人突然出现在自己的眼前时，无论凤阳的武学修为有多么精深，他都很难再保持那份古井不波的心境。参照纪空手以往的纪录，他认为自己的确是掉入了纪空手事先布好的杀局之中。

凤阳的神情并未出现一丝的慌乱，反而表现得更加冷静。他的情绪明显地感染到了凤栖山，使得他们在纪空手与龙赓这两大高手的强压之下依然显示出了旺盛的斗志。

“你可以退下了。”纪空手拍了拍蔡胡的肩头，笑了笑，“就凭你刚才的表现，本王可以赐你一个县郡的头衔。不过，你给本王记住，为善者可以造福一方百姓，为恶者亦会祸害一方百姓。从善从恶，全在你的一念之间，而杀不杀你，却在本王的一念之间！”

蔡胡心中一凛，谢恩而去。

纪空手目送着蔡胡走出厅门，这才冷冷地盯着凤阳，淡淡道：“本王刚才的话，既是对他说的，也是对你说的。看你的身手，不是无名之辈，但是如果你认为自己还可以从这议事厅中全身而退，你就错了！”

“哦，你何以这般自信？”凤阳冷然一笑。

“因为本王知道你是谁！”纪空手悠然而道，“世人尽知，我不仅是汉王，同时也是问天楼阀主。在我问天楼门下，有四大家族，若论起来，你们冥雪宗凤家只是本王的奴才，试问，还有哪个主人识不得自家奴才的吗？”

凤阳心中陡然一惊，却只是嘿嘿一笑，并不言语。

“你可以不说话，但弑主之名你是背定了！”纪空手表情显得十分冷漠，“你是一个聪明人，所以你没有找一个理由来搪塞自己的罪行，因为你知道，本王也是一个聪明人，现在本王只想问你一句，首恶是谁？”

“你既是一个聪明人，就不该问这句话。”凤阳冷冷地道，他始终相信，只要韩信能够把握住时机，他们就还有全身而退的机会。是以，他显得依然是那么冷静。

“本王原本是不想问的，但本王却知道，你虽然是冥雪宗上代掌门人，韬光养晦，胸有抱负，却还称不上是这次事件的首恶，充其量只是一个帮凶而已。”纪空手淡淡而道。对他来说，凤阳绝对是一个不可小视的强敌，单是临阵时的这份镇定，就足以让他跻身于天下高手的前十，自己要想与之一战，殊无把握，所以必须要选择一个最佳的出手时机。

凤阳的眼中闪过一丝怒意，一闪即逝，他一生自负，最恨的就是别人轻视自己，虽然明知纪空手所用的是激将法，意在激怒自己，但他还是显得气血浮躁了一些。

纪空手将一切看在眼中，继续说道："这数百年来，冥雪宗一向被问天楼的光芒所遮盖，是以在江湖上很少有人听说过有冥雪宗弟子出人头地的。你身为冥雪宗的不世奇才，心高气傲之下，自然不甘心居于人下，于是就带领你那一批冥雪宗弟子尽数隐退江湖，静观事态的发展，以期伺机而动，让冥雪宗之名得以传扬天下。不错，你所料的一点不错，经过了这数十年的蛰伏，你的确等到了这个机会，只是这个机会不足以让你扬名天下，反而会让你全军覆灭！"

"你既然如此自信，敢与老夫一战吗？"凤阳终于不能忍受纪空手对自己的这般羞辱，昂起头来，决定为自己的荣誉而战。

"你我之间的这一战已是势在必行，大可不必这般着急。"纪空手淡淡地笑了，"本王只是看在你们凤家先辈的份上，不想让你死得这么糊涂罢了。须知天外有天，人外有人，你想扬名天下，有人未必就不会借你急功近利之心而大做文章。"

他这一句话说得非常精巧，在他的想象中，凤阳听了之后第一反应就会望向韩信所在的方位，因为没有人会甘心受人利用，何况凤阳乃一宗之主。然而，他失望了，假如他事先便知道连凤阳也不清楚韩信所在何处，那么就不会如此费心了。

"难道韩信根本就不在议事厅中？"纪空手的心里闪出这个念头，连他自己也吓了一跳。这并非是没有可能的一个推断，韩信此次潜入关中的目的，就是为了寻找凤影，只是因为事情发生了变化之后才临时决定以除逆平叛之名夺取大汉正权。以韩信对凤影的痴情，他完全可以置这里的一切而不顾，闯入汉王府内院去搜寻一番。

纪空手并不担心韩信把凤影救走，因为凤影压根就不在内院，他所担心的是韩信一旦不见凤影，反而劫持红颜、虞姬，抑或是无施，以要挟自己，这才是他感到最头痛的事。

他这绝不是杞人忧天，此时的内院，除了红颜与她的几个女侍之外，戒备十分空虚，吕雉率领听香榭的一干高手已经埋伏于这议事厅外，凭韩信的实力，要想将红颜她们任何人中的一位劫持在手，都是易如反掌。

想到这里，纪空手已然意识到了问题的严重性，正欲下令让吕雉回援内院，却听得凤阳哈哈一笑，道："你说了这么多的话，不就是想套出谁是幕后主使吗？其实要老夫说出来并不难，不过，老夫有一个条件，只要你能答应，我可以将此人的名字告知。"

满场为之一惊，所有人都将目光投射到凤阳的身上，只有纪空手显得非常平静，似乎料到凤阳会有如此一说。

"本王从来不与任何敌人谈条件。"纪空手断然答道，"其实就算你不说，本王也知道你要说的这个人是谁。"

凤阳的眉锋一跳，道："你真的以为自己是神仙吗？"

"本王不是神仙，却可以未卜先知。"纪空手冷冷地看了他一眼，寒芒从所有人的脸上划过，这才一字一句地道，"你要说的这个人并非别人，正是淮阴侯韩信！"

第一百零四章　气势磅礴

满朝文武无不哗然，凤阳的脸上露出了一丝难以置信的神情，只有纪空手却淡淡地笑了，因为他已知谁才是韩信，也知道了韩信此刻正在议事厅中。

这听上去似乎有些玄乎，其实不然。纪空手早在踏入议事厅的那一刻起，就隐约地感受到有一股淡若无形的气机似曾相识，起初他并未过多地留意，认为在满朝文武中不乏拥有这种气机之人，但凤阳的话一出口，纪空手却惊奇地发现这股气机明显地震动了一下，等到他去搜寻这股气机的来源时，这股气机竟然凭空消失，无迹可寻。

能将气机内敛到如此境界之人，其内力之精深已臻武道至极的境界，环视议事中所有的人，只有纪空手、龙赓方可达到这种境地，但纪空手可以肯定这股气机既不是自己散发出的，也并非属于龙赓，那么就只有一个可能，这股气机的拥有者非韩信莫属！

在骊山北峰之上，纪空手领略过韩信那一剑的霸烈，对其浑厚的气机自然不会陌生。他曾经在心里无数次地问着自己：假如自己真的在与韩信一对一的较量之中，韩信再次使出那一剑，自己能接下吗？

他不知道，真的心里没底，因为他十分清楚，高手决战，决定胜负的因素很多，既要讲究天时、地利，又要讲究当时的精神心情，只要有一点疏忽，就有可能导致功亏一篑。

当他确定韩信的人就在议事厅时，悬着的心顿时放了下来。如果韩信以红颜、虞姬和纪无施这三人中的任何一人向他提出要挟，纪空手真的不知自己将怎么办，因为包括吕雉在内，她们都是他今生最爱的人，他已将她们视作了自己生命中的一部分。

纪空手轻轻地舒缓了一口气，立刻就想到了一个可以捕捉到韩信气机的办法。当他说出“淮阴侯韩信”这几个字的时候，气机扩张，果然感觉到那股似曾相识的气机重新出现，而且发出了一丝震颤性的波动。这一次，他当然不会再让它凭空消失。

气机的来源竟然就在自己身后，而纪空手的身后，正是那几位埋伏于香鼎机关之下的己方高手。韩信竟然在短时间内易容，并且成功地混入对方高手之中，难怪纪空手与凤阳都无法确定他的方位。

纪空手并没有向韩信望上一眼，他不想打草惊蛇。对纪空手来说，今日行动的目标是凤阳，而非韩信，他没有理由去惊动一个不是自己目标的人。

“其实，本王既不是神仙，也没有未卜先知的本事，本王之所以敢如此确定，是因为你原本就想栽赃嫁祸。眼见作乱不成，便企图挑拨本王与淮阴侯之间的关系！”纪空手眼睛紧紧地盯着凤阳，一字一句地道，“你们心里十分清楚，淮阴侯挟数十万江淮军坐镇江淮数郡，与我大汉军一东一西遥相呼应，一旦结成同盟，必将对项羽的西楚军构成最大的威胁。所以，你们经过深思熟虑之后，才会假冒淮阴侯的信使，前来参加晋见仪式。如此一来，即使作乱不成，你们也可嫁祸淮阴侯，不愧是一个一石二鸟的好计。可惜呀可惜，你们却不知道，淮阴侯能有今日，既有当日本王的举荐之功，又有本王数年来的扶植之力，他又怎会背信弃义，背叛本王呢？”

纪空手的这一番话，不仅先将韩信排除在外，反而直指凤阳等人是受项羽指使才到咸阳的。他这么做的目的只有一个，就是现在还没有到与韩信翻脸的时候，楚汉争霸，他必须仰仗韩信手中的那数十万江淮军。

张良的脸上露出了一丝淡淡的笑意，显然明白了纪空手的良苦用心。

凤阳的脸色却一连数变，直到这时，他才明白韩信何以要临时改变主意的用意。

“难道老夫竟然被一个后辈小子所利用了？”凤阳在心中问着自己，心里顿时透亮起来：韩信之所以要临时改变主意，其实就是为了置身事外，一旦事情败露，为自己留一条后路。这样一来，就算失手，他还可以说是韩立为人所乘，以至于让人冒名顶替，行作乱之实，说不定此时韩立正在那畅水园的驿馆中上演一出苦肉计呢。

凤阳想明白了这一点，心中顿有一股无名火起，想到自己聪明一世，老时却遭人算计，不由恼羞成怒。不过，他毕竟是老江湖了，更懂得临阵对敌切忌浮躁的道理，当下深深地吸了一口气，摇摇头道：“你既然这么说，那么老夫也就无话可言了。不过，老夫很想问一句，你真的以为韩信是一个可以信得过的人吗？”

纪空手笑了，笑得有些暧昧：“你以为呢？”

凤阳没有说话，只是将手中的长剑在空中画了一个半弧，缓缓地遥指向纪空手的眉心，然后一脸肃然，道：“来吧！”

这句话出口，他整个人的精神顿时一变，犹如一座傲立于天地之间的山岳，横亘于纪空手的面前，那份镇定不惊的从容，显现出他身为一代宗师独有的风范。

在这个江湖之上，名人不少，但凡名人，就绝不是庸碌之辈。不过，江湖名人大致分为两种，一种人是因为他身居于名门名派之中，因门派之名而出名；另一种人是因为他本就是绝世奇才，经过多年打拼，门派因他而出名——凤阳无疑是属于后者。

早在凤阳之前，凤家作为问天楼四大家族之一，一直鲜为江湖人知晓，其创立的冥雪宗一派，更是默默无名。到了凤阳这一代，他以自己罕有的武学天赋，对冥雪宗武学加以创新改进，并培养出大批精英高手，这才使冥雪宗之名得以跻身江湖各派之中。是以，对于每一个武者来说，遇上凤阳这等强悍高手，绝对不是一件幸运的事，就连纪空手也不例外。

纪空手顿时感到了一股压力推移过来，他不得不承认，凤阳的功力之深，并不在卫三公子、赵高等人之下，就算自己全力以赴，也未必有一定的胜算。

“大师就是大师，剑未出手，剑气已至，怪不得你敢置我汉王府中的数百高手如无物，公然向本王挑战。”纪空手由衷地佩服凤阳的胆识，更为他临危不乱的气度而折服。

“你若不敢与老夫一战，尽管可以让人上前，就算以一敌十，以一挡百，老夫也绝不皱眉！”凤阳傲然道，说到最后一句话，已有一丝凄凉。

他明白，面对这成百上千的高手，无论自己如何拼尽全力，最终都只有一个下场，那就是——死！他并非怕死之人，但是一想到未遂的霸业，不免有些遗憾。

他原以为，以自己和凤栖山的实力，再加上身藏暗处的韩信，只要把握时机，未必就是必死的结局。然而到了此时此刻，他知道，韩信绝对不会出手，单凭自己与凤栖山两人之力，要想突出这众手高手布下的重围，最多只是一个妄想。

“你也太小瞧本王了，就冲着你这句话，本王给你一个公平决斗的机会！”不知为什么，纪空手突然改变了主意，因为他突然发现活着的凤阳远比死了的凤阳对自己更有利。至少，凤阳可以替自己制约韩信——没有人可以忍受别人出卖自己，凤阳当然也不例外。

“你太自信了！”凤阳冷然道，“你一定会为这句话而后悔！”

“本王做事，从不后悔。”纪空手淡淡道，“我们以百招为限，如果在百招之内本王不能胜你，这议事厅可任由你来去。”

所有人都为之一怔，包括张良、陈平以及龙赓，虽然他们看出纪空手此次现身，无论是精神气机，还是武学修为，都有了今非昔比的精进，但要想在百招之内击败凤阳这一等一的高手，还是显得过于狂妄了些。

龙赓无疑是当世罕有的用剑高手，正因为他用剑，所以才真正了解凤阳的可怕。虽然纪空手甫一出场，就从凤阳的手中夺回了蔡胡，但是以当时的情形，一是龙赓先声夺人的那一剑吸引了凤阳的注意力，二是纪空手的出手过于隐蔽，完全是出其不意，才使凤阳吃了一个哑巴亏。所以，龙赓认为，纪空手不是高估了自己，就是低估了对手。

龙赓这是第一次看到凤阳出手，无论确定其剑术与内力达到了一个什么样的境界，但是单凭风阳那股静默若山的气势，就显得他与其他一般的高手大有不同，如果不是一个可怕至极的绝顶高手，面对如斯众多的强敌，别说一战，单是这份阵仗也足以让其胆怯三分。因此，纪空手这百招之约，让龙赓感到意外。

风阳的脸上乍惊又喜，仿佛看到了一线生机。他涉足江湖数十载，对江湖人物可谓了若指掌，从来没有想到有人这般狂妄地夸下海口，竟要在百招之内与自己一决胜负。他平生自负，但还没有自负到老子天下第一的地步，相信当世之中还有人可以胜过自己，但饶是如此，就算是五音先生、卫三公子重生，他们也绝对不可能在百招之内胜过自己。

这一线生机来得如此意外，反倒让风阳心中生疑，情不自禁地问了句："此话当真？"

"君无戏言！"纪空手回答得非常干脆。

风阳不由嘿嘿一笑，狠声道："你的确非常自负，甚至自负到了狂妄无知的地步。你可知道，在冥雪宗的剑法之中，一共有多少招式？"

"冥雪宗剑法，知者甚少，但本王却知道它有一百三十七式。"纪空手缓缓而道。

"不错！"风阳冷然一笑，"老夫自剑术有成以来，这数十年间，一共只败于两人，这两人一个是知音亭阀主五音先生，还有一个正是问天楼阀主卫三公子。他们都是顶尖绝世的武学宗师，不仅功力非凡，而且目力过人，但都是在老夫使到第一百三十一式暗香徐来时才破了老夫的剑法！"

"那又怎样？"纪空手傲然道。

"老夫说这些话的目的，是想告诉你，连五音先生、卫三公子这等豪阀尚且不能在百招之内胜我，更何况你？而且，他们既然在同一式上破了老夫的剑招，那就说明这暗香徐来确有破绽。老夫历时十载，已经弥补了这剑式中的不足，此时就算他们亲至，若要言胜，恐怕也是殊无把握了。"风阳一字一句地道，没有人会认为他是在夸大事实。

"长江后浪推前浪，江山代有才人出，本王相信你一定听说过这句话，本王只想告诉你，五音先生、卫三公子不能做到的事情，本王就未必不能做到！”纪空手断然道，整个人显得无比自信，但满场的人都认为纪空手有些自信过头了，想想五音先生，想想卫三公子，这些几乎都是已被神话了的人物，他们的声名如日中天，行走江湖的每一战都是经典，要想赶上他们殊为不易，更别说超越他们了。而纪空手竟将自己凌驾于他们之上，若这不是狂妄，那就是疯了！

但纪空手绝不狂妄，也没有疯，他只感到自己体内的补天石异力正在疯涨，在蠢蠢欲动中酝酿着无限杀意。他本无杀人之心，可是当他面对凤阳那雄浑而霸烈的气机时，突然发现自己竟然失去了对异力的驾驭，异力仿佛沾了魔性一般，几欲冲出体外，竟似要与凤阳的气机一较高低。

他只有暗暗叫苦，心中惊道：“难道这就是所谓的走火入魔?”

这不是走火入魔，纪空手之所以会在心里这么问着自己，是因为他的崛起本就是江湖上的一个奇迹，自一个流浪市井的小混混一跃成为江湖上风头最劲的人物，在很大程度上得益于补天石异力，而补天石异力完全不同于江湖中人修炼而成的内家真气，它来自于天地，是以禀承了天地之灵性，具有它自己的思想与个性。

这看上去似乎像是神话故事，但却是千真万确的一个事实。自补天石异力进入纪空手的体内之后，由于受心脉之伤的禁锢，它一直没有空间发挥自己的能量，久而久之，自然就产生出一种压抑的情绪。而一旦蜕变之后，它突然发现自己不再受任何东西所禁锢时，必然会将那种压抑的情绪爆发出来。

这是迟早的问题，只是谁也不知道它会在这个紧要关头爆发，当它一接触到凤阳那战意极强的气机时，便再也无法内敛，不受任何思想的驾驭，完全由着自己的个性开始行事了。

对纪空手来说，这无疑是致命的，尤其面对凤阳这样的强手。

他的脸部肌肉完全不由自己控制地开始抽搐起来，变得有几分狰狞，所有的人几乎在同一时间都大吃一惊，察觉到了纪空手的异样。

龙赓距离纪空手只有一丈，是以是最先发现纪空手异样的人。他虽然不能确定在这一刹那间纪空手的身体究竟发生了什么变化，却可以肯定此时的纪空手遇上了不小的麻烦。

“公子，发生了什么事？需要我帮忙吗？”龙赓关切地以束气传音之术问道。

“我也不知发生了什么事。”纪空手以同样的方式焦灼地道，他感到异力在自己经脉中的蹿行速度愈来愈烈，血管几有挤爆之虞。

“是走火入魔吗？”龙赓紧盯着纪空手的表情，突然闪出一个可怕的念头：在这种时候走火入魔，不啻于自杀！

“我不知道。”纪空手苦笑道，他从来没有修炼过内家真气，根本不懂得走火入魔会有怎样的症状。

龙赓当即将走火入魔的症状一五一十地告诉给纪空手。

纪空手摇了摇头，握剑的手抖动了一下。

凤阳的眼神中闪现出一丝诧异，当他的剑在空中划出半弧之后，纪空手的一举一动便在他的目光把握之中，任何异动都难逃他目力的捕捉！他目睹着这些微的变化，不明白纪空手到底在弄什么玄虚，然而当纪空手的大手抖动的迹象出现在他的眼中时，他已明白，机会来了！

对凤阳来说，这的确是一个千载难逢的机会，只要制服眼前这个汉王，冥雪宗扬名天下的时间也就不远了。

“年轻人，你竟然如此自信，那就动手吧！老夫会让你知道，姜为什么是老的辣！”凤阳嘿嘿一笑，虽然他觉得此时动手，未免有趁人之危的嫌疑，但成大事者不拘小节，这是他一贯信奉的至理名言。

纪空手的头上渗出丝丝冷汗，显然是在强行压制异力的爆发。强撑一口气后，正欲开口说话，龙赓却抢上一步，淡淡而道：“杀鸡焉用牛刀？既然你的兴致如此之高，就让龙某陪你玩上百招吧！”

“你算什么东西？敢与我家宗主对阵！来来来，你若不怕死，先和凤某比画比画！”凤栖山久经阵仗，自然看出了其中的端倪，上前一步道。

“我不算什么东西。”龙赓冷冷地指着凤不败的尸身道，“如果你想和他一样的下场，尽管可以拔剑！”

他的话十分平和，但凤栖山感觉到非常沉重，因为龙赓是在用事实说话：他甫一出场，就能一剑击杀凤不败，虽然这有一定的偶然因素，却证明了龙赓的剑术的确达到了通神的地步。以自己的功力和剑法，未必就是他的对手。

“老夫相信你的剑术非常高明。”凤阳沉声道，“但是这百招之约，既是汉王与老夫之间的约定，所谓君无戏言，是以还请阁下退下，待老夫领教汉王的百招之后，再与阁下一战不迟。”

龙赓冷然道：“如果我不退呢？”

“老夫此时只不过是砧板上的鱼肉，就是各位一哄而上，群起攻之，老夫也只有认命。”凤阳淡淡一笑，“死人当然不会说话，但是，汉王既然失信于我，只怕从此就会失信于天下！”

他说得很轻很慢，却自有一股力量让人无法辩驳。议事厅内外数百高手都觉得此事异常棘手，无不将目光投射在龙赓的身上，唯他马首是瞻。

龙赓陷入进退两难之境，不由暗暗叫苦，目光望向张良，但张良在一时之间也难寻解决之道，整个大厅顿时寂然。

“呜……”一声长啸，蓦从纪空手的口中响起，声震长空，直冲九霄，如串串惊雷回荡于大厅之中，震得瓦动墙摇。

众人无不心惊，龙赓更是失色，全都以为纪空手受魔障侵袭，已然神智不清。

“你们都给本王退下！”啸声方落，纪空手竟然回复常态，沉声喝道。

他这一变化大大出人意料，谁也弄不清楚纪空手究竟在弄什么玄虚，只有龙赓的脸色铁青，似乎看到了问题的症结。

他知道，纪空手之所以能够恢复常态，并不是重新驾驭了异力，而是以自己的真气强行压制住异力。这种方法虽然有效，却会大伤元气，而且根本不能持久，一旦异力爆发，反有性命之忧。

但龙赓不得不退，他了解纪空手，一旦纪空手决定的事情，通常很难改变。他只能全神贯注，静观其变。

凤阳也对凤栖山递了一个眼色，示意凤栖山暂退。他同样也看出纪空手此刻的镇定只是一时的，犹如将亡之人的回光返照。对于这样的对手，凤阳当然充满了必胜的信心。

凤阳的目光缓缓地从纪空手的脸上划过，不放过任何一个表情。他以为此刻的纪空手绝对不堪一击，可是当他的眼芒与纪空手的眼睛悍然相对时，他却发现纪空手的眼中依然显得那么从容和自信，眸子深处仿若无底无尽的苍穹，诠释着一种悠远而空灵的意境。

“这个对手的确有些与众不同。”凤阳这么想着，他行走江湖数十载，身经大小战役上百，却还从来没有见过像纪空手这般让人琢磨不透的对手。他自问自己目力惊人，但从纪空手出场到现在，他根本就没有看透过对方。纪空手就像是一块多变的云，当你以为他即将变成雨的时候，却已化作一道清风，漫游于辽阔的蓝天。

凤阳深深地吸了一口气，剑锋一斜，与自己的眼芒交错而过，一股无形的杀机开始弥漫起来，一点一点地向虚空扩张。

风乍起，谁也不知道这股冷风自何而来，流过这大厅中的每一个角落。风过处，一片静寂，只有沉重的呼吸声成为这段空间唯一的节奏。

空气仿佛在刹那之间凝固不动，每一个人的目光都追随着那剑锋耀出的寒芒而浮游，他们心中似乎都存在着同一个悬念，那就是在这百招之内，究竟谁会成为最终的胜者？

当凤阳的剑锋再一次指向纪空手的眉心时，纪空手淡淡地笑了，在笑的同时，他的剑宛若一朵初绽枝头的新梅，已然横在了虚空，一切都显得那么平淡，而杀机在平淡中酝酿。

冷风又起，从剑锋边沿掠过，冷风末梢处，拖起一道淡若云烟的杀气，悠然地飘向虚空。静寂无边，无声无息，谁都明白，静至极致处，就会爆发出一场最狂野、最霸烈，同时也是最无情的风暴。

山雨欲来风满楼，这是此时此刻最真实的写照，所有人的心头都不由一沉，感到了那种沉闷、那种紧张，以及那种几欲让人窒息的静寂。

凤阳的剑已在手，却没有立刻出击。他很少做没有把握的事，所以在他还没有彻底摸清纪空手的虚实之前，宁愿让这种等待继续下去，也许在十年或二十年前，他未必有这种耐心，然而今日的他已经老了。人一旦老了，难免就会变得小心一些，信奉的就是小心能驶万年船。

纪空手不老，正当少年，可是他同样没有出击。高手相争，只争一线，争的其实就是先机。以纪空手与凤阳的见识，当然不会不清楚这一点，可是，他们似乎都抱定了后发制人的策略，置这种难得的先机于不顾。

等待在继续，但是当纪空手再次皱眉的刹那，凤阳结束了这种等待，终于出手了！

他之所以要在这个时间出手，自然认为这是最佳的出手时机。像纪空手这样意志坚强的人，可以忍常人不能忍之事，如果他皱眉，那么就表示其身体正经受着何等非人的煎熬。

凤阳的一剑斜出，以惊人的速度裂开他眼前的虚空，就像是一枝喷吐着烈焰的火炬，所过之处，空气发出一连串“噼里啪啦”的爆响，带着激涌翻腾的劲气向前横掠。

纪空手不再皱眉，却笑了，眼中暴闪出一道寒芒，牢牢地锁定如风袭来的人与剑，仿佛欲将它们挤压成一个影像，一个毫无生命的影像。

他的神情如此怪异，以至于让凤阳古井不波的心境荡出一丝涟漪。不过，凤阳没有犹豫，以电芒之速突破了三丈空间，进入到纪空手剑锋所慑的范围之内。

他不愧为一代宗师，一旦出手，便再也没有了刚才的那份谨慎小心，而是果敢坚决，剑在旋动中一连变了三十六个角度，然后攻向了纪空手气机中的最弱点。

纪空手气机中的最弱点竟然在丹田，这实在让人不可思议。丹田本是人体元气的根本所在，也是每一个人气机最旺盛的地方，凤阳选择这里作为突破口，岂不是过于轻率了？

龙赓的脸色却变了一变，因为他知道，凤阳的判断没有错，虽然他不知道纪空手的体内发生了怎样的异变，但换作是他来选择，也会将纪空手的丹田作为自己的突破点。

“叮……”然而，凤阳这凌厉无匹的一剑并没有形成任何突破，当他的剑刺击到纪空手的丹田时，纪空手的长剑已经横亘其间，封住了对方所有攻击的角度。

两人完全是以快打快，就只一个照面，两人已在攻防中互搏了十七招，当凤阳擦着身子与纪空手错身而过之时，他的脸色突然一变——

因为，刚才的那十七招，两人几乎是在一瞬间完成，根本不容人有任何的思想。可是当凤阳趁着这错身的功夫回过神来时，这才惊讶地发现，纪空手刚才所用的十七招竟然与自己的剑法如出一辙，完全是自己冥雪宗剑法的翻版。

这绝不可能发生的事情竟然发生了，凤阳真的有一种撞见鬼的感觉，而且就算纪空手熟谙冥雪宗剑法的一招一式，但在自己面前使出，不啻于班门弄斧，又怎能与自己斗得旗鼓相当呢?

如此怪异之事发生在自己身上，对于凤阳来说，还是平生第一次。他也曾听说过有些武学大师反应之快，可以后发先至，但像纪空手这种在瞬间模仿得分毫不差的反应与悟性，未免也太骇人听闻了。

他却不知，纪空手此举也是迫于无奈，真正作怪的元凶其实是他体内的补天石异力。

补天石异力遭到强行压制之后，必然要寻找宣泄的疏导。换在平时，这也不算难事，只要纪空手静心打坐，运气一个大小周天，补天石异力自然而然就会融入到人体的每一处经络穴位，不再有爆发之虞。但此时此刻，强敌在侧，纪空手根本无法做到静心，只能硬着头皮听天由命了。

但不曾想凤阳的第一剑刺出，纪空手几乎在没有任何意识的情况下，竟然异力先动，带动他手中的剑封住了凤阳的所有剑路。纪空手吃惊之余，终于悟到这是补天石异力受对方气机的影响所作出的自然反应，就犹如一个充满气体的皮球，当它受到的抗力愈大，其弹跳的高度也就愈高，反之，它受到的抗力愈小，弹跳的高度也愈低。而且每一剑击出之后，纪空手便惊奇地发现自己体内的不适就减轻一分，当他与凤阳错身之时，补天石异力终于又回复到了他的意识控制之下。

其实，纪空手与补天石异力的关系，就等同于骑师与野马。补天石异力完成了蜕变之后，犹如一匹精力旺盛的野马脱离了缰绳的禁锢，进入到一个新的天地，要想驯服它，不仅需消磨其锐气，还要有磨合的时间，一旦将之驯服，就是一匹日行千里的良驹。

纪空手逃过这一劫后，整个人不由精神一振，冷冷地笑了一下："这是第十七招，本王虽然到现在还不知道姜为什么是老的辣，却知道人老了为什么脸皮这么厚。本王原无杀你之心，一切都是你自找的!"

他已动了杀机，对于趁人之危的小人，他从不留情!

话音一落，他手中的剑已不再是剑，而是刀！因为他的心中无刀，是以任何兵器到了他的手中，既可以是刀，也可以什么都不是，但那惊人的刀气却已弥漫空中，天地在这一刻变色。

纪空手的刀，是隐藏在剑身之中无形的刀，正因为它无形，所以比有形之刀更可怕。刀既无形，自然无声，只有那随刀锋而出的杀气，让人感受到它的确存在。

凤阳脸色为之一变，心中第一次有了惊惧的感觉。纪空手的每一变，都在他的意料之外，更让他感到无所适从。多变仿佛成了纪空手的一种风格，正是这种多变的风格，打乱了凤阳固有的节奏和韵律。

凤阳一连换了七种身法，十二种方位，却依然没有逃出无形刀气所笼罩的范围，那种让人无法回避的压力，就像是一座将倾的山岳，正一点一点地压上他的心头。

心中无刀，只因刀锋无处不在，刀既无处不在，心中又怎会无刀?

这莫非就是刀道的至高境界？抑或是武道中的一个神话!

龙赓的眉然一跳，眼中绽现出一丝亮芒。目睹了这一切，他已知晓，此刻的纪空手终于登上了武道中的一个极巅，此战的胜负，在这一刻已经注定。

凤阳的剑术不仅精湛博大，而且变幻莫测，算得上是当世江湖中一大绝艺，但是较之纪空手，他仍然还有一些微小的差距，这种差距并不是因为实力造成的，而是因为纪空手的无形刀气隐匿于剑身之中，宛若羚羊挂角，未知有始，不知有终，让人无迹可寻，那种诡异之感完全超出了凤阳最初的想象。

“当当……”几尽全力，凤阳一连挡击了纪空手八八六十四刀，杀气漫天，刀光纵横，无数剑影蹿行其间，仿佛遮迷了所有人的视线。

两人的动作依然沿袭了那十七剑的风格，以快打快，快得几乎超出了肉眼可以企及的极限，但无论是纪空手，还是凤阳，他们依然能够清晰地看到对手的每一个动作，甚至可以在对手出招之前预判到下一个动作的发生。一切都仿若早已设计好的程序，显得是那么井然有序，又是那么从容不迫。

“如果一切都照此进行，没有太大的变化，那么就算公子能够击杀凤阳，这百招之约却是必输无疑。”龙赓的目力绝不在当世任何人之下，不仅可以看到他们的一招一式，甚至看到了这一战最终的结局。是以，他的心中才会有此担忧。

凤阳之剑术绝对可以名列天下前十位，任何人要想打败他，都不是一件容易的事情。龙赓琢磨着凤阳剑破虚空的线路，自问若无上百招，自己也未必就能从他的手上赢得一招半式。看来，纪空手的这个海口夸大了。

但纪空手显然没有意识到这一点，不仅如此，反而更加自信，尽管此刻距百招之约只有十余招了，可是他的出手依然从容不迫。

“公子向来自信，却从不自负，今天如此反常，莫非他真的有什么出其制胜的妙招不成？”龙赓的心中动了一下，就在这时，纪空手的刀锋一变，竟然慢了下来。

在高频率的攻防时突然将节奏放缓，龙赓自问自己也不难办到，但问题在于纪空手的对手是同样为超一流剑客的凤阳，这就让人感到有些匪夷所思了。

凤阳的剑也在这一刹那间慢了下来，他不得不慢下来，从交手一开始，除了最初的那十七招他尚可按照自己的节奏攻防之外，自错身之后，他就感到有些身不由己了，仿佛置身于一个强大的漩涡中，只能随着水流的流向一点一点地沉沦，一旦逆向而行，就有立遭漩涡吞噬的可能。

凤阳本来是拥有先机的，这种先机对于每一个高手来说，都是决定胜负的一大要素。可是，他几乎是在莫名其妙中失去了这难得的先机，一旦等到纪空手尽情发挥，他不得不落入后手，处处有捉襟见肘之感。如果说他一直能把握这种先机，处处抢攻的话，别说这百招之约已赢定，就是最终的胜负也难以预料。

他实在是感到心头有些窝火，有一种力不从心的感觉。就算当年与五音先生、卫三公子这等豪阀逐一决战，他也从来没有这么窝囊过，这种窝火的表现在于，他除了最初的十七招外，其余的每一招都无法将自己的剑意淋漓尽致地发挥出来，心中产生出一种有力用不上的浮躁。

这无疑是高手的大忌，俗话说，棋高一着，缚手缚脚，假如纪空手的功力在他之上，凤阳倒也无话可说，然而平心而论，纪空手的功力再高，无非是与他处于伯仲之间，这怎么不让凤阳感到窝火？

“难道公子刚才的一切只是一个表演，为的是混淆视听，以迷惑凤阳？”龙赓突然生出这个念头，这并非没有可能，以纪空手一贯神出鬼没的作风，最擅长的就是攻心战术，这种充满智者睿智的游戏，纪空手一向乐此不疲，达到了炉火纯青之境。

如果事实真是如此的话，那么纪空手的心机与演技就太可怕了，至少在龙赓看来，刚才发生在纪空手身上的一切事情都是真的。

凤阳已经看到了自己的危机，当他的剑速陡然一慢时，就意识到了自己出手的节奏已不是自己想要的节奏，不知不觉中，自己的出手竟然踏上了对手节奏的步点，这是致命的，他必须迅速扭转这个局面，否则他死定了！

由慢至快难，由慢至更慢易，凤阳的剑柄一沉之下，剑锋在虚空中行进的速度已如蜗牛爬行一般，剑锋所向，幻出了一片如鲜花般的图案，花开处，仿佛有暗香徐来。

暗香徐来！所有的人都认出了这一剑的名称，凤阳曾经两次因为这一剑式栽在了两大绝世高手的手中，这一次，能例外吗？

凤阳说过，他几乎花费了十年的心血，以弥补这一剑式的破绽，凭他的智慧与悟性，应该可以弥补它的缺陷，让其日趋完美。而且，在今天这种场合之下，又是面对着像纪空手这般对手，他能再一次使出暗香徐来，这本身就需要勇气，更难得的是，要有十分的自信！

龙赓的整颗心仿佛一下子提到了嗓子眼上，凤阳竟然敢再一次使出暗香徐来，这就证明其有着十足的把握。这一历经两大绝世高手应证过的剑式，再经凤阳十年精心打磨，它还会有破绽吗？

如果还有，那凤阳就死定了！如果没有，死的人就是纪空手。

不知为什么，当凤阳使出这一剑暗香徐来之时，龙赓的心里就有一种不祥的预兆，预见到此剑一出，必沾血光！

无穷无尽的霸杀之气在一点一点地向前推移，到了这个时刻，时间已经不重要了，速度也变得毫无意义。当这一剑进入虚空时，就仿佛将这一段虚空变成了一个完全封闭的空间，剑气在里面激涌、暴绽、飞泻，全方位地衍生出千万道撕扯之力，直罩向纪空手。整个大厅之中，所有人的目光，所有的光芒，似乎都被这一剑所吸纳。

凤阳的脸色已变得十分狰狞，乍一看，就像是嗜血的魔怪嗅到了血腥，浑身透散出无比的兴奋与张狂，他甚至感到了自己手中的剑在震颤，挟持着无限杀意在这虚空中肆意扩张。

这一瞬间，没有人知道纪空手此刻在想什么，也没有人知道纪空手接下来会做什么，他那孤傲笔直的身躯若大山挺立，杀气吹起他的衣袂，飘飘然多了几分仙逸之气。

一动一静，在这一刻显得如此分明，动静之间，似乎在演绎着武学至理，谁也不知道会是一个怎样的结局，也许，应该问问这天、这地，问一问这变色的风云。

风云在变，天地又何尝不是在变？唯一不变的，是那团闪耀着强光的剑云！

变与不变之间，所有的人陡然发现，在那虚空的深处，突然升起了一道浮云，这浮云很暗，暗得似欲将剑云所涌动的强光尽数吸纳，大厅仿佛也在这一刻变得光线全无。

“呼……呼……”暗黑之中，突然传来衣袂飘飘声，十数条人影迅速向纪空手所站方位掠进，杀气顷刻间飞泻一地。

“全部给我拿下！”纪空手大喝一声。

龙赓出手了，陈平出手了，所有的高手尽数在同一时间出手了！

风云骤变，暗影涌动，仿佛是天象大变。

“锵……”随着一声金属脆响，议事厅在顷刻间又回复了原状。

一切战斗竟然在这一刻间结束。

凤阳的脸色一片血红，眼神暗淡无光，他怎么也没有料到，自己苦心十年所研创的杰作——暗香徐来，竟然还是为纪空手所破。

剑锋入肉，距心脏也不过三寸，握剑的人是纪空手。剑虽无情，人却有情，至少在这一刻，纪空手的脸上流露出了一丝淡淡的笑意。

他之所以笑，并不是因为完全为了凤阳，而是站在自己身边的那十数个已然僵直不动的躯体。这些人有些是他所熟悉的，有些是他不认识的，一律穿着汉王府中的服饰，他们手中的兵刃还在手中，森森刃锋竟是冲着纪空手而来，这一切只证明了一点：这些人都是卧底，是奸细！他们以为等到了偷袭的时机，却没有想到这个时机只是一个引蛇出洞的圈套。

其实纪空手一直认为汉王府绝对不是一个安全的地方，人数一多，难免就会鱼蛇混杂。自从凤孤秦事件发生之后，他更觉得汉王府中一定还存在着奸细，一旦到了关键时刻，这些奸细所形成的危害往往足以让人致命，所以他早就有心将之一网打尽。

然而，要想从上千人中一一将这些奸细辨别出来，实与大海捞针无异，唯一的办法就只有引蛇出洞，让他们自己暴露出来。

第一百零五章　悟道之剑

纪空手主意已定，首先一步就是故意把凤阳诸人的幕后主使说成是项羽，这样做的好处一来可以将韩信排除在外，不至于让他疑心；二来可以让这些奸细有蠢蠢欲动之心。纪空手算定，这些奸细十有八九来自于西楚，两地相隔太远，消息未必灵通，一旦闻听凤阳等人是受项羽委派而来，必然会以为项羽有了大的动作。紧接着纪空手受异力之困，的确产生出不小的麻烦，但凭他的意志力与忍耐力，表面上看来绝不会如此痛苦。他之所以要这样做，就是要让这些奸细以为刺杀自己的机会来了，同时也可以麻痹凤阳。最后，他以束气传音之法通知龙赓、陈平等人，布下天罗地网，果然将这些奸细一网打尽。

这十数名奸细显然都没有意识到这是一个圈套，是以惊变发生之后，仓促之间毫无准备，只在顷刻间便被陈平他们制服。而凤栖山更是在龙赓的目光锁定之下，尚无任何反应，就被龙赓一剑刺中咽喉。

看着凤不败与凤栖山的尸体，凤阳的心中蓦生一股凄凉。他万万没有料到，凤不败与凤栖山同为冥雪宗四大剑王，竟然不敌别人的一剑，这实在让人不可想象。

如此说来，龙赓的剑法岂不是高到了不可思议之境?

事实并非如此，凤不败与凤栖山之败，败就败在他们用的是剑，谁在龙赓的面前用剑，简直就是班门弄斧！因为，亘古以来，能够将自己的生命与思想融于剑的人，唯有龙赓！

正因为他赋予了剑之生命，正因为他赋予了剑之思想，所以总可在瞬息间捕捉到稍纵即逝的战机，并且以最强的攻势击向对方的最弱点。而且凤不败与凤栖山之所以被一剑毙命，还在于他们面对龙赓这样顶尖的剑客，居然被其他的事情分心，这无疑是致命的。

“你究竟是谁?”凤阳的嗓音变得苦涩而嘶哑，冲着龙赓喊道。

“我就是一个剑客而已。”龙赓缓缓地将剑回收鞘中，转身而去，边走边悠然道，“你无须记住我这个人，却一定要认得我的剑，因为它足以让人致命!”

凤阳盯着他远去的背影，心中禁不住问着自己：“假如他的对手是我，谁会成为最终的胜者?”

这是一个多余的假设，至少在此刻而言，这是一个没有答案的假设。纪空手的剑就在他的胸中，只要再进三寸，凤阳的名号就将会成为一段历史。

当他的目光再一次与纪空手相对时，心不由自主地发出了一丝震颤。他所看到的是一双眼睛，清澈明亮，那眸子的深处，就像是湛蓝之天空，悠然宁静，却有不乏风云的生动。

“你是老夫所见到的最不可捉摸的对手。”凤阳的脸上有一分苦涩，缓缓接着道，“从头至尾，老夫看上去都不乏机会，而实际上老夫根本就没有一点获胜的机会。”

纪空手深深地看了他一眼，郑重地道：“你错了，这一战对你我来说，机会均等，本王只不过是赌了一把，侥幸赢了罢了。”

“赌?”凤阳的眼中闪过一丝惊诧。

“是的。”纪空手点了点头，道，“正如你所言，当世之中，还没有人能在百招之内将你击败，本王也不例外。本王若想在百招之内赢你，就只有一个机会，那便是诱使你在百招之内使出暗香徐来!”

凤阳心中大骇，简直有点不敢相信纪空手所说的话，但纪空手的确是在自己使出暗香徐来时胜了自己，这同样是一个不可辩驳的事实。

他一直以为，经过了这十年的时间，自己不仅弥补了暗香徐来中的所有破绽，甚至使得暗香徐来更具杀伤力，已成为自己剑式之中少有的几大杀手锏之一。然而听纪空手此言，似乎这暗香徐来尚存在着一个致命的破绽，顿时让凤阳的心中产生出一股强烈的求知欲。

“老夫不明白汉王话中所指，还请赐教！”他的脸上竟然露出毕恭毕敬的神情，拱手道。

“其实，明不明白你都得死，又何必多此一举？”纪空手冷冷地看了凤阳一眼，他本不想要凤阳的命，可是凤不败与凤栖山之死让他改变了主意，他不能放虎归山，为日后埋下祸根。

“古人云，朝闻道，夕可死矣！老夫一生致力武学研究，自问在暗香徐来一式上下了莫大的功夫，应该没有缺憾可言，却没想到一而再、再而三地在这一式上栽了跟斗。是以，这绝不是多此一举，若蒙人王赐教，凤阳虽死无憾！”凤阳说得极是诚恳，对他来说，这是一个太大的悬念，宁愿以自己的生命换取这个答案。

面对凤阳的执着，看着那顺着剑身涌流出来的鲜血，纪空手缓缓而道：“你是一个聪明人，却因为一记剑式同时栽在了两个人的手中，就应该知道这一剑式必然存在着致命的弱点。暗香徐来乃是你冥雪宗剑法中固有的剑式。在你看来，既然是暗香徐来，就应该在这个‘徐’字上做文章，通过内力一点一点地渗透，从而达到控制对手的目的。”

“不错！老夫三岁习剑，七岁练到这一剑时，家父就是这样传授我的，难道这还有错吗？”凤阳惊奇道。

纪空手淡淡笑道：“是的，你们的确错了，自冥雪宗剑法创世以来，除了你们那位开宗祖师之外，其他人所想的思路无一不错，这也是你们冥雪宗凤家一直不能扬名天下的原因。”

凤阳的眼中又惊又怒，深深地吸了一口气后，才将这股怒气强压下去，冷然道：“你可以侮辱我，却大可不必冷嘲热讽，辱及凤某先人。你既不愿直说，还是一剑结束了我，岂不干脆？”

纪空手一脸讶然：“本土不过是直话直说，何来辱人之意？你若真想明白其间的道理，就听本王将话说完。”

凤阳抬起头来，看到纪空手一本正经的样子，只有默然无声。

“从字面上来领悟‘暗香徐来’这四个字，的确是应该在‘徐’字上做文章。可是你是否想过，什么才是徐？什么才算是徐？徐与疾都是形容速度，更是相对的，没有徐又哪来的疾？没有疾又哪来的徐？既然这二者是相对的，那么徐就是疾，疾即是徐，难道你还不明白吗?”纪空手一字一句地道，说得异常清晰，似乎刻意要在场的每一个人都听到。

凤阳浑身一震，低下头来，喃喃而道：“徐就是疾，疾即是徐……”

这其实是一个非常浅显的道理，以凤阳之智慧悟性，本来早应该想到这一点，可是就像这个世上的大多数人一样，一旦人有了先入为主的思想，就形成了一种惯性的思维，往往看到的是深远复杂的问题，却忽略了最浅显的道理。

经纪空手点拨之后，凤阳再静心一想，这才发觉暗香徐来一式若是用一个“快”字使出，其意境较之先前截然不同，不仅正合自己剑路的节奏，而且更可使自己的剑意发挥得淋漓尽致，有一种流畅之美。

“可惜，可惜……”凤阳摇了摇头，情不自禁地道。

谁都可以听出他话中的遗憾，是的，凤阳的确感到十分的遗憾，如果他能够在一刻钟前悟到这些，那场上就将会是另外一个结局。

“你大可不必如此懊恼。”纪空手肃然道，“人生一世，本就不无缺憾，就像月有阴晴圆缺一样，若是一切都完美无瑕，那么人生也不再精彩，只会如同嚼蜡，从此了无生趣。”

他的话尚未说完，手上陡然发力，冷冷的剑锋穿入凤阳的心脏。

大厅之中一片寂然，“锵……”只听到一声剑响，剑已入鞘，杀气为之而散。

当纪空手的余光瞟向韩信所站的方位时，那个位置已然空缺，谁也不知道韩信是在什么时候离开这里的，就像谁也不清楚心魔会在什么时候离开自己一样。

纪空手的心里一沉，韩信居然能够在自己毫无察觉的情况下溜出自己的视线。这对纪空手来说，是一个不好的信号，至少证明了一点，韩信是有实力与他相抗衡的，一旦二者决战，鹿死谁手，殊为难料。

然而，让纪空手感到更可怕的是韩信惊人的忍耐力，他能忍受诱惑，在自己看上去十分危险的情况下依然保持镇定，没有出手，单凭这一点，就说明韩信再也不是原来的韩信了。

一阵寂然之后，满朝文武方才从这一系列的血腥中缓过神来，纷纷出列，向纪空手问安。纪空手与张良交换了一下眼色之后，一摆手道："今天的朝会让各位吃惊了，尤其是几位远道而来的信使，但是俗话说得好，塞翁失马，焉知非福？如果没有发生今日的事情，各位还以为攻下关中之后，天下就已太平了，而事实呢？在关中的门户武关和宁秦之外，项羽正集结数十万大军准备与我决一死战！"

纪空手说得很慢，却非常有力，森寒的眼芒自场上每个人的脸上划过，自有一股不怒而威的气度，朝臣之中有不少人都低下了头，显然纪空手正说出了他们心中的想法。

"你们可以好好地回去想一想，看本王所言是否有一定的道理。古人曾云，居安思危。而我大汉立国以来，不过数年时间，内是国库空虚，外是重兵压境，如果在座的各位没有一点忧患意识，那我大汉王朝就有可能在一夜之间坍塌！"纪空手突然提高了嗓音，道，"这绝不是危言耸听！"

群臣诺诺连声，无不将目光投向纪空手。

纪空手心中蓦生一股疲累，感到自己整日与这些人虚应人事，有一种甘于沦落的感觉。他正要宣布散朝，一眼瞅见那三大信，便咳嗽了一声，道："三位信使辛苦了，今日时辰不早，你们先回畅水园休息，待本王解救出淮阴侯的信使后，在三日之内，我们就结盟一事再从长计议。"

三位信使眼见纪空手大发神威，哪敢不从？当下留下礼物，在萧何的带领下先行告退。

纪空手甩袖离座，便听得张良高呼一声："退朝！"满朝文武高呼万岁。

纪空手的脸上没有一丝喜色，只有一股倦意与落寞，仿佛自己与这个世界陌生得很，有一种脱俗出尘的感觉。

当纪空手踏入内院之时，红颜、吕雉以及虞姬母子正站在门口，带着一脸的惊喜，将他拥在了中间。

每一个女人的眼圈都是红红的，脸上带着几分憔悴，虽然无话，但纪空手却感到了那种至真的情爱。

他笑了，一扫刚才的疲倦与落寞，心中涌流着一股淡淡的暖流，似乎只要见到她们，他的心境立刻就显得宁静而放松。

“你们猜我这些日子来最想的东西是什么？”回到房中，纪空手的第一句话就是这么问道。

“爹一定是想无施了。”无施被虞姬抱在怀中，拍着小手叫道。

三个女人都笑了，纪空手俯身过去，笑眯眯地在无施的小脸上亲了一口，道：“不错，爹的确很想念无施，同时，也想念你的三位娘亲，因为爹想家了，而你和你娘亲就是爹心中的那个家。”

他虽然说得平淡，就像是品一杯清茶，但红颜的眼圈却一红，知道这是纪空手的心里话。她记得自己第一次见到纪空手的时候，他只是一个浪子，与韩信流落于市井江湖，显得是那么孤独，那么寂寞。“家”这个字眼，对于大多数人来说，只是一个并不留恋的栖身之地，但对于纪空手来说，家其实是自己心灵的避风港，正因为他从小无家，所以才会把家看得很重，将之视作自己全部感情的慰藉。

“爹既然这么想家，就不要走了，无施也想爹。”无施的小手轻抚着纪空手的脸，充满童真地道。

“爹也想你啊！”纪空手的脸上流露出一丝苦涩，感慨地道，“可是，爹是一个男人，一个顶天立地的男人。他生于世间，就要全力以赴地担负起肩上的责任，否则，三位娘亲又怎么会瞧得起爹？”

红颜“呸”地嗔了他一眼，道：“你也当真是大言不惭，记得当初见到你时，我只记得是个小混混罢了，怎么一下子变成了顶天立地的男子汉？”

纪空手嘻嘻一笑：“你这就叫慧眼识英雄。”

红颜斜他一眼，抱过无施：“你呀，就是脸皮厚，也不怕教坏了小无施。”

“哈哈……你这话可就差矣，如果不是我脸皮厚，又哪来的小无施?”纪空手看了虞姬一眼，却见虞姬已是一脸通红，冲着他横了一眼。

房中顿时传出一阵笑声，氛围变得极为温馨。

吕雉听了整个脱险经历，禁不住打了个寒噤：“谢天谢地，你总算得以平安归来，否则今日的朝会可真要闹得不可收拾。”

纪空手渐渐收住了笑容，回想起刚才的一幕，犹自还有几分后怕。也许在刚才的议事厅中，在目睹了刚才那一幕的所有人的眼中，纪空手表现出来的那种从容镇定、挥洒自如成为了众人记忆之中一道美丽的风景，但只有纪空手自己知道，他心里压根就没有一点底，面对危险和困难，他同样也显得脆弱。

他是人，不是神。是人，他就同样拥有喜怒哀乐，拥有脆弱，拥有恐惧，但他绝对不是一个普通的人，所以他可以将这些感情和情绪强行压在心里，不为外人所知。

对他来说，也许只有面对红颜她们这些心爱的女人，他才会真情流露，才会有放松的心情，就像是一只回到洞穴的蜗牛，当它放下了自己背上那重重的壳时，才有那种回家的感觉。

“我还是低估了韩信。”纪空手一脸肃然，缓缓接着道，“不仅对他的武功有所低估，包括他的智慧，也同样超出了我的想象范围，所谓士别三日，当刮目相看，他将是一个比项羽更为可怕的劲敌!”

“既然如此，你为什么还要放他走？须知你这决定，无异于纵虎归山。”吕雉身为听香榭阀主，对天下大势一向关注，更对大汉王朝当今的对手时有留意，是以十分赞同纪空手对韩信的评价。

“我不得不放，甚至，我还不能让他觉察到我对他已有怀疑。”纪空手的脸上露出一丝无奈，“楚汉争霸已经开始，武关、宁秦两地风云变幻，战事一触即发，我与张先生商谈多次，根据两军实力的对比，虽然西楚军少了一个范增，但以项羽多年行军打仗的经验和手下那一批骁勇善战的将士，我大汉军要想毕其功于一役，显然并不现实。唯一可以取胜的办法，就是联合各路诸侯，在局部上与西楚军进行小规模的战争，以此消耗西楚军的锐气，等到它元气大伤时，我军再集中优势兵力，与之一决生死！”

“如此说来，这一战岂不是要打几年？”吕雉皱了皱眉。

“这是没有办法的事情，而且根本无法预料这一战究竟孰胜孰负。”纪空手看着小无施打了个呵欠，笑了笑，示意虞姬带他先去安歇，然后才道，“项羽的西楚军毕竟号称从来不败，与这样的军队一战，其本身就是一种冒险。所以，如果没有韩信、彭越等军队的协助，我军绝无胜算。”

吕雉似乎想到了什么，冷然一笑，道：“其实，要想打败西楚军，还有另外一种捷径，夫君何以不用呢？”

纪空手淡淡一笑，显然明白了吕雉的意思：“以其人之道，还制其人之身？”

“不错！”吕雉点头道，“以问天楼与听香榭的实力，刺杀项羽绝对不是一个不可能完成的任务。”

纪空手陷入了沉思之中，一脸肃然，良久才摇了摇头：“我何尝没有想过这个问题？只是，项羽的流云道真气与流云道剑法，当世之中，无人能敌，有谁能够担负如此重任？”

面对强手，他向来自信，还没有出现像此刻这样毫无底气的情况。按理，他此刻心脉之伤已愈，补天石异力也全然融入了自己的肌体，能量之大，已今非昔比，完全可以面对任何一个强大的对手。但是，只有他心里最清楚，项羽的武功，深不可测，几乎接近了武道中的一个神话，要想打败他，无异于又是一个神话，毫无半点真实感可言。

他没有和项羽有过真正的交手，唯一的一次，就是在樊阴的大船上。从严格的意义上说，那不算是一次交手，但项羽那种举重若轻、伤人于无形的出手方式，让纪空手感到了一种绝望，一种无法超越的绝望，他第一次在一个人的面前感到了害怕。

项羽能够继项梁之后，以如此年轻的年龄出任流云斋阀主，这不能不说是一个奇迹。这固然与他的身世不无关系，但其时的流云斋人才济济，高手如云，其实力在五阀之中名列第一，项羽能够力排众议登上阀主宝座，就证明了他的武功足以震慑群雄。凡是与项羽有过交手的人，几乎没有人能够活下来，纪空手是唯一一个身受流云道真气重创，却还能存活于世的人，这不是他的实力使然，更多的是一种运气。是以，纪空手是当世之中唯一一个深知项羽威力的人，正因如此，他觉得刺杀项羽的这项重任是无人可以单独完成的，必须要有一个配合得天衣无缝的组合，而在这个组合之中，每一个人都必须拥有超乎常人的功力，唯有如此，或许尚有一线胜负。

“龙赓，难道以龙赓的剑法，还不能够担负这项重任吗？”吕雉的眼睛一亮。

纪空手摇了摇头：“龙赓对剑道的领悟，的确已达到了一个常人无法企及的地步，纵是如凤不败、凤栖山这等一等一的高手，一旦先机一失，也很难在他的手下接下一招。不过，正因如此，他对自己的剑术已相当自负，甚至对任何一个使剑之人都绝不放在眼中，如果让他去行刺项羽，那么这一点将成为其致命伤，根本不可能有任何补救的机会。”

“你是说，龙赓与项羽一战，毫无胜算？”吕雉的眼中闪现出难以置信的神情，虽然她自听香榭的藏书阁中看到过一些有关流云斋武学的记载，但她始终觉得纪空手过于神话项羽了。

“不，两人若是一战，龙赓当有三成胜算，不过仅只三成而已。”纪空手沉吟半晌，接着道，“这就是我不想让龙赓去冒险的原因之一，因为我觉得，他不仅是我的助手，更是我的朋友。”

“如果是你们两人联手呢？”吕雉道。

“依然没有绝对的把握。”纪空手苦涩地一笑，他认为自己丝毫没有夸大项羽武功的意思，平心而论，他认为项羽的功力之深，已达到了无可揣测的境界，无愧于天下第一的称号。

“那就交给我吧！”吕雉突然说了一句，让纪空手大吃一惊，他甚至听出了吕雉话中涌动的沉沉杀意，“兵者，诡道也。既然以武力不足以对付项羽，那就用药。我听香榭之所以能够名列当今五阀之一，就是因为用药手段防不胜防，往往可以杀人于无形。”

纪空手淡淡一笑，道："你错了，以项羽的武功，早已练成了百毒不侵之身，药物已对他不起任何作用，如果你不相信，大可在我的身上试上一试，看看是否如此?"

吕雉突然想到了什么，扑哧一笑，道："我看不必了，那位俏生生的苗疆女子，似乎就证明了我们的纪大公子并非百毒不侵。"

纪空手听她提到自己在夜郎的艳遇，脸上一红，道："此一时，彼一时也，你又何必哪壶不开提哪壶呢?"他似乎陷入一种情思之中，悠然而道，"一晃近三年过去了，当日若非她的出现，只怕就无今日的我了。"

"既然纪大公子如此多情，何不将之一并接来，以了却你这番相思之苦?"红颜莞尔一笑，显得极是大度，"反正你喜欢到处留情，我也习惯了。"

纪空手哈哈一笑，道："我怎么听起这句话来总觉得有一些酸溜溜的味道？家有贤妻三位，已折腾得我苦不堪言，哪还敢再起色心，招惹是非？我看你们还是饶了我吧!"

两人相视而笑，吕雉却没有笑，只是关切地盯着纪空手道："你没事吧?"

纪空手怔了一怔，豁然醒悟："你下药了?"

吕雉点了点头："刚才在你和红颜姐姐说话的当儿，我一连下了七种药性不同的秘香，这七种秘香乃是我听香榭的不传之秘，无色无味，可以传及百步之远，更难得的是它的施药手段十分隐蔽，只需一弹指即可达到目的，你难道一点都没有感到不适?"

纪空手的脸色骤变，蓦然感到自己脑部一涨，似有昏眩之感。然而，就在他感到这种不适之时，体内那股散没于四肢百骸的补天石异力顿起反应，迅速地进入血脉穴位之中，对外来异物合而围之，强行化解，只不过用了一瞬工夫，纪空手便感昏眩全无，灵台空明，就像那种昏眩感从来没有出现过一般。

补天石异力拥有如此功效，完全超出了纪空手的想象范围，虽然他从飞瀑潭脱险之后，就已经意识到补天石异力在自己的体内产生了质的变化，但是他绝对没有想到过当补天石异力发挥出其最大的潜能时，竟然可以在顷刻间化解听香榭的七种药物之效。这种无意中的发现，不得不让纪空手重新审视自己的实力，甚至平添一股自信。

看到纪空手毫无反应的样子，吕雉花颜失色，惊呼道："你万万不可运气排毒，待我用解药化去这秘香之毒。"

她一扬手，便见掌心多出了一枚豆大的药丸。药丸在手，她的手指已竖立成棍，正要点击纪空手嘴上的开口穴，却见纪空手淡淡一笑："我没事，只是有些奇怪，为什么你这秘香对我全无作用?"

吕雉又惊又喜，道："你真的没事?"

"我也很想自己有事，这样一来，至少可以待在你们的身边，享受一下天伦之乐。"纪空手不禁苦笑一声，"但是，对着自己心爱的女人，我还没有学会说谎。"

吕雉顿时心生一种沮丧之感，终于明白以药物对付项羽只是自己痴人说梦罢了，纪空手的判断十分正确，要想对付项羽，只怕还需从长计议才行。

"如果项羽真的如此可怕，那么岂不是再也无人可以制服于他?"吕雉的脸色一变。

"至少从目前来看，应该如此。"纪空手沉吟半晌，缓缓道。这一直是存于他心中的一块心病，之所以没有提出来，是因为时日尚早，而到了今天，楚汉争霸既然开始，他已无法回避这个最棘手的问题。

这时，门外传来一个女侍的声音："启禀大王，张先生、陈将军等人已在荷花池恭候。"

纪空手不禁苦涩一笑，道："看来那种闲云野鹤般的生活对我来说只能是一种追忆了，想和贤妻爱子团聚一刻也不可得，对我来说，这真是一种悲哀。"

他一脸歉然地望望红颜，望望吕雉，这才轻叹一口气，向门外走去，背影挺立而显得飘逸，但红颜分明看到他的肩上似乎承负了太多的压力。

荷花池边荷花亭，这是一个没有荷花的季节，却依稀可以感受到那种荷香随清风而来的感觉，宛若山水画中的惬意。

秋风肃杀已有了阵阵寒意，但张良、陈平、龙赓、阿方卓四人或坐或立，脸上丝毫不显议事厅时的那种紧张，而是显得十分平静。

他们的确非常镇定，不仅是在表情上，更是在心理上，当纪空手出现的刹那，他们似乎一下子有了主心骨，大有完全可以面对一切的从容。

“一切都像是在做梦，没有一点的真实感可言。”张良看着纪空手步入亭中，不禁感慨道，“我突然明白了何以先生要我们全力辅佐于你，想必是他已经看破了天机，认定了你会在这乱世之中出人头地，否则，何以我们总是可以在最紧急的关心化险为夷？”

除了阿方卓之外，无论是龙赓，还是陈平，都与张良抱着相同的想法。他们身为五音先生的门下弟子，其忠诚自不待言，在这几年的交往之中，他们更与纪空手结下了兄弟般的情谊，这些人无一不是人杰，在各自所擅长的领域中足以笑傲一切，但他们却甘居人下，为纪空手效力，这让纪空手的确有所感动。

“我不信命，更相信自己和朋友。”纪空手的目光从他们的脸上一一划过，似乎读出了他们的内心与思维，“命运这个东西，是一个玄而又玄的东西，当一切事情没有发生之时，它是未知的，而未知的东西，其本身就带有一种深不可测的预期。所以，我从不信命，更不会将自己的一切交付给未知，唯有如此，我才能更好地把握自己，让自己成为自己的主宰。”

不知为什么，当纪空手一见到他们之时，心里就没来由地多出一股亢奋与自信，刚才那种对项羽的害怕情绪竟然一扫而空。他相信龙赓的眼力，也相信阿方卓的忠诚，有了这几位朋友相助，他坚信自己的强大，可以战胜一切对手！

张良淡淡一笑道：“这也许就是你能成功的原因。平心而论，我这一生中很少有过失算的时候，刚才发生在议事厅中的一切无疑是我最无法把握的，在一刹那间，我甚至感到了绝望。可是，当我一听到你的声音时，我就明白，一切又回到了你我的掌握之中。”

“谁说张先生不会拍马屁?”纪空手大笑起来,“你这一番话不露痕迹,让我都有些无地自容了,再说下去,我只有为之陶醉,醉死在这马屁声中了。”

众人无不大笑起来,亭中的气氛一时变得轻松而悠然,就像是几个老朋友相聚一起,趁兴聊天,根本不像是在密谈军国大事。

“你为什么不对他动手?刚才在议事厅中,如果你我前后夹击,无疑是最好的机会。”龙赓笑过之后,眼中闪出一丝疑惑,望着纪空手道。

纪空手当然知道龙赓口中的“他”所指何人,沉声答道:“不是不想,而是不能。”

龙赓轻轻地叹息一声,道:“只怕他此行一去,再要杀他,已是难如登天。”

“你提前离开议事厅,莫非也是为了他?”纪空手似乎有所悟。

“是的,事实上我的气机一直锁定着他。他甫一动,我便立时察觉,从汉王府到东城门外,我一直距他不过百步之遥,希望能够找到一个最佳的出手时机。可是,我却失望了!”龙赓的语气中不无遗憾,他虽然说得轻描淡写,但纪空手却知道这一路跟踪必定凶险无比,以韩信之能,就算龙赓这样的绝顶高手,也休想逃过他耳目的捕捉。

“你没有找到这个最佳的出手时机?”纪空手道。

“我根本无从找起。”龙赓的眼中流露出一丝惊惧的神情,沉声道,“他的气机若有若无,似重似轻,让你无法揣测,更可怕的是,他的气机就像是一个虚无的圆,没有棱角,没有方向,既不知他将攻击的角度,也无法揣摩出他防御的每一条路线,在攻防上达到了浑然天成的境界。”

“这就是你最终没有出手的原因?”纪空手皱了皱眉,体会着自己这些日子的心得,突然悟到韩信能够达到如此境界,必定是因其体内的补天石异力有了突破。

“不!”龙赓摇了摇头,“虽然他的气机十分诡异,但我还是决定出手,可是,当他的人来到东门外的密林之时,我竟然失去了他的踪影,甚至连他的气机也消失得干干净净。”

“哦？”纪空手不禁倒吸了一口冷气，不得不对韩信的实力再作估计。

“普天之下，能够在我的眼皮之下凭空消失的人，实在不多，他能够做到这一点，就证明其实力在我之上，由此引发了我的又一个疑问，他的武功既然在我之上，何以又不出手与我一战？”龙赓似乎有些糊涂了，将目光投射在纪空手身上。

龙赓无疑是当世最优秀的剑客之一，一个能够称之为剑客的人，其最大的特点就是冷静。唯有如此，他才可以在错综复杂的形势之下以最快的速度作出正确的判断，像这种迷茫的情况，发生在龙赓的身上极为罕见。是以，这个疑问对于纪空手来说，也同样是一个难题。

“从当时的情况来看，你能否确定只有你们两人？”纪空手也觉得有些纳闷，很难从龙赓所说的话中作出判断。于是，他需要更为详细的情况。

“我可以确定，当时在我的百步之内，除他之外，再无第三者出现！”龙赓非常肯定地道，对于这一点，他有绝对的把握。

纪空手不由皱了皱眉，以他对韩信的了解，在这种情况下，面对的又是比其弱的对手，韩信是不会放过这种机会的，大王庄一役无疑就是最好的印证。然而，韩信居然一反常态，放弃了这个出手的机会，这究竟是出于什么原因？

纪空手苦思冥想，不得其解，却听得阿方卓说了一句：“我常年居于雪域高原，对中原武林虽然所知甚少，却深知如果有人还能在武功上胜过龙兄的，只怕没有几个。”

纪空手闻言倏地脑中灵光一现，望向龙赓：“也许你我都被韩信的假相所迷惑，他之所以没有出手，或许是因为他根本就没有必胜的把握！”

“这怎么可能？”面对事实，龙赓已经没有了往日的自信，惊诧地道。

“你我最初之所以判断韩信的武功在你之上，是因为他竟然可以在你锁定他的气机之时凭空消失。按照武学常理，如果不是对方的功力远胜于你，这种现象绝对不会发生。但是阿兄的一句话提醒了我，让我想到了一个人，使我最终知道了韩信没有出手的原因。”纪空手充满信心地道。

“你想到了谁？”龙赓素知纪空手一向言下无虚，他既然如此说，就必定有他这么说的道理。

“李秀树，那位高丽国的亲王。”纪空手淡淡一笑，想起自己与李秀树的几番交手，不由犹有一丝余悸。

李秀树不仅是高丽国亲王，而且是北域龟宗的当代掌门，他挟自己亲王的身份，还统辖着海域中几大诡异帮派，其中的东海忍道就是其中之一。东海忍道能够为李秀树所看重，并不是因为它的门下有七百弟子，而是因为它所擅长的诡变之术，与中原武学有着本质上的差异，偶尔施出，可以收到出其不意、以奇制胜的效果。以纪空手的本事，尚且在这诡变之术上栽了跟斗，也就难怪这诡变之术在他的头脑中留下非常深刻的印象。

诡变之术最大的特点，就是不能以常理论之，可以用诸多隐蔽的手法与变化让一些不可能发生的事情成为现实。韩信与李秀树交往甚密，以他的功力与头脑，要想学会绝非难事。由此推断，也就不难猜出韩信最终没有出手的原因了。

纪空手这一番推理说出，顿时让龙赓茅塞大开，连连说道：“怪不得，怪不得……”想到这诡变之术如此诡异，心下不由骇然。

纪空手微微一笑，道：“见怪不怪，其怪自败，这诡变之术看似玄奇，其实只要你能看透其本质，它终究只是一种障眼的把戏，根本登不上大雅之堂。”顿了一顿，望向陈平道，“我更想知道的是另外一种障眼法，如果我所料不差，韩立出现在你面前时，一定是遭到了五花大绑。”

陈平惊奇地看了纪空手一眼，道：“不错！他与他的随从一律被人捆绑在畅水园的驿馆内，嘴上还被人塞了布条，那惊魂未定的神情装得真假难辨，若非我知道这是他们演的一出苦肉计，还真会被他骗了也说不定。”

“那实在再好不过了。”纪空手拍掌道，“我们就难得糊涂一回，就把他们所表演的苦肉计权当是真，免得让韩信起了疑心。”

陈平似想到了什么，不禁笑出声来：“这韩立的演技着实不差，我刚刚把布条从他的嘴里取出，他就破口大骂，还不时向我打听晋见仪式上所发生的事情，我敷衍了他几句，正巧萧相赶来安抚，我便溜了回来。”

张良见纪空手一怔，忙道：“是我让萧相赶去畅水园的，一来是为了安抚四大信使，二来是要请这四大信使移居于萧相的相国府中，我们就在那里与他们商谈结盟之事。”

纪空手知道他还有下文，只是静静地听着，果然，张良继续说道：“这样做的用意，是为了防止走漏风声。咸阳城中不乏项羽的暗探奸细，一旦让他们得到了确切的消息，势必会对我们的结盟不利，甚至会对四大信使的人身安全构成威胁，而相国府始建不久，里面的人员配置比较单纯，再加上调入陈平的家族高手担负防卫任务，可保万无一失。”

纪空手思虑再三，点头道：“你能想得如此周全，的确替我省心不少，但是我想，项羽此时已经得到了四大信使抵达咸阳的消息，必定会在四大信使的必经之路设下重兵埋伏，如果我们要确保他们的安全，就只有打个时间差，让他们在今晚离开咸阳。”

“时间如此仓促，只怕难以与四大信使达成协议。”张良惊道。

“我早已想好了，四大信使来到咸阳，只是一个形式，无须与他们多谈细节。而我早已派人将结盟的地点、时间、行军路线、联络暗号写进了一张书函之中，分头派出心腹高手自另外的路线悄悄传递出去。”纪空手胸有成竹地道。

就在这时，一个人匆匆进来，距离荷花亭尚有十足之遥时，便伏地跪禀道：“陈七给汉王与几位大爷请安！”